无比矛盾和谐的生命笔记

John Green　[美]约翰·格林 著　王凌 译

人类世

THE ANTHROPOCENE REVIEWED

Essays on a Human-Centered Planet

中国出版集团　中译出版社

另有
约翰·格林的作品

《寻找阿拉斯加》(*Looking for Alaska*)

《多面的凯瑟琳》(*An Abundance of Katherines*)

《纸镇》(*Paper Towns*)

《无比美妙的痛苦》(*The Fault in Our Stars*)

《龟背上的世界》(*Turtles All the Way Down*)

致我的朋友、同事以及同行的旅行者
罗西安娜·哈尔斯·罗贾斯（Rosianna Halse Rojas）
和斯坦·穆勒（Stan Muller）

目 录

Introduction	1	前言
You'll Never Walk Alone	001	《你永远不会独行》
Humanity's Temporal Range	007	人类的时间范围
Halley's Comet	017	哈雷彗星
Our Capacity for Wonder	024	永葆惊奇之心的人类
Lascaux Cave Paintings	031	拉斯科洞窟壁画
Scratch'n' Sniff Stickers	038	刮刮嗅贴纸
Diet Dr Pepper	044	健怡胡椒博士饮料
Velociraptors	049	迅猛龙
Canada Geese	054	加拿大鹅
Teddy Bears	059	泰迪熊
The Hall of Presidents	064	总统殿堂
Air-Conditioning	070	空调系统
Staphylococcus aureus	076	金黄色葡萄球菌
The Internet	083	互联网
Academic Decathlon	088	美国学术十项全能

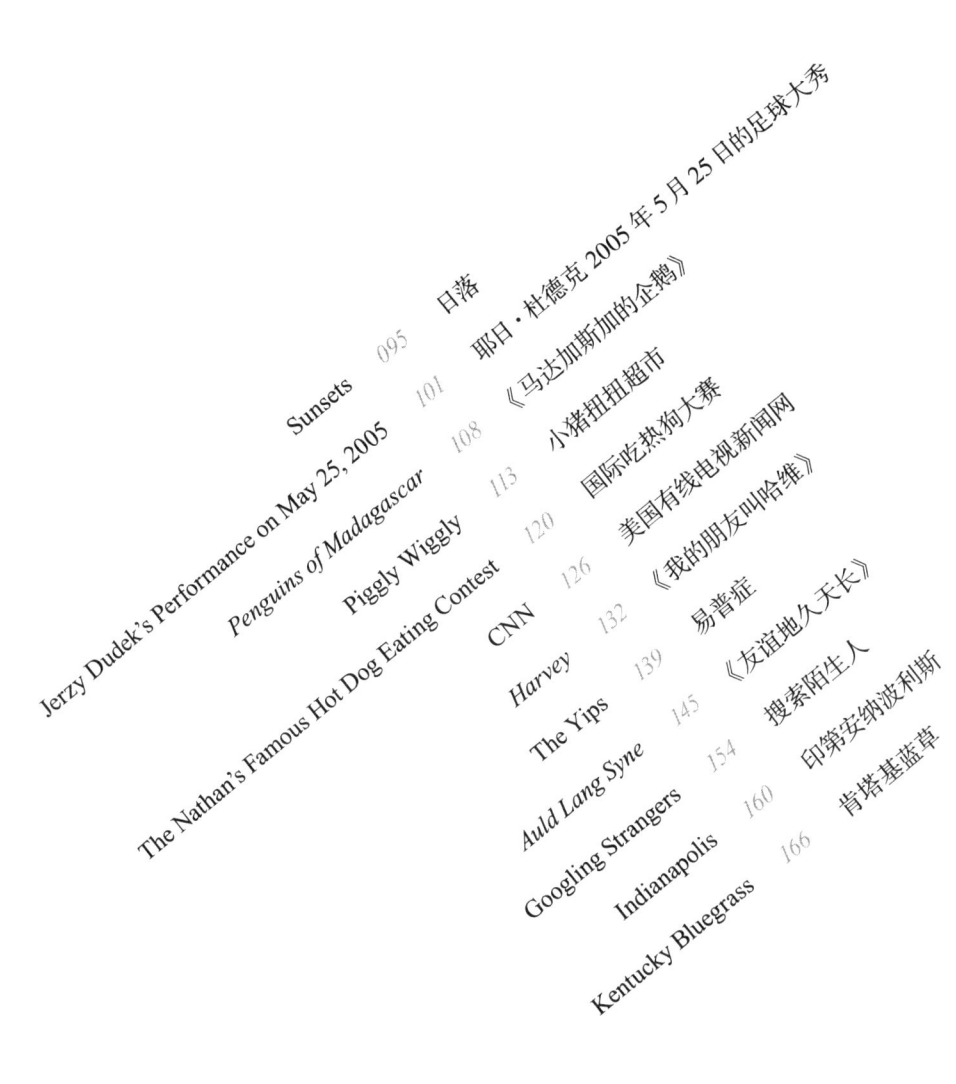

Sunsets 095	日落	
Jerzy Dudek's Performance on May 25, 2005 101	耶日·杜德克 2005 年 5 月 25 日的足球大秀	
Penguins of Madagascar 108	《马达加斯加的企鹅》	
Piggly Wiggly 113	小猪扭扭超市	
The Nathan's Famous Hot Dog Eating Contest 120	国际吃热狗大赛	
CNN 126	美国有线电视新闻网	
Harvey 132	《我的朋友叫哈维》	
The Yips 139	易普症	
Auld Lang Syne 145	《友谊地久天长》	
Googling Strangers 154	搜索陌生人	
Indianapolis 160	印第安纳波利斯	
Kentucky Bluegrass 166	肯塔基蓝草	

English	Page	Chinese
The Indianapolis 500	171	印第安纳波利斯 500 赛车赛
Monopoly	178	《大富翁》
Super Mario Kart	184	《超级马里奥卡丁车》
Bonneville Salt Flats	190	博纳维尔盐滩
Hiroyuki Doi's Circle Drawings	197	土井博之的"圆圈画"
Whispering	201	耳语
Viral Meningitis	205	病毒性脑膜炎
Plague	210	瘟疫
Wintry Mix	221	雨雪交加
The Hot Dogs of Bæjarins Beztu Pylsur	228	雷克雅未克的热狗
The Notes App	235	备忘录应用程序
The Mountain Goats	241	山羊乐队
The QWERTY Keyboard	243	QWERTY 键盘
The World's Largest Ball of Paint	249	世界最大的油漆球
Sycamore Trees	255	美国梧桐
New Partner	261	《新伴侣》

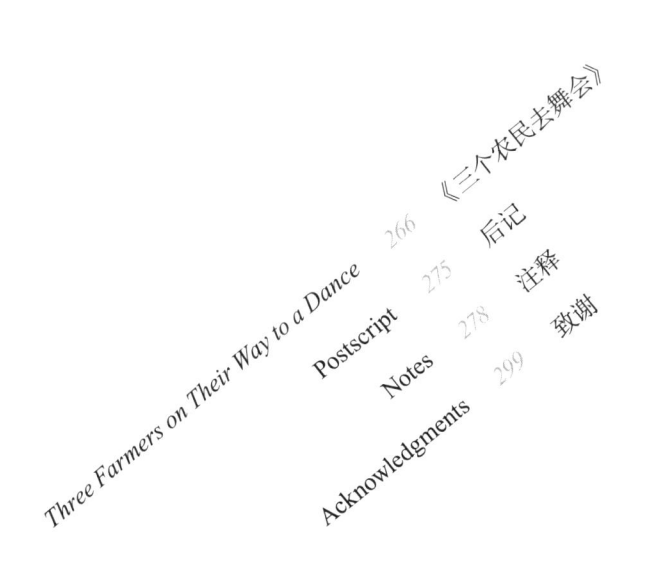

Three Farmers on Their Way to a Dance 266 《三个农民去舞会》

Postscript 275 后记

Notes 278 注释

Acknowledgments 299 致谢

前言
Introduction

2017年10月，我的小说《龟背上的世界》(Turtles All the Way Down)问世，整个十月我都在为这本书的宣传而四处奔波。巡回宣传结束后，我回到印第安纳波利斯(Indianapolis)的家中，并开辟了一条小路，这条路分隔了孩子们的树屋和我与妻子经常办公的小房间，根据生活经验，这个房间要么是办公室，要么是个棚屋。

我并不是在隐喻什么，这是一条真实存在的林中小路。为了铺设这条小路，我清除了几十棵枝繁叶茂、野蛮生长的金银花树，它们占据了印第安纳州中部的大部分地区。我还将盘踞此地的英国常春藤挖了出来，然后用木片覆盖小路，并用砖块把两边砌了起来。我每天在这条路上忙碌十至十二个小时，每周五天至六天，如此持续了一个月。当铺设完这条小路，我发现，从我的办公室沿着这条路走到树屋一共需要58秒。我花了一个月的时间，在树林里铺设了一条脚程为58秒的步行道。

铺设完小路的一个星期之后，在没有任何预兆的情形下，我的平衡感骤然消失了。那时我正在抽屉里翻找唇膏，周围景物猛地开始滚动和旋转，忽然之间，我仿佛变成了一叶扁舟，在汹涌巨浪中沉浮。我的眼睛在眼眶中颤抖，呕吐也找上门来。接着我被紧急送往医院，之后的几个星期里，我的世界一直天旋地转。经过诊断，我患上了迷路炎(labyrinthitis)，这是一种内耳疾病，它的学名不同凡响，患病体验却痛苦难耐。

迷路炎需要卧床休养几个星期才能康复，在此期间，我几近无所事事——不能读书，不能看电视，也不能享受亲子时光。我只剩自己的思想，它们时而在昏沉的天空中飘荡，时而在脑海中恣意地翻涌——永无止息、无孔不入、令我惶恐。在那些漫长而寂静的日子里，我的思想挣脱了病体四处游走，去到往日故地中漫步。

作家阿丽嘉·古德曼（Allegra Goodman）曾被问道："你希望让谁来记录你的人生故事？"她回答说："我似乎正在为自己作传，但我是一位小说家，一切文字都被我用专属密码加密了。"于我而言，似乎有部分读者认为他们已经破解了我的密码。他们会认定我与书中的主人公拥有相同的世界观，当他们对我提问时，仿佛我就是主人公本人。记得曾有一位著名采访者问我，我是否也和《龟背上的世界》的主人公一样，会在接吻时恐慌症发作。

之所以会招致诸多此类提问，是因为我以精神病患者的身份公开生活，但在小说的背景下过多地谈论自己，仍令我疲惫不堪、躁动不安。我告诉采访者："不，我对于接吻并不焦虑，但我的确经历过恐慌症发作，那种体验十分恐怖。"当我说这些话时，我感觉我游离在自身之外，仿佛我并不真正属于我自己，只是我向大众贩卖或者至少是出租的某件商品，以此来换取媒体对我的美言。

而当我终于从迷路炎中康复，我意识到我不愿再书写密码了。

2000年，我在一家儿童医院当了几个月的学生教士。我当时已经被神学院录取，计划成为一名圣公会牧师，但在医院的经历使我中途放弃了这项计划。我在那儿目睹的苦难令我痛心疾首、无法承受，时至今日仍旧不堪回首。我没有入读神学院，而是搬到了芝加哥，在一家临时工中介机构做打字员，直到最后找到一份为双周的书评杂志《书单》（*Booklist*）

做数据录入的工作。

几个月之后,一位编辑询问我是否喜欢爱情小说,我才第一次拥有了为一本书创作书评的机会。我告诉她我喜欢爱情小说,她便给了我一本以17世纪的伦敦为故事背景的小说。在接下来的五年里,从佛陀绘本到诗文集选,我为《书单》评论了数百本书。在这个过程中,我对书评格式产生了浓厚的兴趣。《书单》的书评限制在175字以内,这就意味着每一句话都必须"身兼数职"。每篇书评不仅要介绍一本书,还要包含对此书的分析,毁誉共存于同一篇书评中。

《书单》拒绝使用五星评价法(five-star scale)。为何?因为通过这175字,书评者向该书的潜在读者所传递的信息远比任何一项数据结果都要丰富。在过去的几十年里,五星评价法开始用于批判性分析。虽然早在20世纪50年代,该方法就被偶尔应用于电影评级,但直到1979年它才被用于酒店评级,而直到亚马逊公司(Amazon)引入用户评论这一模块,五星评价法才被广泛地用于图书评级。

对于人类而言,五星评价法并不存在于现实,它只存在于数据聚合系统,因此直到互联网时代,它作为事物的评价标准才获得了大众的认可。对于人工智能而言,通过175字的书评来总结出一本书的质量好坏是一项艰苦的工作,而使用五星评价法则是人工智能的理想选择。

将迷路炎用作一种隐喻是十分诱人的:我的生活一度失衡,我也因此被平衡障碍所摧残。我花费一个月铺设出一条笔直的小路,可转眼便挨了当头一棒,原来生活从来不是一条简单易走的路,而是一个错综交织、令人眼花缭乱的迷宫。即便此刻我正在组织这篇前言,却仍像在建造迷宫一般,反复唠叨着已经讲述过的事件。

然而，在小说《龟背上的世界》（Turtles All the Way Down）和《无比美妙的痛苦》（The Fault in Our Stars）中，我曾试图反对疾病的符号化，我希望至少强迫症和癌症不要被描绘成一场人类的必胜之战、一种性格缺陷的象征性表现，或是其他刻板的符号，而是被描绘成人类要尽可能与之和平相处的疾病。我患上迷路炎并不是因为宇宙想给我上一堂关于平衡的课，所以我尽可能试着与它和谐共处。在六周的康复期内我的状况基本好转，但仍会经历阵发性眩晕，那种感觉十分恐怖。我现在终于切身体会到人的意识是暂时的、摇摆不定的，而人的生命就是一种维持平衡的行为，这并不单单是一个比喻。

随着病情好转，我开始思索起余生要做些什么。我重新开始在每周二制作视频，每周与我的兄弟制作播客，但我没有重拾写作，那年秋冬我不曾为读者执笔写作，14 岁以来我从未脱离过写作如此之久。我想我怀念写作，就像怀念一位激情褪去的旧爱那样。

2005 年，我告别了《书单》和芝加哥，因为我的妻子莎拉考上了纽约的研究生。她获得学位之后，我们搬到了印第安纳波利斯。莎拉在印第安纳波利斯艺术博物馆（Indianapolis Museum of Art）工作，担任当代艺术的策展人。从此，我们便一直住在这里。

我在为《书单》工作期间阅读了大量的书籍，因此记不清第一次接触到"人类世"这个词语的确切时间了，但一定是在 2002 年前后。"人类世"是一个根据当前地质时代提出的术语，在这个时代人类已经深刻重塑了地球及其生物圈。没有什么比美化人类更能暴露人性的缺陷，但在 21 世纪，人类的确是地球上一股巨大的力量。

我的弟弟汉克（Hank）作为一名生物化学家，他曾向我解释："作为一个人,你所面临的最严峻的问题是其他人。你容易被其他人左右,并且对他们产生依赖。但是想象一下,如果你是21世纪的河流、沙漠或是北极熊,那么你最大的威胁依然是人。你仍然容易受到他们的影响,并且对人产生依赖。"

2017年秋天,汉克和我一起参加了新书的巡回宣传,乘车在各个城市间穿梭。为了打发漫长的车内时光,我们尝试搜索谷歌用户对沿途地点的评论,比比哪条更荒谬。比如,一位名叫卢卡斯(Lucas)的用户给荒地国家公园(Badlands National Park)打了一星差评,他评论道:"这里山太少。"

在我成为书评人之后的这些年里,每个人都成了评论家,每件事都成了评论的对象。五星评价法不仅适用于书籍和电影,还适用于公共洗手间和婚礼摄影师。我治疗强迫症的药物在Drugs.com上得到了1100多个评价,平均分是3.8分。在根据我的作品《无与伦比的美妙》改编而成的电影中,有一个场景是在阿姆斯特丹(Amsterdam)的一条长椅上拍摄的,那条长椅现在获得了数百条谷歌评论。(其中我最喜欢的是一条三星评论,全文是:"这是一条长椅。")

五星评价法一夜之间入侵了生活的各个角落,在惊叹的同时我告诉汉克:"几年前我曾有一个想法,要创作一篇关于加拿大鹅的评论。"

汉克说:"不如就叫《人类世评论》(The Anthropocene Reviewed)。"

实际上,早在2014年我就创作了几篇评论,包括关于加拿大鹅的那篇,还有一篇是关于健怡胡椒博士饮料(Diet Dr Pepper)的。2018年年初,我将这些评论发给了莎拉,询问她的意见。

"我"这个人称代词从未出现在我的书评中。我常想象自己是一位公正无私的观察者，以局外人的视角来写作。我早期创作的关于健怡胡椒博士饮料和加拿大鹅的评论，也是以第三人称视角和全知的叙述形式创作的，两篇都属于评论式的文章。莎拉读完后指出："生活在人类世时代，没有冷漠的旁观者，只有参与者。当人们撰写评论时，他们实际是在撰写一本私人回忆录，'啊，这就是我在这家餐馆吃饭的经历'或'这就是我在这家理发店理发的经历'。"我为健怡胡椒博士饮料撰写了1500字的评论，却从未提及我个人对这款饮料多年来深深的喜爱。

大约也是这段时期，我逐渐开始恢复平衡感，于是重温了几个月前逝世的我的朋友和导师艾米·克劳斯·罗森塔尔（Amy Krouse Rosenthal）的作品。艾米曾写道："那些对生活感到茫然、想寻求帮助的人们，我想告诉你们，请用心感受你所关注的事物。这条建议已经足够帮助你们。"我的注意力变得零碎，我的世界也变得异常喧嚣，这导致我无法集中注意力于我正关注的事物上。但当我按照莎拉的建议，将自身的经历与感受纳入评论中，我觉得这是多年来第一次努力感受着我所关注的一切。

这本书最初以播客的形式呈现，我试图将我所经历的人类生活的一些矛盾记录下来，比如人类是如此的同情心泛滥却又如此的残忍无情，如此坚韧执着却又如此轻易地感到绝望。最重要的是，我想探索人类力量所蕴含的矛盾性：我们的力量过于强大却又不够强大。我们有足够的力量彻底重塑地球的气候和生物圈，却没有足够的力量来选择重塑地球的方式；我们有足够的力量挣脱这颗星球的束缚，甚至能够逃离它的大气层，却没有足够的力量将所爱之人从痛苦中拯救出来。

我还想在书中记录一些我的小生活与人类世的大力量发生碰撞的时刻。2020年年初，我在做了两年播客之后，一股罕见的力量以一种新型冠状病毒的形式强势地席卷了地球。从那时起，我开始书写我唯一能写的东西。在这场劫难中（截至 2021 年 4 月，此劫难仍未结束），许多令人恐惧、令人哀叹之事——浮出水面。但我也见证了人们在一起分享共同学会的东西，一起照顾病人和弱势群体。即使相隔遥远，我们也紧紧相连。正如莎拉告诉我的："这个时代没有旁观者，只有参与者。"

在生命的最后时刻，伟大的图画书作家兼插画家莫里斯·桑达克（Maurice Sendak）在全国公共广播电台（National Public Radio, NPR）的一档访谈节目《新鲜空气》（*Fresh Air*）中说："我常常哭泣，因为我想念人们，眼看他们凋零，我却无法阻止。他们离我而去，我却爱他们更深。"他还说："我渐渐发现，随着我的衰老，我已经爱上了这个世界。"

最近几年，我开始用心感知这个世界。直到今天，我终于爱上了这个世界。爱上这个世界并不代表要忽视人类自身和其他生物的苦难。于我而言，爱上世界就是仰望星空，感受思想在美丽而遥远的夜幕下飘飞遨游；就是怀抱着哭泣的孩子，目送六月的梧桐树落叶归根。当胸骨开始隐隐作痛，当喉咙发紧，当眼泪呼之欲出，我企图让自己抽离，不再沉迷于感知万物，我想用讽刺的语气、满不在乎的态度，或是其他任何无法直接触发我感受的事物来转移注意力。我们都清楚，爱终会消逝，但我仍想对世界献出我的爱，让它撼动我的心门，使我豁然开朗。来人间一趟，我希望能在有限的日子里尽情感受这个世界。

桑达克用他在公开场合说的最后一句话结束了那次采访，他说："去照料生活，去感知世界，去体悟美好。"此书便是由此而著。

《你永远不会独行》

You'll Never Walk Alone

★★★★★

现在是 2020 年 5 月,我的大脑不太能适应它——当下这个疫情时代。

我发现我越来越频繁地用"它"(it)和"这"(this)来指代这个时代,我没有直呼其名,或许根本没有必要。此刻我谈论的是珍贵的人类体验,这是全人类不言自明的共同体验,因此在代词之前不需要用先行词来做说明。恐惧与痛苦包围了人们,我则寄希望于写作,期盼它成为一种解脱。然而就像光线穿过百叶窗、洪水穿过紧闭的门,恐惧和痛苦依然会渗透进来,侵蚀我的心灵。

我想你正在未来的某一刻阅读这篇文章，也许那一刻无比遥远，远到当下的疫情已经终结。我清楚这一切永远不会彻底结束，世界的下一个常态会与上一个有所不同。然而重要的是，我们一定会迎来下一个常态，我希望那时你能身在其中，也祈祷我能与你一同见证。

与此同时，我必须努力生存在当下，并尽可能地让自己舒适。而对于最近的我来说，舒适是一首流行歌曲。

＊＊＊

1909年，匈牙利作家费伦茨·莫尔纳（Ferenc Molnár）的戏剧《利力姆》（*Liliom*）在布达佩斯（Budapest）首映。剧中的利力姆是一个年轻气盛、爱惹是生非、有间歇性暴力倾向的旋转木马拉客者（carousel barker），他爱上了一个名叫朱莉（Julie）的女人。朱莉怀孕后，为了给女友和未来的孩子一个体面的生活环境，利力姆策划了一场抢劫，但这是一场彻底的灾难——他死在了这次抢劫中。最终，在炼狱煎熬了整整16年之后，利力姆获得了一天的时间，去探望他已经十几岁的女儿露易丝（Louise）。

《利力姆》在布达佩斯的首映票房惨淡，但莫尔纳并未就此一蹶不振。他继续在欧洲各地演出，并最终登上了美国的戏剧舞台。1921年，《利力姆》的翻译版本在美国受到好评，并取得了不错的票房成绩。

作曲家贾科莫·普契尼（Giacomo Puccini）希望将《利力姆》改编为歌剧，但莫尔纳拒绝向他出售版权，因为他希望"人们能够记住《利力姆》不是普契尼的歌剧，而是莫尔纳的戏剧作品"。然而，莫尔纳却将版权卖给了一对音乐剧搭档——理查德·罗杰斯（Richard Rodgers）和奥斯卡·汉默斯坦二世（Oscar Hammerstein II），他们的音乐剧《俄克拉荷马!》（*Oklahoma!*）刚刚大获成功。这样一来，莫尔纳就确保了《利力姆》将作为罗杰斯和汉默斯坦二世的音乐剧作品而被人们铭记。这部音乐剧改名为《旋转木马》(Carousel)，于1945年首演。

在这部音乐剧中，罗杰斯和汉默斯坦二世创作的歌曲《你永远不会独行》(You'll Never Walk Alone)出现了两次：第一次是为鼓励刚刚丧夫的朱莉而唱起，第二次由露易丝的同学们在多年之后的毕业典礼上唱起。露易丝起初不愿和大家一起唱——她太难过了，但即使此刻无法用眼睛捕捉到父亲的身影，她也能感知到父亲的存在与默默的鼓励，于是最终她也敞开心怀唱了起来。

***

《你永远不会独行》的歌词所使用的意象并无新意：它有句歌词是"狂风暴雨也要走更远"，这一关于暴风雨的再创造算不得巧妙；歌中写道"心怀希望地继续前行"，也是十足的陈词滥调；还有句歌词唱道，"当暴风雨过去，天空灿烂无边，云雀的歌声如银铃般甜美悦耳"事实上，当风暴结束，四处都是散落的树枝和倒下的电线杆，河流也在汹涌泛滥。

然而，这首歌却治愈了我，也许是因为它一遍又一遍地重复着"继续前行，继续前行"。我认为作为人，要承认两个基本事实：第一，无论如何我们必须继续前行；第二，我们当中没有人曾孤独前行。我们也许会感觉到孤独（事实上，我们一定会在某一刻感到孤独），但即使阵阵孤立无援之感涌上心头并将我们攫住，使我们摇摇欲坠乃至支离破碎，我们也并不是孤身一人。正如同毕业典礼上的露易丝，那些遥远甚至已经离我们而去的人们仍然与我们在一起，鼓励着我们继续前行。

从弗兰克·辛纳屈（Frank Sinatra）到约翰尼·卡什（Johnny Cash）再到艾瑞莎·富兰克林（Aretha Franklin），许多知名歌手都曾翻唱过《你永远不会独行》，但最广为传唱的是格里和带头人乐队（Gerry and the Pacemakers）在1963年翻唱的版本。这个乐队和披头士乐队（the Beatles）一样来自利物浦，经纪人是布莱恩·爱普斯坦（Brian Epstein），负责录音的是乔治·马丁（George Martin）。为了呼应他们乐队的名字，带头人乐队改变了这首歌的节奏，提升了曲速，为这首悲伤的歌曲注入了一丝活力。他们这一版本大受欢迎，占据了英国音乐榜单的榜首。

这首歌刚诞生，利物浦足球俱乐部的球迷立即在赛场上合唱起这首歌来。那年夏天，利物浦的传奇主教练比尔·香克利（Bill Shankly）告诉带头人乐队的主唱格里·马斯登（Gerry Marsden）："格里，我给了人们一支球队，而你给了他们一支永恒的歌。"

如今，在利物浦安菲尔德球场（Anfield）大门上方的锻铁上，镌刻着"你永远不会独行"；利物浦著名的丹麦中后卫丹尼尔·阿格（Daniel Agger）的右手指关节上，文着YNWA四个字母（You'll Never Walk Alone的缩写）。我当了几十年的利物浦球迷[1]，对我而言，这首歌与俱乐部有着千丝万缕的联系，只要听到开头的几个音符，我就会记起和其他球迷合唱这首歌的所有时光，有时我们振奋高歌，但我们通常都是沉痛哀唱。

在1981年比尔·香克利去世之后，格里·马斯登（Gerry Marsden）在追悼会上演唱了《你永远不会独行》，这首歌曾在许多利物浦球迷的葬礼

---

[1] 我对利物浦球队的感情从何而来？在12岁时，我曾是中学足球队的一员。当然我踢得不好，所以我很少上场。我们队里有一位出色的球员，名叫詹姆斯，他来自英国。他告诉我们英国有许多职业足球队，成千上万的球迷在比赛期间会聚集起来，肩并着肩地放声高歌。他还说英格兰最好的球队是利物浦队，所以从那时起我就对此深信不疑。

上响起。对我来说，这首歌的神奇之处在于它既是一首葬礼悼曲，又是一首庆祝高中毕业的歌曲，还是一首表达"我们在冠军联赛击败巴塞罗那队"的庆祝曲。曾以球员和主教练身份效力于利物浦俱乐部的肯尼·达格利什（Kenny Dalglish）说："这首歌涵盖了逆境与悲伤，同时也昭示着成功与希望。"是的，它唱出了暴风雨的残酷，也唱出了暴风雨过境后金色的、灿烂的天空，你永远不会独行，即使梦想破碎，人们也要彼此依偎。

全世界最流行的足球歌曲来源于音乐剧，乍看之下似乎很稀奇。然而足球运动本身就是一场跌宕起伏的戏剧，是球迷们为其加入了歌唱元素，让它变成了音乐剧。西汉姆联队（West Ham United）的队歌名叫《我永远在吹泡泡》（*I'm Forever Blowing Bubbles*），在每场比赛开场时，成千上万的成年球迷在看台上吹泡泡，球馆中回荡着他们嘹亮的歌声："我永远在吹泡泡，漂亮的泡泡在空中飘荡；它们飞得那么高，几乎触摸到天堂；之后像我的梦想，它们消逝和死亡。"曼彻斯特联队（Manchester United）的球迷将由朱莉亚·沃德·豪（Julia Ward Howe）填词的美国内战颂歌《共和国战歌》（*Battle Hymn of the Republic*）改编为歌曲《光荣属于曼联》（*Glory, Glory Man United*）。而曼彻斯特城队（Manchester City）的球迷唱的则是《蓝月亮》（*Blue Moon*），这是 1934 年罗杰斯和哈特创作的歌曲。

众人的合唱赋予了这些歌曲伟大的意义，它们是众人在无数悲喜时刻的团结宣言：无论泡沫飞扬还是破灭，我们都将坚定地并肩歌唱。

"你永远不会独行"，这句话不免俗气，但它所言不虚。这首歌并未宣扬整个世界都是一个公平与幸福之地，它只是鼓励我们要心怀希望地继续前行。就像《旋转木马》结尾的露易丝一样，即使刚开始唱歌时你不相信雨后会有灿烂的天空与云雀银铃般的甜美歌声，但当你唱完整首歌，你便会多一分信任。

2020年3月，一段视频在网上热传，一群英国医护人员隔着玻璃墙向重症监护室里的同事唱起了《你永远不会独行》，试图用歌声鼓励他们的同事。鼓励，en-courage，多么动人的词语，它的含义是为对方注入（en）格里和带头人勇气（courage）。尽管梦想可能会被嘲讽和打击，但我们仍然要为彼此唱出勇气。

《你永远不会独行》值得四颗半星。

人类的时间范围

Humanity's Temporal Range

★★★★

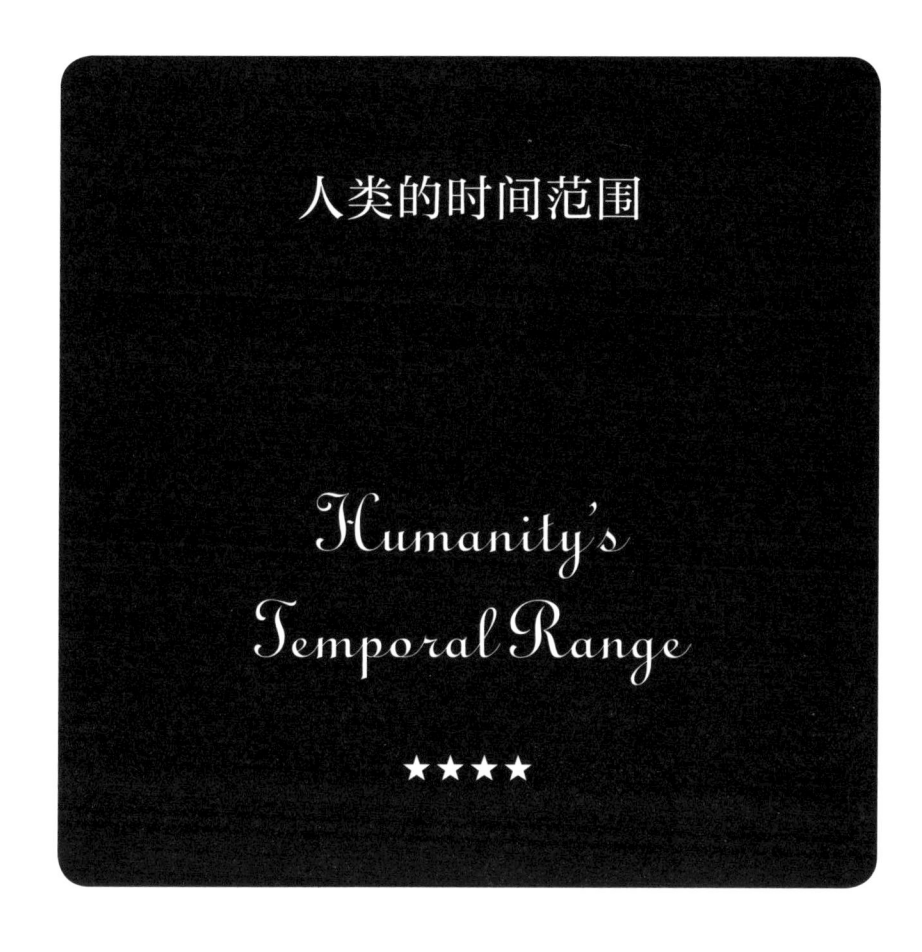

我记得 9 岁或 10 岁时，曾在奥兰多科学中心（The Orlando Science Center）观看了一场天文表演。主持人的声音不带有明显的感情色彩，他讲解道，大约 10 亿年后，太阳的照射将比现在强烈 10%，极有可能造成地球上海水的迅速蒸发。大约 40 亿年后，地球表面将变得极其炎热，地球会因此融化。大约在 70 亿或 80 亿年后，太阳将变为一颗红巨星，它将不断膨胀，直至吞噬我们的地球。到那时，人类在地球上的所有痕迹——我们的所思所想与所言所行——都将被这个燃烧的巨型等离子球

吞噬殆尽。

"奥兰多科学中心感谢您的参观,出口在您左手边。"主持人最后说道。

过去的35年里,我耗费了大部分时间才从那番讲解带给我的震惊中回过神来。我后来才知道,我们在夜空中看到的许多星星都是红巨星,包括大角星(Arcturus)。红巨星很常见,恒星体积逐渐膨胀,最终吞噬掉曾经宜居的星系,这同样也很常见。也难怪人们会担忧世界末日的到来,在浩瀚的宇宙中,世界末日时刻都在发生。

***

2012年,一项在20个国家进行的调查发现,相信人类将在有生之年灭绝的人所占的比例在各个地区有很大差异。在法国,接受调查的人中有6%的人相信,而这一比例在美国达到了22%。这样的调查结果不无道理:法国一直是世界末日传教士的故乡。比如,图尔的主教马丁写道:"毫无疑问,基督的大敌已经诞生。"但这是4世纪的事情了。美国的世界末日论有更短的历史,震颤派(Shaker)曾预言世界将在1794年终结,著名的广播传教士哈罗德·康平(Harold Camping)也曾推算出世界末日将于1994年到来,然而直到1995年这一预言都没有应验,于是康平再次宣布,末日将于2011年5月21日"吹响号角",之后将是这样一番光景:"五个月内火与硫黄从天而降,瘟疫席卷大地四方,地球将遭受严酷惩罚,每天都会有数百万人丧命。最终在2011年10月21日,世界将毁于一旦。"然而这一切都没有发生,康平说:"我们坦率地承认我们误判了世界末日的时间。"尽管据记载,没有人曾坦率地承认过这一事情。此时我想起了我的宗教学教授唐纳德·罗根(Donald Rogan)给我的箴言:"不要预测世界末日，你的预测一定是错误的；而且即使你是正确的，也不会有人前来祝贺。"

2013 年，92 岁的康平逝世，迎来了他人生的"末日"。我们对世界末日的恐惧在某种程度上源于一个奇怪的现实状况：我们每个人的寿命都是有限的，个体的世界即将在不远的将来终结。从这个意义上说，末日焦虑也许是人类惊人的自恋能力的产物。毕竟"我"已经消失，这个世界又怎么可能在它最重要的栖息者死去之后幸存下来呢？但我认为，还有其他因素催生了我们的末日恐慌情绪。我们之所以预测人类终将灭亡，在某种程度上是因为我们知道其他生物已经灭亡。

我们被古生物学家称为"现代人类"，已经存续了约 25 万年。这就是人们所说的"时间范围"（temporal range），也就是人类作为一个物种存在于地球上的时间长度。大象的年龄至少比人类大 10 倍，它们的诞生可以追溯到 250 多万年前结束的上新世时代（Pliocene Epoch）。羊驼已经存在了大约 1000 万年，比人类寿命长 40 倍。大蜥蜴是一种生活在新西兰的爬行动物，最早出现在 2.4 亿年前。从超大陆盘古大陆（Earth's supercontinent of Pangaea）开始分裂之前，大蜥蜴就存在了，他们在地球存活的时间是人类的 1000 倍。

实际上，人类比北极熊、土狼、蓝鲸和骆驼存在的时间更短。而且，从渡渡鸟到大地獭，人类比许多被我们赶下台的动物还要年轻得多。

***

2020 年春天，在美国的学校、杂货店因为新冠病毒而开始陆续关闭的几周之后，有人给我寄来了自己收集整理的一些资料，里面记录了我曾在公共场合表达过的对于大范围传染病的担忧与恐惧。在播客《我恐惧的 10 件事》(*10 Things That Scare Me*)中,我将"一种使人类社会规范崩溃的全球性流行病"列为第一名。几年前,在一段关于世界历史的视频中,我曾对"如果明天地球上出现某种超级细菌,并沿着全球贸易路线大范围传播,那么人类将面临的处境"进行过推测。2019 年,我在播客中说过:"我们都知道全球性流行病即将降临,人类必须做好战斗的准备。"然而,我自己并未做任何准备。对我而言,即使是注定的未来难以避免,却总显得模糊不清,直到它成为现实的那一天。

在孩子们的学校关闭后,我也将几年前买的口罩重新翻出来,那是当年为孩子们建造树屋时购买的,用来减少锯末吸入。这之后,我给弟弟汉克打了一个电话,告诉他我因疫情担惊受怕,但那时我并不了解疫情波及的范围之广,直到很久之后我才了解。在我们两兄弟中,汉克一直是清醒、理智、冷静的那个,虽然在年龄上我更年长,但这并不妨碍汉克成长得更加独当一面。从儿时起,汉克就是我焦虑时的"安定剂"。当我隐约感知到某处威胁却无法精准地判断时,我便看向汉克,如果他没有惊慌,我就安慰自己无大事发生。因为如果真的有什么不对劲,汉克不可能表现得如此泰然自若。

所以这次,我也将我的恐惧告诉了汉克。

"我们会度过这次劫难,人类会存活下来,"他回答我,但有些语塞。"人类会存活下来,你就只能给我这么一句话?"

他顿了顿,我第一次听到了他呼吸中的颤抖。可在从前,往往我才是恐惧到呼吸颤抖的那个。"我没有其他要说的了。"片刻之后他说道。

我告诉汉克我买了 60 罐健怡胡椒博士,打算在封城期间每天喝两罐。

听到这话,他才露出那副熟悉的微笑,好像在说"我哥真是个难缠的家伙"。他接着说道:"整整 40 年你都在为大范围流行病而忧虑,但你肯定不清楚它的传播机制。"

***

零售营销有一条规则,即为了最大限度地提高销量,企业需要营造一种紧迫感——超级大减价马上要结束了,只剩最后几张票了!不过,这类商业威胁几乎都是虚假的,尤其是在电子商务时代。但这种方法行之有效,它与人类的末日预言有相似之处,即当我们感觉到某种重大考验正在逼近时,我们才会真正地开始行动,无论是在升天之前急于拯救自己的灵魂,还是匆匆地解决地球的气候变化问题。

我试着宽慰自己,在 4 世纪,图尔的马丁(Martin of Tours)对于末世的焦虑一定和我当下的焦虑一样真切。一千年前,人们视洪水和瘟疫为世界末日的预兆,因为它们蕴藏着一股无可比拟的力量,远远超出了人类的认知。随着我慢慢长大,计算机和氢弹也逐渐兴起,随之而来的千禧年危机(Y2K)和核冬天(nuclear winter)加剧了末日恐慌。如今,这类忧虑有时集中在人工智能的失控现象上,大多数时候集中在令人措手不及却能毁天灭地的大流行上,但我的忧虑通常是气候焦虑或生态焦虑,这些术语几十年前尚未出现,如今已经成为普遍现象。

人类本身已经成为一场生态灾难。在短暂的 25 万年里,人类的行为已经导致许多物种彻底灭绝,还有更多物种也因此数量锐减。这个事实是可悲的,人类对于其他生物的迫害也变得越来越没有必要。几千年前,当我们猎杀一些大型哺乳动物致其灭绝时,可能还未意识到自己在做什么;但现在我们已经清楚地意识到自己的行为和可能导致的后果。我们已经懂得如何收敛行为,不再肆意无度地掠夺地球和破坏地球,我们可以节约能源、少食肉禽、少砍伐森林，然而我们没有这样做。因此，对于许多生命形式来说，人类就是世界末日。

***

有些世界观接受了循环宇宙论，例如印度教末世论，它列出了一系列时长为数十亿年的时间周期，这些周期被称为劫（kalpas），度过一劫就意味着世界经历了一个形成、维持和衰落的循环。但在线性末世论中，人类的末日通常被称为"整个世界的末日"，尽管人类从地球上消失很可能并不意味着世界的终结，也不意味着世界上生命的终结。

人类的存在对自身和许多物种都是一种威胁，但地球会从这种威胁中存活下来。实际上，可能只需要区区几百万年，地球上的其他生命就能重整旗鼓，从人类的威胁中恢复过来，因为它们曾经历过更加严重的冲击：2.5亿年前，在二叠纪大灭绝（Permian extinction）期间，海洋表面水温可能达到了104华氏度或40摄氏度，地球上95%的物种都在劫难逃，此后的500万年里，地球成为一个"死寂地带"，几乎没有任何生命能够繁衍生息。

6600万年前，一颗小行星撞击了地球，形成了一片巨大的尘埃云，致使阳光被遮挡，大地陷入了长达两年的寒冷黑暗，植物几乎停止了光合作用，75%的陆地动物也因此灭绝。相比之下，人类还算不上地球生的一场大病。当人类消失时，地球可能会长舒一口气："好吧，人类这颗痘痘有点难对付，但至少我没得小行星综合征，那才是致命的疾病。"

从进化的角度来说，困难在于从原核细胞进化到真核细胞，再从单细胞生物进化到多细胞生物。地球已经大约45亿岁了，如此漫长的时间跨度超出了我的理解能力。我们不妨将地球历史想象成一个日历年，假设地球于1月1日形成,且今天是12月31日晚上11时59分。这样一来,地球上的第一个生命诞生于2月25日前后;光合作用生物在3月下旬首次出现;多细胞生命在8月或9月才姗姗来迟;最原始的一批恐龙,如始盗龙(eoraptor),出现在大约2.3亿年前,也就是这一日历年的12月13日,预示着恐龙灭绝的流星撞地球则发生在12月26日前后;而直到12月31日晚上11时48分,智人才成为这个故事的一部分[1]。

换句话说,从单细胞生命进化到多细胞生命,地球大约花了30亿年。而从霸王龙(Tyrannosaurus rex)到能读、能写、能挖化石、能推算出大致的生命时间线,并担心生命终结的人类,地球只用了不到7000万年的时间。除非我们设法消灭地球上所有的多细胞生物,否则至少在海洋蒸发、地球被太阳吞噬之前,地球不必从头再来,就会渐渐从人类的破坏中恢复过来。

但到那时候,我们都会消失,连同我们的集体记忆,还有我们搜集贮藏的种种回忆,一切痕迹都会消失。我觉得人类末日之所以令我恐惧,一部分是源于人类的记忆终将消失。我相信,即使没有人听到一棵树在森林中倒塌的声音,它也实实在在发出过轰鸣。然而,如果四周不再有人播放比莉·哈乐黛(Billie Holiday)的唱片,这些音乐就真的从此失传了。我们的确制造了许多痛苦,但我们也制造了许多珍贵的回忆。

我知道地球终究会比人类存活得更久,在某种程度上,它会变得更有活力,鸟鸣声会更欢快悠扬,更多的生物四处游荡,植物生长得愈发茂

---

[1] 农业、大型人类群落,以及单一庞大的人类社会结构都出现在这个日历年的最后一分钟。工业革命、两次世界大战、篮球的发明、录制音乐的兴起、电动洗碗机的发明,以及比马更快的交通工具的发明,都出现在最后几秒内。

盛，甚至挤占了我们的人行道，人类曾经改造过的地球会回归原始的自然样貌。我不时在脑海中勾勒着这些画面：土狼在我们曾经建造的房屋的废墟中歇息；在最后一个人消失了几百年之后，仍然有人类生产的塑料制品被冲上海滩；飞蛾因失去了人工照明而无处可去，最终飞回了月球。

即使人类的生命终结，地球仍将继续她的"生活"，这令我感到些许安慰。但我想说的是，人类这束光熄灭，将造成地球上最大的悲剧。虽然人类总是浮夸又自大，但我的确认为我们是迄今为止出现在地球上的最有趣的生物。

人类很容易忘记自己是多么神奇、多么可爱的生物。因为有摄影和艺术，我们每个人才能见识到肉眼永远也无法见证的奇观，比如火星表面、深海的发光鱼、戴珍珠耳环的17世纪女孩；因为有共情力，我们才能感受到没有共情力的生物可能永远无法感受到的情感；因为有丰富的想象力，我们才能描绘出大大小小的世界末日。

我们是已知的宇宙中唯一知晓宇宙之广袤的生物，我们都清楚我们正绕着一颗迟早会将我们吞噬的恒星旋转，我们也是唯一了解各类物种都有其时间范围的物种。

***

复杂生物往往比简单生物拥有更短的时间范围，人类属于复杂生物，无疑面临着巨大的挑战。在这样一个人类有足够的力量使整个地球变暖，却无力阻止它继续变暖的世界里，我们需要找到一种生存下去的方式。我们甚至可能不得不接受自己濒临被时代淘汰的现状，因为科技能代替我们完成更多的工作，而且比我们完成得更好。但与100年或1000年前相比，我们如今的处境更有利，能帮助我们解决当下最严峻的难题。如今人类集体智慧的力量比往昔任何阶段都强大，同时我们拥有更丰富的资源，还可以站在巨人的肩膀上，接受比往日更充沛的知识的洗礼。

除此之外，人类还展现出一种愚钝而惊人的执着。早期人类在狩猎和捕鱼时可能使用过许多种策略，其中一种常见的策略是耐力狩猎（persistence hunting）。在耐力狩猎中，捕食者依靠的是高超的追踪能力和十足的毅力。他们跟踪猎物好几个小时，每次猎物从他们身边逃开，他们便跟上去，猎物再跑开，他们再跟上，猎物只能继续逃跑，直到筋疲力尽再也逃不动，最终落入猎人手中。数万年来人类一直在捕获比我们速度更迅猛、体格更强壮的生物，这就是奥秘所在。

人类从未停止前行，人类的踪迹遍布七大洲，其中包括对我们而言气候极寒冷的北极洲。我们曾经远渡重洋，向着目不能及、不知能否抵达的陆地孤注一掷地驶去。执着（dogged）是我喜爱的词语之一，我热爱执着的追求、执着的奋斗、执着的决心。但请不要误解，我指的并不是动物的顽强，狗（dog）的确非常顽强（dogged），但我指的是人性化（humaned）的顽强，我赞颂的是人类的信念和人类的决心。

在我生命的大部分时间里，我一直相信我们正处于人类历史的第四季度，甚至可能已经到了最后的时日。但最近我开始相信，这种绝望的情绪只会让我们本就微小的长期存活机会变得更加渺茫。我们必须战斗，如同找到了值得为之战斗的东西，如同我们值得为自己而战一样，我们必须振作起来奋力战斗。所以，我选择相信人类并没有走向世界末日，末日不会降临，我们会找到一种方法，在即将到来的变化中存活下来。

"变化，是宇宙中不可避免、不可抗拒、长久不变的现实。"奥克塔维亚·巴特勒（Octavia Butler）写道。而我又有什么资格说人类已经完成了所有的变化？我有什么资格说巴特勒所幻想的"地球种子注定会扎根于群星之中"是错误的？这些天来，我选择相信，人类不懈的意志和强大的适应能力将帮助我们在漫长的时间里紧跟宇宙的步伐，一起不断地变化。

到目前为止，在微不足道的 25 万年里，人类的时间范围很难收获超过一颗星的评价。然而，即使最初我觉得弟弟的话令人苦恼，但这些天来我发现自己也在反复念叨这些话，并且对此深信不疑。汉克说得对，他一向如此。我们将在这次劫难中幸存下来，人类的未来远远不止于此。

因此，怀着希冀与期待，我给人类的时空范围打四颗星。

哈雷彗星

Halley's Comet

★★★★☆

　　有一个关于哈雷彗星（Halley's comet）的未解之谜，就是没有人知道该如何拼写它的名字，因为这颗彗星是以一位天文学家的名字命名的，他将自己的姓氏拼写成海莉（Hailey）、哈雷（Halley）和霍利（Hawley）三种。我们认为，随着表情符号的出现以及词语字面意思的改变，语言在近年来发生了很大变化，但无论如何，我们至少拿得准自己姓名的拼写方式。在本书中，我打算称这颗彗星为哈雷彗星，在这里要向我们当中的霍利们（Hawleys）和海莉们（Haileys）说抱歉了。

哈雷彗星是唯一一颗能够在地球上用肉眼定期观测到的周期性彗星，它要花74到79年才能绕太阳的高椭圆轨道（highly elliptical orbit）运行一周，所以一个人一生只有一次机会，能看到哈雷彗星照亮夜空，持续数周。但如果你来到这个世界和离开这个世界的时间点非常巧妙，那么你可能有幸见证两次这样的壮丽奇景。举个例子，美国作家马克·吐温（Mark Twain）就是在彗星划过密苏里州的天空时呱呱坠地的。他在74年后写道："1835年，我与哈雷彗星一起来到地球。明年哈雷彗星还会来赴约，希望那时我能和它一道离开，就像来时一样。"他如愿以偿，1910年，当哈雷彗星再次出现时，马克·吐温也与世长辞了。他是一位在叙事结构方面天赋异禀的作家，尤其是在撰写回忆录方面。

76年后，这颗彗星于1986年冬末再次出现，当时我8岁。用维基百科的话说，此次哈雷彗星给地球留下了"史上最不受欢迎的"一抹幻影——与往常相比，这次它距离地球太远了。由于彗星与地球距离太远，再加上电灯普及之后人工照明大大增多，因此在许多地方无法用肉眼观测到哈雷彗星。

我当时住在佛罗里达州的奥兰多市（Orlando, Florida），那里灯火通明，但在哈雷彗星最为明亮的那个周末，父亲开车载我去了奥卡拉国家森林（Ocala National Forest），我们家在那里有一间小木屋。我至今仍觉得那是我一生中较为美好的日子之一，在那个周末的尾声，我透过父亲的观鸟双筒望远镜捕捉到了哈雷彗星的美丽倩影。

***

人类可能在几千年前就知道哈雷彗星是一颗会重复出现的周期性彗星。《犹太法典》（Talmud）中曾提道："有一颗星星每七十年会出现一次，让船长们犯错。"但在当时,随着时间的流逝,人们通常会遗忘已经学会的东西。仔细想想,也许不只是那时候的人们容易遗忘。

总而言之,埃德蒙·哈雷(Edmond Halley[1])注意到,他在1682年观测到的彗星的轨迹似乎与1607年和1531年报道的彗星轨迹是相似的。14年过去,哈雷仍然惦记着那颗彗星,他在给艾萨克·牛顿(Isaac Newton)致信时说:"我越来越确信,1531年以来我们已经看到那颗彗星三次了。"这之后,哈雷预言这颗彗星将于1758年再次回归。最终他猜对了,这颗彗星如期而至,从此便以哈雷的名字命名,人们称之为哈雷彗星。

人们研究历史,常常聚焦在个别伟人的丰功伟绩和探索发现上,所以很容易忽略广泛的体系和历史的因素推动了人类认知的转变。比方说,虽然哈雷正确地预测了彗星的回归,但在此之前,他的同事和同时代的罗伯特·胡克(Robert Hooke)已经提出了一个十分新颖的观点:有些彗星可能会重复出现。即使抛开《犹太法典》可能已经对周期彗星有了一定认识,大约在同一时期,也有其他天空观测者开始产生类似的想法。牛顿、胡克、波义耳(Boyle)、伽利略(Galileo)、加斯科因(Gascoigne)和帕斯卡(Pascal),17世纪的欧洲得以见证如此繁多的科学和数学上的重大突破,并不是因为当时的人碰巧天赋卓绝、聪明过人,而是因为在当时的大环境下,科学革命的分析系统正在形成,像皇家学会(Royal Society)这样的机构允许受过良好教育的精英们更加有效地互学互鉴,同时也因为欧洲突然变得空前富有。英国科学革命发生的时间恰好与英国在大西洋奴隶贸易中兴起的时间相吻合,而在同一时期,英国从殖民地和奴役劳工中榨取的

---

1 或写为Edmund。

财富也在日益增长，这一切并非巧合。

因此，我们必须记住，哈雷并不只是一个出身于肥皂商家庭（a family of soap-boilers）却发现了彗星的奇才，更是一个惯于追根究底、勤学好问的人。正如罗伯特·佩恩·沃伦（Robert Penn Warren）那句令人印象深刻的评价，"哈雷与我们一样，都只是'帝国浪潮中的泡沫'"。

值得一提的是，哈雷的确才华横溢。约翰·格里宾（John Gribbin）和玛丽·格里宾（Mary Gribbin）曾在《走出巨人的影子》（*Out of the Shadow of a Giant*）一书中提到一个哈雷运用横向思维的例子：当被要求计算出英国每个县的土地面积时，哈雷"拿出了一张英格兰大地图，从地图上尽可能大地剪下一个完整的圆"。圆的直径相当于 69.33 英里[1]。然后，他对这个圆和整张地图进行了称重，最后得出结论，因为地图的重量是圆圈的 4 倍，所以英格兰的土地面积是圆圈面积的 4 倍。他的这一结论与当时的计算结果只有 1% 的误差。

哈雷好奇心泛滥，因此他的成就清单读起来就像儒勒·凡尔纳（Jules Verne）的小说一样奇幻：他发明了一种潜水钟，用在沉船上寻宝；还开发了早期的磁罗盘，并对地球磁场发表了许多重要见解；他撰写的关于地球水循环的著作影响深远；他翻译了阿拉伯天文学家巴塔尼（al-Battānī）在 10 世纪对日食的观测结果，并运用巴塔尼的研究成果证实了月球正在自己的轨道上加速运行；他发明了第一张保险精算表，为人寿保险的出现铺平了道路。

根据历史学家朱莉·韦克菲尔德（Julie Wakefield）的说法，由于英国

---

[1] 1 英里 ≈ 1.609344 千米。——编者注

最高科学学术机构皇家学会"鲁莽地将所有出版预算都花在了一本关于鱼类史的书上",所以哈雷只好自掏腰包资助牛顿出版三卷本著作《自然哲学的数学原理》(Principia)。当时的哈雷很快就明白了这部著作的重要意义,它被公认为科学史上极具价值的著作之一[1]。哈雷给予了它这样的评价:"如今,我们真的被纳为诸神的座上宾。谬误也终于不再用黑暗欺压怀疑的人类了。"

当然,哈雷的观点并不总是站得住脚。在那之后,谬误照旧在欺压怀疑的人们(直到今天仍然如此)。比如基于牛顿对月球密度的部分错误计算,哈雷认为在我们的地球内部还有第二个地球,它有自己的大气层,可能还有它自己的原住民。

1986年,当哈雷彗星再次现身时,科学革命的知识建构法已被证明是非常的成功,甚至连我这样的三年级学生都了解地球的各个圈层。那天在奥卡拉国家森林公园,我和父亲在树干断面上钉了几块2英寸[2]×4英寸的木板,做成了一张长椅。这并不是特别有挑战性的木工活,但在我的记忆中,它至少花了我们大半天的时间。做好之后,我们生了火,煮了一些热狗,等待夜幕的降临,或者说等待着1986年佛罗里达州中部的黑夜降临。

---

[1] 在《走出巨人的影子》中玛丽·格里宾和约翰·格里宾认为,《自然哲学的数学原理》固然有着无可撼动的地位,但其中的内容也有赖于其他学者的研究,有的甚至是完全窃取了其他学者的研究成果,尤其是罗伯特·胡克的研究成果。他们在书中写道:"1665年瘟疫肆虐期间,牛顿看到一颗苹果从树上坠落,激发了他关于万有引力的灵感。然而,这个著名的故事是牛顿虚构出来的。他声称他早在胡克之前就思考过万有引力理论,并虚构这个故事以支撑他的(错误)主张。"连牛顿也曾夸大他在瘟疫期间的成就,这或多或少令人感到欣慰。

[2] 1英寸 ≈ 0.0254米。——编者注

我不知道该如何说明那张长椅对我多么重要,我和父亲一起劳作的记忆多么珍贵。但就在那个夜晚,我们肩并肩坐在自制的长椅上(长椅勉强可以容纳两个人),我们彼此来回传递望远镜,仰望着哈雷彗星——蓝黑色夜空中一道模糊的白色条纹。

差不多在 20 年前,我的父母就卖掉了那间小木屋,但在他们卖掉前不久,我和莎拉在那里共度了一个周末,那时我们刚刚开始交往。我带她来到长椅前,长椅依旧静静待在那里。它肥大的腿上布满白蚁,2 英寸×4 英寸的木板也已经变形,但幸运的是,它仍能承受我和莎拉的重量。

***

在我的想象中,哈雷彗星是一颗在太空中翱翔的巨型球状小行星,而事实并非如此。哈雷彗星是由许多岩石聚合而成的花生形状的物体,用天文学家弗雷德·惠普尔(Fred Whipple)的话来说,这是一个"脏雪球"。总之,哈雷彗星的彗核如同一个长 9 英里、宽 5 英里的脏雪球,但它的电离气体和尘粒可以在太空中拖出一条长逾 6000 万英里的明亮尾巴。公元 837 年,哈雷彗星与地球的距离比以前要近得多,它的彗尾横扫了大半个天空。1910 年,在马克·吐温弥留之际,彗尾掠过地球。人们购买防毒面具和防彗星伞来保护自己不受彗星气体的侵害。

然而实际上,哈雷彗星对我们产生不了任何威胁。6600 万年前,曾有一颗天体撞击地球,导致恐龙和许多其他物种灭绝,哈雷彗星的体积与这颗天体大致相同,但它并没有与地球发生碰撞。值得注意的是,2061 年的哈雷彗星将比 1986 年时更接近地球 5 倍不止,它在夜空中将比木星或其他任何星球都要闪耀。如果我运气好,能赶上哈雷彗星再度光临地球的那天,那时我将会是 83 岁。

当你不再用年来丈量时间，而是将哈雷彗星作为时间流逝的标尺，历史开始变得不同：1986 年，当哈雷彗星造访地球时，我父亲给家里带回了一台个人计算机，这是我们街坊四邻的第一台计算机；往前推一个周期，上一次彗星造访地球时，根据小说《弗兰肯斯坦》(*Frankenstein*) 改编的第一部电影登上了银幕；上上次彗星造访地球时，查尔斯·达尔文（Charles Darwin）正乘坐英国皇家海军舰艇"小猎犬号"（Beagle）环游世界；再上次彗星造访地球时，美国尚未成为一个国家；再往前推一个彗星周期，法国正处于路易十四的统治下。

换句话说，如果用人的一生来丈量，那么到 2021 年，我们已经从泰姬陵的建造走过了五世的时光，离美国废除奴隶制已有两世的光阴。历史就如同人的生命，既快得令人难以置信，又慢得仿佛凌迟一般。

***

未来几乎是无法预测的，这种不确定性曾令前人恐惧，如今也用同样的方式令我恐惧。正如约翰·格里宾和玛丽·格里宾所写的："彗星的出现是一种典型的不可预测的天文现象，它的出现完全没有任何预兆，在 18 世纪，迷信者对彗星的敬畏甚至超过了日食。"

当然，对于即将发生之事，无论是个体的未来还是人类的未来，我们仍然几乎一无所知。但有一件事可以确定——我们确实知道哈雷彗星何时回来，而且无论那时我们是否还存在，是否还能见证它赴约，它都一定会如期归来。或许正是因为这一丝珍贵的确定性，我才深感欣慰。

综上，我给哈雷彗星打四颗半星。

永葆惊奇之心的人类

Our Capacity for Wonder

★★★✦

  在弗·司各特·菲茨杰拉德（F. Scott Fitzgerald）的小说《了不起的盖茨比》（*The Great Gatsby*）接近尾声时，故事的叙述者在一个夜晚舒坦地躺在海滩上，开始回想荷兰水手与如今被称为纽约的地方初次相遇的那一刻。菲茨杰拉德写道："在那昙花一现的神妙瞬间，人类面对这个新大陆时一定屏息惊异，不由自主地堕入他既不理解也不企求理解的一种美学沉思中，在历史上最后一次面对着和他感到惊奇的能力相称的奇观。"多么惊艳的一句话啊。事实上，从第一部手稿到最终的成书，《了不起的盖茨比》进行过许多次修订。早在1924年,菲茨杰拉德的出版商就印刷了这部小说,当时的书名为《特里马乔》(*Trimalchio*),后来菲茨杰拉德对小说进行了大量的修改,并将书名改为《了不起的盖茨比》。但在整个编辑、删减和整稿的过程中,这个惊艳的句子从未被修改过。除了菲茨杰拉德曾在一版草稿中错拼了"美学"(aesthetic)一词,但是谁又没拼错过这个词呢?

《了不起的盖茨比》享有盛誉,被评为美国最伟大的小说之一,但其成名之路却蜿蜒曲折。最初它的评价并不是很高,人们普遍认为这本书比不上菲茨杰拉德的第一部小说《人间天堂》(*This Side of Paradise*)。伊莎贝尔·帕特森(Isabel Paterson)曾在《纽约先驱报》(*New York Herald*)上写道,《了不起的盖茨比》是"只适合本季节阅读的书,一本只适合这个季节的书"。亨利·路易斯·门肯(H. L. Mencken)在《芝加哥论坛报》(*Chicago Tribune*)上称之为"无足轻重"。而《达拉斯新闻晨报》(*Dallas Morning News*)的报道则尤为犀利:"当读者读完《了不起的盖茨比》后,他们心生遗憾,不是为书中人物的命运,而是为菲茨杰拉德先生而遗憾。"《人间天堂》问世时,菲茨杰拉德先生曾被誉为前途光明、大有可为的年轻作家。然而就像许多破灭的预言一样,这个预言似乎也无法兑现。

《了不起的盖茨比》销量平平,远不如菲茨杰拉德先前的两本书。截至1936年,菲茨杰拉德每年从图书销售中获得的版权税约为80美元。在那一年,他出版了《崩溃》(*The Crack-Up*),一本讲述他自己身心崩溃的散文集,里面写道:"我开始意识到,这两年来,我的生活一直在消耗我还未拥有的资源,我一直在透支我的身体和精神,将它们挥霍得一干二净。"最终菲茨杰拉德于几年后逝世,享年44岁,他的著作大多也被世人遗忘了。

然而，事情在后来迎来了转机。1942年，美国战时图书委员会（U.S. Council on Books in Wartime）开始向参加二战的美国军队赠书，超过15万册的《了不起的盖茨比》（军队版）被运往海外。终于，这本小说成了风靡一时的畅销书。军队版图书是平装本，大小刚刚可以装进士兵的口袋，为士兵们普及了一些当今公认的经典著作，包括贝蒂·史密斯（Betty Smith）的《布鲁克林有棵树》（*A Tree Grows in Brooklyn*）。史密斯的书是该计划中为数不多的女性书籍之一，绝大部分赠书是由白人男子所著。战时图书委员会的口号是"书籍是思想斗争中的武器"，尽管许多被选中的书籍，包括《了不起的盖茨比》，并没有洋溢着特别强烈的爱国情怀，但将士们仍然为这句口号而热血沸腾。事实证明，战时赠书计划取得了极大的成功。一名士兵告诉《纽约时报》（*New York Times*），这些赠书"就像海报女郎一样受欢迎"。

截至1960年，《了不起的盖茨比》每年售出5万册；如今，这部小说每年销量超过50万册，尤其是在美国，已成为高中生的必读书目。

这本书篇幅短小精悍，内容通俗易懂，而且它不是一本"只适合某一季节"的小说，事实证明，它和所有季节都完美相衬。

《了不起的盖茨比》是对美国梦的批判。在小说中，最终财富傍身或地位显赫之人都是那些出身优越之人，几乎每个角色都以殒命或穷困潦倒告终。这样的结局是对乏味的资本主义的批判，这种资本主义除了试图赚更多的钱，找不到任何与财富有关的更有趣的事情来做。这本小说揭露了有权有势的富人的粗心与疏忽，比如那些买回小狗却没有悉心照料的富人，或是那些购入大量书籍却将它们束之高阁的富人。

人类世时代诞生了许多全新的领域，人类在地球上过度耕耘，毫无节制地开疆扩土。然而，人们却经常将《了不起的盖茨比》解读为一种颂扬。作品出版后不久，菲茨杰拉德在给一位朋友的信中写道："在所有的书评中，即使是那些最狂热的评价，也没有一条能揭示这本书的真实意义，哪怕是一丝一毫。"

而直到现在，我们偶尔仍能体会到这种真实的无力感。有一次，我在纽约著名的广场饭店（Plaza Hotel）暂住，并获得了"免费升级"至《了不起的盖茨比》主题套房的机会。这是一间颇具视觉冲击力的书房，房内陈设着闪闪发光的银色墙纸、华美富丽的家具、伪制的奖杯以及壁炉架上成排的签名足球。这个精美的房间似乎完全不曾意识到小说中的黛西和汤姆·布坎南是两个坏家伙。

最后，这也许也是我一生中最有权利的时刻，我打电话要求换房间，因为盖茨比套房里巨大的水晶吊灯一刻不停地叮当作响，打扰了我的睡眠。当我打电话时，我仿佛能感觉到菲茨杰拉德的眼睛正在上方注视着我。但是《了不起的盖茨比》这本书却成了菲茨杰拉德所哀叹的那种混乱的载体。

这本书毫不动摇地谴责了美国人对物质的无节制追逐和纵情享乐的态度，但即便如此，整部小说的词句仍然充斥着令人陶醉的韵律，如同行文流畅、文笔优美的散文。你可以朗读出这本书的第一句话："在我年纪还轻、阅历不深的时候，我父亲教导过我一句话，我至今还念念不忘。"多么美妙的语句啊，你甚至可以用脚尖为它打节拍。再来看看这个句子："盖茨比本人到头来倒是无可厚非的，使我对人们短暂的悲哀和片刻的欢欣暂时丧失兴趣的，却是那些吞噬盖茨比心灵的东西，是在他的幻梦消逝后跟踪而来的恶浊的灰尘。"当一个个文字像这样在眼前碰撞翻滚，制造出绮丽梦幻、欢歌纵饮的繁华之景时，读者很难从这场狂欢派对中抽身，于我而言，这才是盖茨比真正的天才之处。这本书让你对那些有权有势、恃宠而骄、令人厌恶的富人心生怜悯，对居住在灰烬之谷（the valley of ashes）的穷人感同身受，也让你体谅到中间阶层的所有人生活的艰辛。你知道这类奢靡的派对很无聊，甚至很邪恶，但你仍然想收到精美的邀请卡。所以在经济不景气的时候，《了不起的盖茨比》就像是对美国理念的谴责；而赶上经济繁荣的年头，它又像是一种对原先理念的颂扬。大卫·登比（David Denby）曾写道，这部小说"已经成为一本民族圣经，根据场合的需要，被人们以不同的心境或欣喜地或悲哀地诵读着。"

因此，这本书在接近尾声时就化成了这一句话："在那昙花一现的神妙瞬间，人类面对这个新大陆一定屏息惊异，不由自主地堕入他既不理解也不企求的一种美学的观赏中，在历史上最后一次面对着和他感到惊奇的能力相称的奇观。"

这句完美的文字只有一处不妥——它所言并非事实。"人类"面对这个大陆时屏息惊异并不是真实的，如果我们将句中的"人类"理解成全人类，那么一部分"人类"在当时已经知晓了这片大陆的存在，并且已经实实在在地在这里生活了数万年。事实上，句中"人类"一词的使用最终透露给我们许多讯息，比如在叙述者的认知中，谁才属于"人类"，以及叙述者是围绕何处展开了故事的叙述。

事实证明，"历史上的最后一次"这一表述也是错误的。在《了不起的盖茨比》出版后的几十年里，人类在月球上留下了自己的足迹。登月成功后不久，人类又向太空发射了一台望远镜，我们因此得以窥见宇宙在大爆炸后的模样。

也许这部小说很清楚自己的局限。毕竟，这本书回溯了不曾存在的往昔、重提起不曾发生的旧事，它试图将过去的某一瞬间定格为永恒，而过去既不曾被定格，也永远无法被定格。

所以，这部小说也许很清楚，追忆这些转瞬即逝的迷人瞬间注定会失败，一切繁盛之景终将化为乌有。广场饭店也许并不糊涂，他们知道自己正在打造一间关于坏人们的客房。

但我必须承认，这种对矛盾和讽刺无休止的解析令我筋疲力尽。事实其实十分简单，至少就像这部小说向我传递的一样：我们从未失去惊奇的能力。记得在我儿子两岁时，一个11月的早晨，我们在树林里散步，沿着一条山脊俯视下方山谷中的一片森林，那里的林地似乎笼罩在沉沉的冷雾下。我一直试图将儿子的注意力吸引到美景上去。有一次，我把他抱起来指着地平线说："看，亨利，你看，多漂亮的风景！"他说："Weaf！"我说："什么？"他又叫道："Weaf！"然后伸手从我们旁边的小树上抓过一片棕色的橡树叶子（leaf）。

我想向他解释，11月的美国东部，棕色橡树叶随处可见，森林中没什么比这更稀松平常的了，不必如此大惊小怪。但我被他专注兴奋的神情所感染，也开始观察这片树叶。我很快发现这叶子不仅仅是棕色的，它的叶脉呈红橙黄三种颜色，纹路错综复杂，我无法将它烙印在大脑中并重现它的精美。我抱着亨利，越是盯着那片叶子，就越是不由自主地堕入我既不理解也不企求理解的美学沉思中，面对着和我感到惊奇的能力相称的奇观。

那片叶子是如此的完美，令我惊叹不已。我终于醒悟，美不仅在于你的眼睛捕捉到了何等景色，还在于你是如何捕捉到的，以及你是否留意自己捕捉了。从夸克到超新星，各种奇观从四面八方向人类涌来，如今稀缺的只是人类的细心，以及人类完成需要以敬畏之心对待的工作时的能力与意愿。

尽管如此，我还是钟爱永葆惊奇之心的人类。我要为之献上三颗半星。

拉斯科洞窟壁画

Lascaux Cave Paintings

★★★★☆

　　如果你曾养育过一个孩子，或是你曾享受过童年时光，那么你也许对手形模板已经十分熟悉。手形模板是我的两个孩子创作的第一个具象艺术（figurative art）作品。大概在两到三岁时，他们将一只手在一张纸上摊开，然后在我与妻子的帮助下描摹出了五个手指的形状。我至今仍记得，当儿子抬起手，看到自己张开的五指的形状还留在纸上时，幼小的脸露出一副震惊的表情，那手形模板是关于他自身的半永久性记录。

　　如今我的孩子早已不是3岁幼童，我深感欣慰，但是当我凝视着他们那些早期艺术作品，看到他们的迷你小手的印迹时，一种诡异的、灵魂撕裂般的喜悦随即湮没了我。这些印迹提醒我，我的孩子不仅长大了，而且正与我渐行渐远，奔向他们自己的生活。但我仍将岁月的意义赋予在他们的手形模板上，当人们沉浸在过往的回忆里，艺术与观众之间错综复杂的关系便会令人更感烦忧。

1940年9月，一位名叫马塞尔·拉维达特（Marcel Ravidat）的18岁机修工在法国西南部的乡村散步时，他的狗"机器人"（Robot）消失在了一个山洞中（虽然荒唐，但故事就是这样[1]）。"机器人"回来之后，拉维达特觉得这只狗可能撞破了传闻中通往附近的拉斯科庄园（Lascaux Manor）的秘密通道。

几天后，他带着几根绳索和三个朋友返回了这里，他的朋友分别是16岁的乔治斯·阿涅尔（Georges Agniel）、15岁的雅克·马萨尔（Jacques Marsal）和13岁的西蒙·科恩卡斯（Simon Coencas）。此时乔治斯正值暑假，不久就要回到巴黎开始新的学年。雅克和拉维达特一样，都是本地人。西蒙是犹太人，在纳粹占领法国期间，他和家人躲到乡下寻求庇护。乔治斯后来回忆起那天时说道："当时我们带着油灯下到山洞中，然后继续前进，途中畅通无阻。我们穿过了一个房间大小的空间，最后发现自己来到了一堵满是图画的墙跟前。我们立刻反应过来，这是一个史前洞穴。"

西蒙继续回忆："我们整个小团伙一起冒险……希望能找到宝藏。我们的确发现了一处宝藏，但在意料之外。"

---

[1] 在拉维达特讲述的版本中，狗狗的存在感很高，但他最早的故事版本并没有把狗作为中心角色。虽然这件事发生在几十年前，但要靠只言片语拼凑出故事的全貌依然很困难。因为记忆是最会说谎的东西。

在洞窟中，他们发现了900多幅动物画像，其中有骏马、雄鹿、野牛，还有一些现已灭绝的物种，包括披毛犀。这些画作细节精妙、栩栩如生，令人惊叹。其使用的红、黄、黑各色颜料都由矿物粉末制成，这些粉末极有可能是通过一个狭窄的管道吹到洞窟墙壁上的，也许是通过一根中空的骨头。经过考据，最终证实这些艺术品至少有一万七千年的历史。其中一个男孩回忆说："在闪烁的油灯下，墙壁上的画像似乎在翩然移动。"的确，有证据表明，一万年前的艺术家们使用的绘画技巧旨在运用火光制造一种翻书的动态视效[1]。

就在发现拉斯科洞窟的几天后，由于担心纳粹在乡下的势力愈发膨胀，西蒙和他的家人只好再次搬家，这一次他们选择了巴黎，那里的亲戚承诺过会帮助他们藏身。然而，一个商业伙伴出卖了这一家人，西蒙的父母惨遭纳粹毒手。西蒙被监禁了一段时间后，侥幸逃出了死亡集中营，与他的兄弟姐妹躲在一个狭小的阁楼中，直到战争结束。46年来，他一直没能与拉斯科的三位老友重逢。

这样一来，虽然洞窟是四个男孩共同发现的，但只有雅克和拉维达特两个人能够留守在那里。这些画作深深震撼了二人的心灵，于是那一整个秋冬，他们一直在洞外扎营保护洞窟，直到洞口安装了一扇加固的门，他们才离开那里。1942年，雅克和拉维达特一起参加了法国抵抗运动（French Resistance）。雅克被俘后被关进了战俘营，但两人都在战争中幸存了下来，他们一到家便立即回到了拉斯科洞窟。

二战结束后，法国政府取得了该遗址的所有权，拉斯科洞窟于1948

---

1 维纳·赫尔佐格（Werner Herzog）的电影《忘梦洞》（*Cave of Forgotten Dreams*）对此进行了奇妙详尽的探索与揭秘，那是我第一次了解到拉斯科洞窟壁画。

年向公众开放，拉维达特和雅克都曾担任过导游。据说巴勃罗·毕加索（Pablo Picasso）在一次参观中看到这些洞窟壁画时曾感叹道："与此等惊世杰作相比，我们的创作似乎不足为道。"

拉斯科洞窟不是很大，只有大约90米深，但内部绘有近两千幅画。除了动物之外，墙壁上还绘有数百个抽象图形，其中红色和黑色圆圈最为常见。

这些符号意味着什么呢？我们无从得知。实际上，拉斯科洞窟处处是谜团。比方说，为什么墙壁上找不到驯鹿的画像？毕竟我们都知道，生活在该洞窟中的旧石器时代人类的主要食物来源就是驯鹿。另外，为什么关于人类本身的画像如此稀少？[1] 为什么洞窟中的某些特定区域布满了画作，甚至需要搭建脚手架才能触摸到的天花板上都绘有图画，而其他区域只有寥寥几幅画作？这些画作是否隐含着某种宗教意义？它们是本族所敬仰的神圣动物还是有着某种实际用途？它们也许在警示：这是一部避险指南，上面的动物可能会将你置于死地。

然而，据艺术史学家考证，拉斯科洞窟也绘有一些"不那么美观的手形模板"。绘制这些模板需要将手指摊开，贴在洞窟的墙壁上，然后吹出颜料，将手周围的区域喷上色彩。世界各地的洞窟都发现了类似的手形模板，人类手部的印迹从4万年前的印度尼西亚一直绵延到澳大利亚、非

---

[1] 芭芭拉·艾伦里奇（Barbara Ehrenreich）在她的文章《人性污点》中提出了洞窟艺术没有关注人类本身的一个原因：当时的地球生活并不以人类为中心。"洞窟壁画中人类形象的边缘性表明，至少从人类的角度来看，旧石器时代的戏码是围绕着各种巨型动物——食肉动物和大型食草动物上演的。"总而言之，拉斯科洞窟只发现了一个类似人类的形象——一张长有长腿、头似鸟状的人物简笔画。

洲，最后再到美洲。这些手形模板昭示着后人，在遥远的过去，生活与现在截然不同，截肢现象在欧洲很普遍，多半是由于冻伤导致的，所以你经常能看到只剩三四根手指的、不那么美观的手形模板。过去的人们生命艰难而短暂，多达四分之一的妇女死于分娩，大约有半数的儿童在5岁之前就已夭折。

但这些手形模板也在昭示我们，从各个方面而言，过去的人类都无异于现在的人类。他们的手形与我们如此相像、无从区分。更重要的是，通过这些绘画，我们也获知了他们与我们的其他相似之处。这些古老的部落靠狩猎和采集为生，没有大量的食物盈余，所以每个健康的人都必须为获取食物和水源作出贡献，但不知何故，他们仍然会余出时间创作艺术，仿佛在宣告艺术是不可或缺的，它是人类存活的必需品。

我们在世界各地的洞窟墙壁上看到了各种形状的手形模板，有孩子的手，有大人的手，但几乎所有的手都是五指摊开，就像我两个孩子的手形模板一样。我不是荣格主义者，但这么多旧石器时代的人类，他们彼此之间不可能有任何接触与交流，却用类似的技术创作了相同形状的绘画，而且直到今天我们仍然在用这种技术绘制手形模板，这让人饶有兴致，但也感到些许稀奇。

***

但话说回来，拉斯科艺术对我的意义可能不同于它对壁画创作者的意义。古人类学家吉纳维芙·梵佩金格尔（Genevieve von Petzinger）提出了一个理论：洞窟壁画中发现的抽象圆点和潦草线条可能是一种早期的书面语言，人们即使相隔万里，也能共享同一套语言密码。那么创作者又为什么要绘制手形模板呢？也许手形模板是宗教仪式或成人仪式的一个环节。有学者推测，印制手形模板是狩猎仪式的一部分。或许对前人而言，它只是一个位于手腕末端的模型，采样十分方便。但于我而言，这些手形模板似乎在呢喃："我曾到过此地。"它们仿佛在向后人示威："你们只是后来者。"

拉斯科洞窟已对公众关闭多年，因为太多游客来访，他们的呼吸滋生了霉菌和地衣，一些艺术品受到了损坏。原来区区注视的动作就能毁掉这些古老而神秘的杰作。该洞窟的导游兼发现者拉维达特和雅克最早注意到这些当代人类对古代人类艺术所造成的影响。

1986年，二人与洞窟的共同发现者西蒙和乔治斯首次重聚。从那以后，这个"小团伙"定期聚会，直到他们接连离世。最后一个离世的是西蒙，他于2020年年初去世，享年93岁。这样一来，当年发现拉斯科洞窟的人如今都已离去，拉斯科洞窟也被封锁，只有致力于保护洞窟的科学家才能一睹真容。但游客们仍然可以参观拉斯科洞窟二号、拉斯科洞窟三号和拉斯科洞窟四号，这些模拟洞窟中陈设着经过精心重制的艺术品。

为了拯救真正的洞窟艺术，人类仿制出许多赝品，你也许会觉得在人类世的鼎盛时期这一举动十分荒谬。然而我承认，四个孩童和一只名叫"机器人"的狗发现了一个绘有一万七千年前的手印的古老洞窟，两位能留下来的青年为保护这个洞窟虔诚地奉献着；当人类自身对洞窟的美丽构成威胁时，我们一致切断了参观圣地的道路，这一切都令我动容，重燃了我的内心。我们大可以在画作上潇洒地涂鸦，或是对洞窟受到的损坏置若罔闻，自私地继续参观，放任黑霉菌将这些画作逐渐侵蚀，直到这份美丽彻底被覆灭的那一天。但我们没有这样做，我们停下了脚步，将洞窟封闭起来，给艺术品一线生机。

拉斯科洞窟壁画依然存在于原先的地方，但人们不能参观。你可以去参观人类仿造的洞窟，看看那些复制的手形模板，但你终会意识到，这不是艺术品本身，而是它的一个影子。这是一个手印，但不是一只手。这一切只是一份你永远无法重返、再也不能抵达的记忆。我觉得，拉斯科洞窟是过去的使者，而封闭的拉斯科洞窟倒更能彰显那岁月不复的意味了。

我要为拉斯科洞窟壁画献上四颗半星。

刮刮嗅贴纸

Scratch'n'Sniff Stickers

★★★

嗅觉是虚拟现实技术（virtual reality）还没能虚拟出来的感觉之一，对于人们而言，只有气味仍旧游离在虚拟世界之外；由于尚未被虚拟化，反而感觉十分真实。最近，我在某主题公园体验了一次 VR 过山车游戏，那感觉简直令人呼吸凝滞——不仅坠落感和旋转感十分逼真，甚至当我穿过飞溅的浪花时，仿佛真有海雾迎面扑来。

但那浪花闻起来并不像真正的大海，倒像我高中时用过的房间除臭剂"春雨"。"春雨"闻起来既不像春雨，也不像海洋，但它的确散发着一股湿漉漉的气息，所以后来将它重新设计为"大海的气味"也不无道理。尽管体验是如此的逼真，但如果有人曾闻到过巨浪滔天时的海水味道，就一定不会将真实的味道与 VR 技术仿造的海水味道相混淆。一闻见"春雨"的气味，我的思绪就从一种抛却疑虑的飘飘然状态中被拽了出来。刹那间，我不再翱翔于波涛汹涌的海面上，而是和一群陌生人一起被困在一间黑暗的房间里。

当然，气味的奥秘在于它与记忆之间存在着一种紧密的联系——气味是永不出错的记忆。海伦·凯勒（Helen Keller）曾写道，气味如同"一位神通广大的魔法师，能带领我们重游故地，回溯往昔。"人造"春雨"的气味将我带回了 1993 年亚拉巴马州的那间宿舍；同时，每当闻到大自然真正的春雨，我就仿佛又被童年那场佛罗里达中部的雷雨淋了个透。

气味之所以能与人们的记忆产生如此紧密的联系，即使是人造气味也不易仿制，一部分原因是气味总是独一无二的。举个例子，香奈儿 5 号香水未获得专利，也不需要申请专利，因为没有人能够复制出这样的独家香气。但我认为，对于那些想要模仿大自然味道的行为，还有其他因素在起作用，那就是真实世界的气味与我们想象中的气味并不完全相符。比方说，真正的春雨闻起来似乎应该像人造雨味一样湿润而清新。但事实上，春天的雨水混杂着酸味和泥土的味道。

与此同时，人类散发的气味就像寄生在我们身上的细菌呼出的气味，我们不仅通过使用肥皂和香水，还通过我们对于自身气味的集体幻想来竭力掩盖这一事实。打个比方，如果你让人工智能阅读人类笔下的所有故事，然后根据这些故事猜测人类的气味，那么人工智能一定会大错特错。在人类的笔下，我们散发着香草、薰衣草和檀香木的香气。所以人工智能会认为，我们闻起来并不像慢慢腐烂的有机物，而像新修剪的草坪和香橙花，虽然前者才是人类真实的味道。

顺便提一句，青草与香橙花是我童年时在刮刮嗅贴纸上闻到的两种味道。刮刮嗅贴纸在 20 世纪 80 年代非常流行，我用一本粉色的大贴纸书将它们收集起来。我沉迷于这类贴纸，当我轻刮或摩擦它们时，香味就如同被施了魔法一般散发出来，神奇极了！和大多数虚拟气味一样，刮刮嗅贴纸往往是与真实气味相去甚远的模拟产物，所以通常会对它们模仿的味道加以描述。比萨味的贴纸通常就会设计成比萨块的形状，以此类推。但这类贴纸散发的味道确实很浓郁。

刮刮嗅最能捕捉到的气味往往是强烈的人造气味，比如棉花糖的甜味、直接的化学制品气味。人们将烂鸡蛋的味道添加到天然气中，以便能及时察觉到煤气的泄漏。在 1987 年，巴尔的摩天然气和电力公司（the Baltimore Gas and Electric Company）给顾客们分发了模仿煤气泄漏味道的刮刮嗅卡片，由于气味太过逼真，几百人打电话给消防部门报告泄漏情况，于是这种气味的卡片很快便停产了。

***

到我 10 岁或 11 岁时，大家都不再收集贴纸了，每个人都把这项爱好抛之脑后，除了我。甚至在上中学时，我依然会偷偷收集贴纸，尤其是这类刮刮嗅小贴纸，因为它们能带我重新回味往日那些更令我安心的岁月。记得六年级时，我们每天都要在拖车式活动房屋里上一节课。由于一些日程安排上的差错，那节课的老师必须穿越整个学校才能到达授课地点，也就是那间活动房屋。这就意味着在老师到来前的五分钟里，我们学生群龙无首。许多时候，一群孩子会将我摔倒在地，然后抓住我的四肢，拼命拉扯我的身体。他们看着狼狈不堪的我，嬉笑地称我为"喜马拉雅山雪人"（Abominable Snowman）——一种用四肢奔跑、周身褐毛、臭不可闻的神秘生物。当没有这节课时，我坐在课桌前也会有垃圾哗啦啦地倒在我的头上。除了身体上的疼痛，这一切还令我的心灵备受煎熬，无法摆脱自身的渺小感和无力感。但我并没有做出任何实际的反抗行为，因为在很多时候，被他人欺凌是我唯一的"社交活动"。即使有湿垃圾倒在我头上，我也扯着嘴角报以大笑，仿佛我也参与了这场滑稽的恶作剧。

我妈妈下班回家后会询问我在学校的情况。如果我说实话，她就会抱住我并好言安慰，鼓励我说这只是暂时的，生活会慢慢好起来。但多数时候我会选择说谎，告诉她我在学校很好，我不愿将我的伤痛传递给她。在那段难挨的日子里，我常常走进我的房间，从书架上挑出那本粉红色的贴纸书，然后用指尖刮一刮贴纸，闭上眼睛，用尽全力贪婪地深吸气。

我收集了所有的热门贴纸：吃巧克力的加菲猫，散发着青草气味的割草机，香味逼真的墨西哥卷饼。但我尤其喜爱那本书里的水果贴纸，由覆盆子、草莓和香蕉组合而成的甜腻香气令人垂涎欲滴，别有一番风味。啊！刮一刮香蕉贴纸，闻一闻香蕉气味，这便是我小时候最享受的事了。当然，香蕉贴纸散发的气味并不像真正的香蕉气味，倒像是柏拉图式的、理想中的完美香蕉所散发的香气。如果将现实中的香蕉气味比作家用钢琴弹奏出来的音符，那么刮刮嗅香蕉贴纸的香味就是被教堂管风琴演奏出来的同一个音符。

无论如何，最稀奇的并非我十几岁还在收集刮刮嗅贴纸，而是直到今天我还保留着那本贴纸册，只要轻轻一刮，它们仍旧会散发出气味。

刮刮嗅贴纸通过微胶囊技术（microencapsulation）制作而成，该技术最初是在20世纪60年代为无碳复写纸开发的。当你在白纸上填写表格时，你的笔迹会被印在下面粉色和黄色的纸张上，这就是微胶囊技术的神奇之处。将微小的液滴用一层薄膜完全包裹起来，以达到保护的目的，直到被某种外部刺激脱去这层薄膜。例如，用力书写时笔尖施加的压力会将微胶囊刺碎，释放出胶囊内的墨水，从而呈现出有色图文。而在刮刮嗅贴纸中，手指的刮擦会将含有香精油的微胶囊磨破，从而散发出气味。

如今，微胶囊技术被广泛应用于各类事物，包括缓释药物。事实证明，这是一项实用的技术，因为微胶囊在薄膜的保护下可以在一定时间内维持原状。

那么刮刮嗅贴纸能维持多久呢？至少可以存放34年，因为我刚刚刮开了一张我7岁时得到的垃圾桶形状的贴纸，它至今仍能散发出味道。确切地说，那味道不像是垃圾，反而像是什么别的东西。

微胶囊的长保质期倒是提供了一种诱人的可能性：一种气味可能会先一步从我们的世界中消失，只剩微胶囊中的复制品留存于世，直到胶囊里最后一抹香气也在空气中散尽。人类最后一次闻到香蕉的味道，也许就是通过刮刮嗅贴纸，或是未来的某种新型贴纸。这样的可能性让我不禁好奇，我已经错失了哪些气味，它们消散在时间的长河中，因此显得弥足珍贵。

在回忆过去时，我们往往会对不计其数的难闻气味印象深刻。古代作家对恶心的气味异常敏锐，比如罗马诗人马夏尔（Martial）曾将一个人的气味比作"一只在流产蛋中腐烂的鸡"和"一只充满异味的小山羊"。

世上肯定也不乏美妙的气味，只是如今许多已消失在历史长河中，至少是暂时消失了。但我们仍旧可以想象，有一天它们会以刮刮嗅贴纸的形式重新回到我们身边。2019 年，哈佛大学的科学家们采用夏威夷山上木槿的灭绝品种的 DNA 样本来重塑其花朵的气味。但我们无从判断这种人造气味的准确性，因为这种花已经永远地消失了。

事实上，虽然我一直在区分自然气味和人造气味，但在我们这颗星球所发生的故事中，许多所谓的自然气味的形成已经经过了人类的干预，包括香蕉。至少在美国，大多数食品杂货店只售卖一个香蕉品种——卡文迪什香蕉（Cavendish banana）。这种香蕉在 200 年前还不存在，直到 20 世纪 50 年代才得以广泛地销售。

在我的记忆中，雨水是酸的，一部分原因是小时候的雨水其实比现在的雨水酸性更强。20 世纪 80 年代，人类向大气中排放的二氧化硫比今天要多，这影响了雨水的酸碱度。而现在我所在的地区，雨水的酸性仍然比没有人类排放时更强，所以我甚至不确定我是否闻过"自然"雨水的味道。

刮刮嗅贴纸制造商所面临的挑战归根结底并不是模仿自然世界的气味，因为自然世界并不是独立于人类而存在的。其挑战在于，究竟什么样的气味组合才能让人类记住香蕉、海雾或新修剪的青草坪味道。我不会笃定说，人类无法将自然界的气味人工化，毕竟成功的案例早已数不胜数。但我们尚未完成气味的人工化。当我翻开那本古旧的贴纸书，刮擦着书页边缘卷曲泛黄的贴纸时，我闻到的不是比萨或巧克力的味道，而是我记忆中遥远的童年味道。

我要送给刮刮嗅贴纸三颗半星。

健怡胡椒博士饮料

Diet Dr Pepper

★★★★

胡椒博士饮料的故事始于 1885 年,在得克萨斯州(Texas)的韦科(Waco),一位名叫查尔斯·奥尔德顿(Charles Alderton)的药剂师将 23 种糖浆的味道结合起来,发明出了一种新型碳酸饮料,取名为胡椒博士。值得一提的是,奥尔德顿在几年后卖掉了胡椒博士的配方,因为他想全身心投入到他所热爱的事业也就是药物化学研发中去。他在制药公司礼来(Eli Lilly)工作了一段时间后回到家乡,在韦科制药公司(Waco Drug

Company)[1] 的实验室担任领导。

如果不是伍德罗·威尔逊·克莱门茨（Woodrow Wilson Clements）下定决心，要让胡椒博士盛行起来，那么奥尔德顿发明的汽水饮料可能只是得克萨斯州的限定美味，并且最终会失传，就像其他地区的汽水饮料，比如歌剧花香味、碎冰鸡尾酒味、杏仁海绵蛋糕味的汽水饮料一样。克莱门茨更希望人们称他为"福茨"（Foots），高中时他因脚趾形状怪异而得此绰号。福茨是家中八个孩子里年龄最小的，他在亚拉巴马州（Alabama）一个名叫温德姆泉（Windham Springs）的小城镇长大。他曾赢得亚拉巴马大学（University of Alabama）的足球奖学金，在那里，他与贝尔·布莱恩特（Bear Bryant）[2] 成为队友。

1935 年，还是一名大四学生的福茨成了胡椒博士饮料的一名销售员。51 年后，作为一家价值超过 4 亿美元的软饮料公司的首席执行官，他功成身退。到 2020 年，美国科瑞格胡椒博士公司（Keurig Dr Pepper）的市值超过 400 亿美元，拥有七喜（7-Up）、皇冠可乐（RC Cola）和 4 种不同的根汁汽水（root beer）品牌。该公司几乎所有的产品都既含糖又含有咖啡因。

福茨成功的秘诀在于他精准捕捉到了胡椒博士饮料的核心竞争力。他说："我一直认为，你无法用言语向任何人描述胡椒博士为味蕾带来的享

---

[1] 当然，胡椒博士也被归类为一种药物饮品。咖啡因和糖是人类世时代的两种典型化合物。百事可乐、可口可乐、根汁汽水和大多数其他调味汽水都是由化学家或药剂师发明的。在 19 世纪，药用鸡尾酒和休闲鸡尾酒之间并没有明显的界线。
[2] 贝尔·布莱恩特是亚拉巴马州的一位传奇足球教练，他战功赫赫、大名鼎鼎，甚至 20 世纪 90 年代我在伯明翰（Birmingham）郊外上高中的时候，就认识三个名叫布莱恩特的孩子和一个叫贝尔的孩子。

受，因为它的味道是如此独特：它尝起来不是苹果味、不是橙子味、不是草莓味，也不是根汁汽水味，甚至不是可乐的味道。"毕竟可乐味由可乐果味与香草味混合而成，这是两种在真实世界里存在的事物的味道的衍生品；雪碧散发的则是柠檬酸橙味；而紫色汽水看上去像是葡萄味的。但胡椒博士饮料的味道与众不同，它在自然界中找不到相似的味道。

实际上，这个问题已经得到了解决。美国商标法院（U.S. trademark courts）将胡椒博士饮料及其山寨产品统一归类为"胡椒汽水"，尽管它们不含胡椒，而且胡椒博士中的"胡椒"[1]指的并不是这种调味品，它要么指某个人的真实姓名，要么就是指胡椒博士能让你焕发活力的能力，这是唯一一类不以其味道命名的汽水。在我看来，这正是胡椒博士饮料能够标志着人类历史上如此有趣和重要的时刻的原因。它是一种人工饮料，尝起来别具一格；它的味道不像橙子但更好吃，也不像青柠但更甜。在一次采访中，奥尔德顿说，他想创造一种汽水，其味道就像韦科的汽水机的味道——所有这些人造的味道在空气中旋转。就其概念而言，胡椒博士的味道并非取自大自然，而是一个化学家的创造。

第一个零卡路里版本的胡椒博士饮料于1962年诞生，可最初的"零卡胡椒博士"是失败的，但健怡胡椒博士（Diet Dr Pepper）在1991年用一种新的人工甜味剂阿斯巴甜重新配方时取得了巨大的成功。它还凭借新的广告语重新上市，健怡胡椒博士饮料：它的味道更像普通的胡椒博士饮料。如果可口可乐是一只金鹰，健怡可乐就是一只蜂鸟。但是胡椒博士和健怡胡椒博士的味道是一样的，这特别有趣，因为正如福茨·克莱门茨所

---

[1] "Dr Pepper"里没有句号。该公司在20世纪50年代放弃了它，因为当时的冒泡字母让很多读者觉得"Dr. Pepper"像"Dri Pepper"，这听起来像最糟糕的汽水。

指出的，它们的味道都不像可乐。

现在，许多人觉得健怡胡椒博士饮料的人工味儿令人反感。你经常听到人们说，"里面添加了这么多化学物质"。当然，葡萄酒、咖啡或空气中也有很多化学物质。不过，潜在的担忧是明智的，但健怡胡椒博士饮料是完全人工制造的这一点正是我喜欢它的原因。健怡胡椒博士饮料让我能够享受到为我设计的相对安全的味道。当我喝它的时候，我想到了在得克萨斯州韦科市的汽水机旁的孩子们，他们中的大多数人对喝冰镇饮料所带来的乐趣知之甚少，而那些最初的胡椒博士饮料一定也可以使他们非常愉快。

每次喝健怡胡椒博士汽水的时候，我都有新的惊喜。看看人类能做什么！他们可以制作冰镇的、含糖的、零卡路里的汽水，尝起来什么都像，也可以尝起来什么都不像。我不会自欺欺人地认为健怡胡椒博士饮料对我有好处，但只要适度饮用，它应该对我没有坏处。喝太多健怡胡椒博士饮料不利于牙齿健康，还可能增加其他健康风险。但正如亚伦·卡罗尔博士在他的《"坏"食物圣经》（*The Bad Food Bible*）中所说的，"摄入食用添加糖可能有潜在的、非常真实的危害，但是人造甜味剂应该没有危害。"

所以喝健怡胡椒博士对我来说可能不会有健康风险。然而，每当我喝健怡胡椒博士的时候，我都觉得好像自己在犯罪。没有什么甜蜜能成为真正的美德，但这是一种非常小的恶习，不管出于什么原因，我总觉得我需要一种恶习。我不知道这种感觉是不是普遍存在的，但我的潜意识中有一部分，至少是一点点正在震颤，需要自我毁灭。

我十几岁至二十岁出头的时候烟瘾很大，每天要抽三四十支烟。对我而言，吸烟的快乐并非源于烟草给予的刺激感与兴奋感，而是源于吸烟时内心某种扭曲的快感——尽管我所渴望之事是病态的、有损健康的，但我正屈服于自己身体的渴望，匍匐于某种生理的需求。而随着时间的推移，身体愈发强烈地渴望着烟草，这反过来又强化了我被烟瘾支配和被欲望征服的快感。我戒烟已经超过15年了，但我不认为我已经完全摆脱了这种循环。在我的潜意识里，仍然有一种渴望，呼唤着一种牺牲，所以我退而求其次，喝健怡博士饮料，这种饮料的味道比其他任何东西都更像人类世。

在经历了几十年的口号，如胡椒博士称自己是"尝起来像液体的阳光"，是"胡椒采摘者"（Pepper pickerupper），是"有史以来最原始的软饮料"之后，如今公司的口号更直指主题，他们称其为"你所渴望的那一种"。

我送给健怡胡椒博士饮料四颗星。

迅猛龙

Velociraptors

★★★

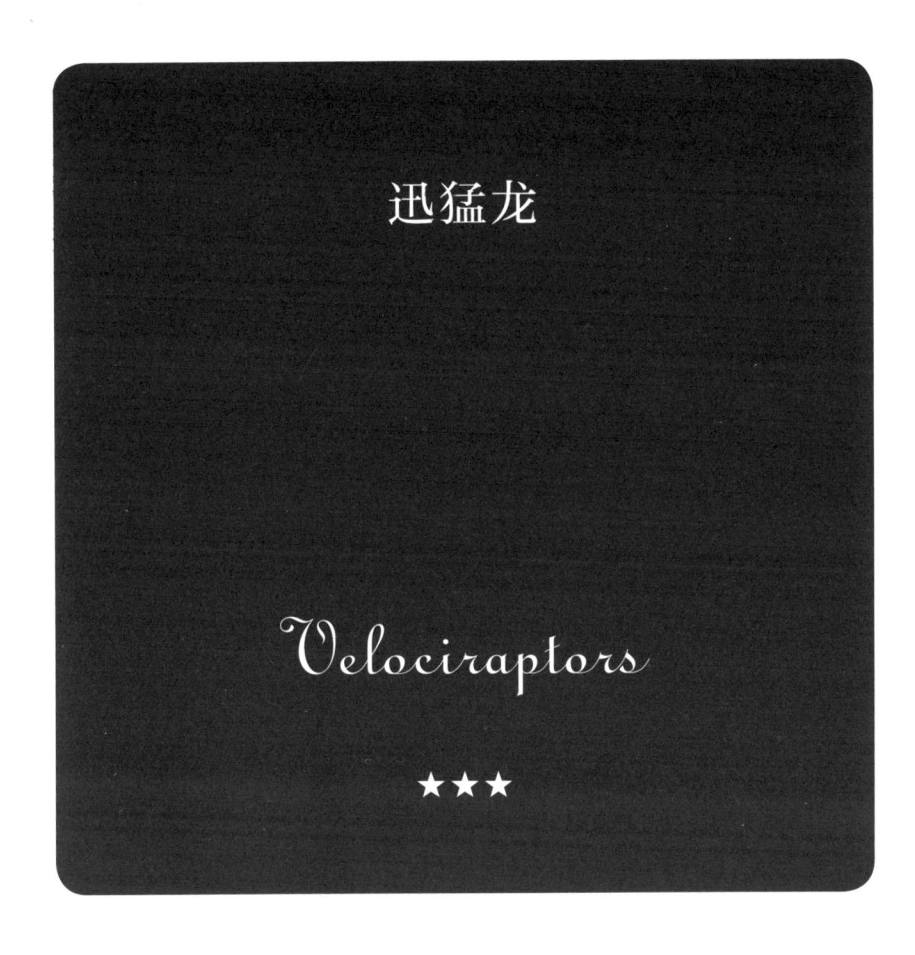

在 1990 年迈克尔·克莱顿（Michael Crichton）的小说《侏罗纪公园》（*Jurassic Park*）出版之前，迅猛龙还称不上是一种家喻户晓的恐龙。该小说讲述了人类利用克隆 DNA 样本，重新培育出各种恐龙，并建立了一座主题公园的故事。《侏罗纪公园》一经出版便成了畅销书。三年后，史蒂文·斯皮尔伯格（Steven Spielberg）的改编电影运用电脑动画使小说中的恐龙形象跃出纸面，呈现在大荧幕上，与令人敬畏的现实生活接轨，影迷们从未体验过此等盛宴，因此惊叹连连。即使过去了几十年，《侏罗纪公园》电影里的恐龙依然栩栩如生，其中就包括迅猛龙。人们将迅猛龙描绘成有鳞的生物，高约 6 英尺[1]，来自现在的蒙大拿州（Montana）。在这一系列电影中，迅猛龙不仅邪恶，而且聪明得惊人。在电影《侏罗纪公园 3》中的一个角色声称迅猛龙"比海豚和灵长类动物更聪明"，影片中的迅猛龙甚至能够打开一扇门。实际上，我记得第一次听到弟弟汉克骂人就是在看《侏罗纪公园》的时候。当电影中的迅猛龙转动门把手时，我听到了我 10 岁弟弟的咕哝："哦，该死。"

克莱顿笔下的迅猛龙令人闻风丧胆、望而生畏，因此你可能会想用这个名字为一支职业球队命名。事实上，在 1995 年美国国家篮球协会（National Basketball Association，NBA）扩张至加拿大时，多伦多队就选择了"猛龙"（Raptors）作为球队的名字。尽管真实的迅猛龙生活在大约 7000 万年前的晚白垩纪（the late Cretaceous），而且与当今我们所想象的迅猛龙几乎毫无相同之处。但在今天，迅猛龙已经与霸王龙和剑龙比肩，成为比较著名的恐龙种类之一。

那么现实与想象的差别究竟在何处？首先，迅猛龙并不生活在现在的蒙大拿州，而是生活在现在的蒙古国和中国，因此它的学名为蒙古伶盗龙（Velociraptor mongoliensis）。其次，论聪明，迅猛龙虽然在恐龙族群中有名有姓，但并未超过海豚或灵长类动物，它们的聪明程度可能更接近鸡或负鼠。最后，论体型，迅猛龙高不达 6 英尺，与现在的火鸡相似，却拖着一条长达 3 英尺的尾巴；据估计，它们的重量还不到 35 磅[2]，所以很难相信它们能够杀死一个人。事实上，大多迅猛龙可能是食腐动物，以死

1　1 英尺 ≈ 0.3048 米。——编者注
2　1 磅 ≈ 0.4536 千克。——编者注

尸为食。

此外，迅猛龙并没有鳞，但长有羽毛。我们之所以了解到这一点，是因为研究人员于2007年发现迅猛龙前臂上有羽茎瘤（Quill knobs）。但早在克莱顿那个时代，大多数古生物学家也认为迅猛龙和驰龙科（Dromaeosauridae）的其他成员都是长有羽毛的。虽然人们认为迅猛龙不会飞，但它们的祖先很可能会飞。在美国自然历史博物馆（American Museum of Natural History）工作的马克·诺瑞尔（Mark Norell）解释道："随着我们对这些动物的了解愈发深入，我们发现鸟类和它们的近亲恐龙祖先——迅猛龙基本并无区别。它们都有叉骨且骨头中空，羽毛覆体，会在巢穴中孵蛋。如果像迅猛龙这样的动物存活至今，我们对它们的第一印象只会是一种长相非同寻常的鸟类。"事实上，正如休斯敦自然科学博物馆（Houston Museum of Natural Science）的一位导游所指出的，"无羽毛鸟类的照片看起来很像恐龙的照片"。

迅猛龙可能也会捕猎。1971年在蒙古国发现的一个著名化石里描述了一只迅猛龙与一只体型和猪相似的原角龙搏斗的场景。迅猛龙镰刀状的爪子嵌进了原角龙的脖子，原角龙正在撕咬迅猛龙的手臂，但也许是由于沙丘的崩塌，它们都突然被埋进了肆虐的狂沙中。可我们还是不了解迅猛龙猎食的频率、成功几率，也不知道它们是否成群结队地捕猎。

克莱顿的迅猛龙原型是另一种恐龙——恐爪龙。恐爪龙确实生活在现在的蒙大拿州，体型与《侏罗纪公园》中的迅猛龙相当。克莱顿之所以取了"迅猛龙"这个名字，是因为他认为这"更有戏剧性"，这大概也是这个主题公园被称为"侏罗纪公园"的原因，尽管公园里的大多数恐龙都不是生活在1亿4500万年前结束的侏罗纪时代，而是生活在白垩纪。6600

万年前，那场灭绝事件导致地球上大约四分之三的物种消失，包括我们现在认识的恐龙等所有大型物种。

所以我们对迅猛龙的印象更多地反映了我们自己的认知，而不是确切的事实。事实上即使是我们所知道的，或者我们认为自己知道的关于恐龙的事情，也会受到各种假设的影响，其中一些最终会被证明是错误的。在中国古代，恐龙化石被认为是龙骨；在 1676 年，欧洲科学家首次描述恐龙骨骼，一块斑龙的大腿骨，被认为来自《圣经》中描述的那种巨人[1]。

1824 年，一份科学杂志首次对斑龙进行了描述，当时古生物学家玛丽·安·曼特尔（Mary Ann Mantell）发现了第一个已知的禽龙化石。霸王龙直到 1905 年才被命名；而第一块迅猛龙化石则是在 1924 年发现的。

一个多世纪以来，科学家们一直在争论侏罗纪时期的长颈雷龙是否真的存在，抑或只是一种被错误鉴定的迷惑龙（apatosaurus）。雷龙在 19 世纪晚期被认为是真实存在的，但在 20 世纪的大部分时间里都被认为是虚构的，直到最近几年才再次被证实是真实存在的。历史是新的，史前史也是新的，而古生物学是更新的。

但对我来说，奇怪的是尽管我知道它们是天鹅大小、长着羽毛的食腐动物，可当我想象它们时，我却忍不住想到《侏罗纪公园》里的迅猛龙。我知道事实并不能帮助我想象真相。对我来说，这就是电脑生成图像的神奇和恐怖之处：如果它们看起来是真的，我的大脑还不足以理解它们不是真的。其实我们早就知道图像是不可靠的——卡夫卡写道"没有什么比照片更具有欺骗性"——但我还是忍不住相信它们。

---

1 那个骨头被命名为阴囊人，一个合理描述它的形状的名字。

像迅猛龙一样，对于我们的地质时代来说，我有一个很大的大脑，但也许还没有大到让我发现自己在这个世界中如何有效地生存。在视觉信息不再可靠之后，我的眼睛仍然相信它们所看到的东西。不过，我还是很喜欢迅猛龙，包括我见过的那些从未存在过的迅猛龙，以及那些存在过但我从未见过的迅猛龙。

我认为迅猛龙值得三颗星。

加拿大鹅

Canada Geese

★★

　　加拿大鹅是一种棕色身体、黑色脖子、会鸣叫的水禽,最近在北美、欧洲和新西兰的郊区随处可见。加拿大鹅的声音听起来就像一只垂死气球的鸣响,同时它还喜欢攻击人类,因此很难让人爱上它。但话说回来,我们大多数人也是如此[1]。

---

[1] 你可能会像我一样想知道,美国鸟类学家将"加拿大"命名为鹅的名字,是否与意大利人将梅毒称为"法国病"、波兰人称之为"德国病"、俄罗斯人称之为"波兰病"的原因相同。答案是否定的,因为分类学家第一次观察到这种鹅是在加拿大。

如今，世界上有 400 万到 600 万只的加拿大鹅，但从我所在的印第安纳波利斯来看这个估值很低，因为在我的后院里，似乎已经居住了 400 万到 600 万只的加拿大鹅。无论如何，全球加拿大鹅的数量正在增长，但它们曾经的确非常罕见。事实上，你在公园和池塘里常常看到的加拿大鹅的亚种——巨型加拿大鹅，在 20 世纪时就因为全年无节制地捕猎而灭绝。

加拿大鹅特别容易受到所谓的"活饵"（把活的动物作为诱饵）的影响，猎人捕获了鹅，使它们不能飞行，并把它们关在池塘或田野里当作诱饵。这些被捕获的鹅的叫声吸引了成群的野生鹅，它们因此被射杀。猎人们常常对他们的活饵爱不释手。一位名叫菲利普·哈伯曼（Philip Habermann）的猎人写道："观看和聆听诱饵工作带来的乐趣，和与一只好猎狗一起狩猎的乐趣一样。"这提醒人们，长期以来人类在宠物和猎物之间划定了奇怪的分界线。

但在 1935 年，"活饵"被认定为非法的捕猎行为，加拿大鹅的数量才开始恢复——起初恢复的速度非常缓慢，后来恢复的速度却惊人。

1962 年 1 月中旬，哈罗德·C. 汉森（Harold C. Hanson）和其他鸟类学家一起对一些明尼苏达州的鹅进行了标记和测量。"在那个值得纪念的日子里，"他后来写道，"气温保持在零度左右，刮着大风，但这只会增加我们劳动的热情。"他们称量的鹅是如此之大，以至于他们认为一定是天秤有问题。这些巨大的鹅最终都存活了下来。如今在明尼苏达州，有超过十万只加拿大鹅。从澳大利亚到斯堪的纳维亚半岛，这种鹅的非本地种群呈爆炸式增长。在英国，加拿大鹅的数量在过去的 60 年里至少增长了 20 倍。

这种成功在一定程度上要归功于那些保护鸟类的法律的制定，但也在一定程度上归功于过去的几十年里，人类把许多土地变成了鹅的理想栖息地。对加拿大鹅来说，景观丰富的郊区、河边公园和带有水景的高尔夫球场绝对是理想的生活场所。加拿大鹅特别喜欢吃草地早熟禾植物的种子，这是美国最丰富的农业作物，也被称为肯塔基蓝草。我们喜欢在公园和前院种植草地早熟禾，但由于这种植物对人类的效用有限，鹅肯定觉得我们是为了它们而种植的。一位鸟类学家观察到："雏鹅在孵化后的36小时左右就显示出对草地早熟禾的明显偏好。"

加拿大鹅也喜欢河流和湖泊附近的乡村田野，但在美国，城市鹅和乡村鹅的比例实际上与人类的比例非常相似：在任何时候，大约80%的美国人居住在城市或城市附近；对于加拿大鹅来说，大约是占75%。

事实上，你看得越多，你就越能发现加拿大鹅和人类之间的联系。在过去几十年里，我们的人口也急剧增长。1935年，当把活的加拿大鹅作为诱饵在美国被视为非法时，地球上只有20多亿人；可到2021年，这个数字已经超过70亿。像人类一样，尽管有时不愉快，但加拿大鹅通常是终身伴侣制。和我们一样，加拿大鹅物种的成功也影响了它们的栖息地：一只加拿大鹅每年可以产生多达100磅的粪便，这导致它们聚集的湖泊和池塘中的大肠杆菌含量超标。和我们一样，鹅也没有天敌，如果他们死于暴力，那几乎都是人类的暴力，就像我们一样。

但是，即使加拿大鹅完全适应了人类统治的地球，它们似乎还是对人类流露出蔑视的神情。尽管它们的群体因为我们的人工湖和修剪整齐的草坪而蓬勃发展，但鹅依旧鸣叫、昂首阔步、咬人，让人类远离它们，因此，许多人开始憎恨加拿大鹅，认为它是一种有害动物，而我也这么认为。

但加拿大鹅也使我感受到，在我高度清洁、生物种类非常单调的郊区生活中，仍存有一些正常的本性。即使加拿大鹅已经变得常见，但看到它们以完美排列的 V 形从头顶飞过时还是会令人心生敬畏。正如一位狂热者所说，加拿大鹅"使想象力得到了激发，加速了心跳"。对我来说，鹅比鸽子、老鼠更狂野。

我认为这是一种共生关系，双方都不喜欢彼此。这使我回忆起在大学毕业之前，我女朋友和我在开着她那辆古老的蓝色轿车去买菜的路上，她问我最大的恐惧是什么。"被抛弃。"我说。我担心大学的结束意味着我们关系的结束，我希望她安慰我，告诉我不必害怕孤独，因为她会一直在那里，诸如此类。但她不是那种会做出虚假承诺的人，而且大多数带有"总是"字样的承诺都无法兑现。一切都会结束，或者至少到目前为止人类观察到的一切都会结束。

总之，在我说完之后她只是点了点头，然后我问她最害怕什么，打破了尴尬的沉默。

"加拿大鹅。"她回答道。

怎么能怪她呢？在 2009 年，一群加拿大鹅撞进了全美航空公司 1549 航班的引擎，迫使机长萨利·萨伦伯格（Sully Sullenberger）在哈德逊河（Hudson River）上迫降。2014 年，加拿大一名骑自行车的人被一只加拿大鹅袭击后在医院住了一周。

你可以采取一些措施来应对"被抛弃"。例如，你可以塑造一个更强大的独立的自我，或者建立一个更广泛的有意义的人际关系网络，这样你的心理健康就不会完全依赖于另一个人。但作为一个人，你对加拿大鹅无能为力。

在我看来，这是人类世最奇怪的事情之一。无论是好是坏，土地已经成为我们的。它由我们耕种，由我们开垦，甚至由我们保护。我们是这个星球上占统治地位的生物，我们基本上决定了哪些物种生存，哪些物种死亡，哪些物种像加拿大鹅一样数量增加，哪些像它的表亲勺嘴矶鹬一样数量减少。但一个人时，我感觉不到那种力量。我不能决定一个物种是存活还是灭亡，我甚至不能强迫我的孩子们吃早餐。

在人类日常的生活中，草坪需要修剪，需要开车去参加足球训练，有抵押贷款需要支付。所以我继续按照我认为人们一直以来的方式生活，一种看似是正确的，甚至是唯一的方式。我修剪草地早熟禾的草坪，就像草坪是自然生长的一样，但事实上直到160年前，我们才在美国郊区发明了草坪。我开车去参加足球训练，尽管这在160年前是不可能的——不仅是因为当时没有汽车，还因为那时足球还没有被发明出来。我还要支付抵押贷款，尽管我们今天所理解的抵押贷款直到20世纪30年代才开始广泛使用。对我来说，这么多不可避免的人类的东西实际上是非常非常新的，包括无处不在的加拿大鹅。所以我对加拿大鹅感到不安——无论是作为一个物种还是作为一种象征。在某种程度上，它已经成为我最大的恐惧。

当然，这不能怪加拿大鹅，但我还是只能给加拿大鹅两颗星。

泰迪熊

Teddy Bears

英语单词 bear（熊）来自日耳曼词根 bero，意为"棕色的东西"。在斯堪的纳维亚的一些语言中，bear 一词来源于短语"食蜜鸟"（honey eaters）。许多语言学家认为 bear 等名称是替代品，因为说出或写下熊真实的名字被认为是禁忌。正如在《哈利·波特》的魔法世界里，人们被教导永远不要说出"伏地魔"（Voldemort）一词，北欧人通常不会说出熊的真实名字，可能是因为他们相信一旦叫出熊真实的名字，就能召唤出熊。无论如何，这个禁忌是如此的深入人心，以至于今天我们只剩下熊的替代词——我们常常称之为"那种动物"。

即便如此，长期以来人类对熊的威胁远远大于它们对人类的威胁。几个世纪以来，欧洲人用一种叫作"纵犬斗熊"（bearbaiting）的方法折磨熊。他们会将熊拴在一根柱子上，然后放狗攻击，直到它们受伤或是被杀死，或者人们将熊放进一个圆形角斗场，让它们与公牛进行一场殊死搏斗。英国皇室钟情于这类游戏，亨利八世（Henry VIII）就曾在怀特霍尔宫（Palace of Whitehall）挖了一个熊坑。

在莎士比亚的作品中，甚至出现了熊咬人的场景，麦克白哀叹道，他的敌人"将我绑在木桩上，我不能飞，但是，我必须像熊一样战斗"。这是一个特别有趣的段落，因为在莎士比亚时代，熊在英国已经灭绝了大约一千年，很可能是由于人类的过度捕猎。"像熊一样"不是指自然界中的熊的行为，而是指熊在人类精心设计的场景中所遭受的暴力。

正如日记作者约翰·伊夫林（John Evelyn）所说，尽管许多人认为"纵犬斗熊"是一种"粗鲁而肮脏的消遣"，但其反对的理由通常不是虐待动物。托马斯·巴宾顿·麦考莱（Thomas Babington Macaulay）写道："清教徒讨厌'纵犬斗熊'，不是因为这给熊带来了痛苦，而是因为这为观众带来了快乐。"

那么，宣称我们对熊的统治是一种全新的现象是不准确的。不过，我们的孩子现在通常会抱着一种过去我们不敢直呼其名的动物的毛绒玩具，这还是让人感觉有些怪异。

有一个广为流传的泰迪熊的故事：1902年11月，美国前总统西奥多·罗斯福在密西西比州（Mississippi）猎熊，这是一件极具西奥多·罗斯福风格的事。狩猎队的狗追着一只熊跑了好几个小时，罗斯福放弃了，返回营地吃午饭。

那天，罗斯福的一位狩猎向导霍尔特·科利尔（Holt Collier）在总统吃午饭时带着他的狗继续追踪这只熊。科利尔出生在密西西比州，是一名奴隶，美国废奴运动之后，他成了世界上成就斐然的骑马者之一（他一生中猎杀死了3000多只熊）。罗斯福不在的时候，科利尔的狗把熊逼到了墙角。科利尔吹响号角提醒总统，但在罗斯福回来之前，科利尔不得不用枪托击打那头熊，因为它正在撕咬其中一条狗。

总统到达现场时，熊已经被绑在树上，处于半昏迷状态。罗斯福拒绝开枪，因为他觉得这样做不够光明磊落。总统的爱心传遍了全国，尤其是在《华盛顿邮报》（Washington Post）刊登了一幅由克利福德·贝瑞曼（Clifford Berryman）创作的漫画之后流传得更广。在漫画中，这只熊被重新描绘为一个无辜的幼崽形象，一张圆圆的脸上还睁着大大的眼睛，望着罗斯福，看起来温顺又绝望。

住在布鲁克林（Brooklyn）的俄罗斯移民莫里斯和罗斯·米克顿（Morris and Rose Michtom）看到了这幅漫画后，受此启发制作了一个他们称之为"泰迪熊"的毛绒玩具。这只玩具熊刚被摆放到糖果店的橱窗里，便受到了追捧。奇怪的是，一家德国公司几乎在同一时间独立生产了一款类似的泰迪熊，两家公司最终都获得了巨大的成功。德国制造商史黛芙（Steiff）在几十年前由玛格丽特·史黛芙（Margarete Steiff）创立，她的侄子理查德（Richard）设计了史黛芙泰迪熊。到1907年，他们每年售出近一百万只泰迪熊。同年，回到布鲁克林后，米克顿夫妇利用他们的泰迪熊销量创立了理想玩具公司（Ideal Toys），这家公司后来生产了大量20世纪流行的玩具，从捕鼠器到魔方不一而足。

典型的当代泰迪熊看起来和 1902 年的差不多——棕色的身体，黑色的眼睛，圆圆的脸，可爱的小鼻子。当我还是个孩子的时候，有一只名叫泰迪·鲁克斯宾（teddy Ruxpin）的小熊开始流行，但我喜欢泰迪熊是因为它们的沉默。他们对我没有任何要求，也没有因为我的情绪爆发而对我指指点点。我最深刻的童年记忆是我的 10 岁生日。在结束了一场令人筋疲力尽的派对后，我回到自己的房间与一只泰迪熊依偎在一起，但我发现这只曾经抚慰过我的柔软而沉默的"动物"已经不起作用了。当时我就想，我再也不是一个孩子了，真希望这不是真的，那是我记忆中第一次强烈地渴望一个永远也回不来的自己。萨拉·德森（Sarah Dessen）曾写道，"家不是一个地方，而是一段时间"。家是一只泰迪熊，但只在特定的时间有特定的泰迪熊。

自从泰迪熊首次亮相以来，我们想象中的熊变得越来越亲切、越来越可爱。维尼熊在 1926 年首次亮相；帕丁顿熊于 1958 年诞生：爱心熊在 1981 年出现，是最不具威胁性的熊朋友。快乐熊和爱心熊等角色在《关心才是最重要的》（Caring Is What Counts）和《你的美好愿望能成真》（Your Best Wishes Can Come True）等充满激情的甜蜜图画书中担任主角。

在更广阔的世界里，至少我们这些生活在城市里的人开始看到我们认为的罗斯福看到的熊——一种被怜悯和被保护的动物。如果我离开房间时忘记关灯，我的女儿经常会大叫："爸爸，北极熊！"因为她一直被教导说，减少用电可以减少碳足迹，从而保护北极熊的栖息地。她不怕北极熊，反而害怕它们会灭绝。那些曾经令我们恐惧的动物，以及我们长期以来望而生畏的动物，现在通常被认为是脆弱的。强大的熊，就像地球上的许多生物一样，依赖于我们。他们的生存取决于我们的智慧和同情心——就像密西西比的那只熊需要罗斯福大发善心一样。

从这个意义上说，泰迪熊提醒人们当代人类的惊人力量。很难理解我们这个物种已经变得多么强大，但我有时发现，纯粹从质量的角度来考虑是有帮助的。目前地球上所有活着的人类的总重量约为 3.85 亿吨，这就是我们人类的生物量。我们生活的生物量——绵羊、鸡、牛等等——大约是 8 亿吨。地球上其他哺乳动物和鸟类的总生物量还不到 1 亿吨。所有的鲸鱼、老虎、猴子、鹿、熊，甚至加拿大鹅，加在一起的重量还不到我们体重的三分之一[1]。

对于 21 世纪的许多大型动物物种来说，决定生存的最重要的因素是它们的存在是否对人类有用。但如果你不能对人们有用，你能做的第二件事就是长得可爱。你需要一张表情丰富的脸，最好有一双大眼睛；你的孩子要让人们想起自己的孩子；你身上一定有什么东西让人们为把你从地球上除掉而感到内疚。可爱能拯救一个物种吗？我深表怀疑。关于泰迪熊起源的故事中，经常被人遗忘的部分是，就在罗斯福开玩笑地拒绝杀死泰迪熊之后，他命令他的狩猎团队的一名成员割开泰迪熊的喉咙，以便让泰迪熊摆脱痛苦。那天，没有一只熊得救。现在密西西比州只剩下不到五十只熊了。与此同时，全球泰迪熊的销量达到了前所未有的高度。

我给泰迪熊两颗半星。

---

[1] 然而，我们在细菌面前都相形见绌。根据一项研究估计，细菌的生物量大约是所有动物的总生物量的 35 倍。

总统殿堂

The Hall of Presidents

★★

我在佛罗里达州（FLORIDA）的奥兰多（ORLANDO）长大，那里距离世界上游客最多的主题公园——华特迪士尼世界的神奇王国（Walt Disney World's Magic Kingdom）大约15英里。当我还是个孩子的时候，奥兰多就已经是一个非常著名的旅游城市了，每当你乘飞机出发时，就会收到机场播放的一条信息："我们希望您的旅行愉快。"作为回应，我的父母总是重重地叹气，然后低声说："我们就住在这里。"

我第一次访问神奇王国是在1981年，那时我4岁，神奇王国10

岁。我非常喜欢那个时候的主题公园,我记得我遇见了高飞(Goofy),并相信那就是真的高飞;我记得体验白雪公主恐怖之旅(Snow White ride)时很害怕,但我又因为可以乘坐巨雷山过山车(Thunder Mountain)而觉得自己已经是个顶天立地的大人了;我还记得那一天结束时我非常疲惫,于是脸贴在大众兔子汽车(Volkswagen Rabbit)的玻璃上睡着了。

但后来我长大了。在我十几岁的时候,我开始用我不喜欢的东西来定义我自己。我厌恶的东西很多,我讨厌儿童读物、玛丽亚·凯莉(Mariah Carey)的音乐、郊区建筑和购物中心。但最重要的是,我讨厌迪士尼世界。流行音乐、主题公园和令人愉快的电影中存在一种人为的和商业化的幻想,我和朋友们用一个词来形容这类幻想:"伪造"。电视节目《欢乐满屋》(*Full House*)是伪造的;治疗乐队(The Cure)的新作品是伪造的;迪士尼世界呢?天啊,迪士尼世界的一切简直太虚假了。

就在这段时期,我恰好遇上了一件可怕的幸事。我母亲获得了一个社区服务奖,奖品附带四张免费的迪士尼年卡。于是在我14岁那年的夏天,我的家人拉着我去了迪士尼世界。

我意识到,一个我在夏天免费游玩迪士尼世界几十次的悲惨故事,可能无法收获多少同情,但14岁的我的确十分讨厌迪士尼。首先,迪士尼世界总是十分炎热。在1992年,我近乎虔诚地穿着一件风衣,虽然这与佛罗里达州中部夏季潮湿闷热的天气不太相配,但这件外套是为了保护我不受外界的影响,而不是天气的影响,在这方面它成功了。尽管如此我还是一直在出汗,在其他游客看来,我一定如同迪士尼乐园的一道风景线一样：一个骨瘦如柴的孩子，穿着一件一直延伸到膝盖的墨绿色外套，汗珠从他的每个毛孔里冒了出来。

但我希望那些人被我吓到，因为我被他们吓坏了。他们给一家公司一掷千金是为了逃避他们可怕、悲惨的生活，这种想法让我很反感，这种可怕、悲惨的生活在一定程度上恰恰是因为我们的老板控制着所有的生产资料。

无论如何，我不得不在迪士尼世界度过一段漫长的夏天。通常一开始，我就坐在公园入口附近的长椅上，在黄色的信笺簿上潦草地记下故事片段。后来天气变得异常炎热，我会前往总统殿堂，因为这是神奇王国最不拥挤、空调效果最好的景点。在这一天剩下的时间里，我会一遍又一遍地观看总统殿堂的演出，一直在那本信笺簿上写作。演出正在进行，我坐在总统殿堂里开始下笔创作我的第一个短篇小说——讲述了一个疯狂的人类学家绑架了一个游猎采集家庭并把他们带到迪士尼世界的故事[1]。

总统殿堂是神奇王国的一个开幕日景点，自1971年公园开放以来，一直是游客经常光顾的地方。在一座费城独立厅（Independence Hall）——美国宪法的辩论地点——的仿造建筑中，游客首先进入了一个等候室，里面有几位总统的半身像，还有迪士尼公司创始人华特·迪士尼（Walt Disney）的半身像，他被誉为"美国英雄"（An American

---

[1] 我刚写完这个故事不久就把它弄丢了。在我的记忆中，这个故事非常值得一读。所以多年来我一直相信如果我能找到这个故事，把它的情节收紧一点，扩充几个角色，那我的下一本书就写了一半了。几年前我父亲找到了这个故事的副本，并把它寄给了我，结果它很糟糕，没有任何可取之处。

Original）。

参观总统殿堂几乎不需要等待，你很快就能进入主剧院，讲解员会告诉你，这个景点是为纪念华特·迪士尼而建造的。我总觉得这有点过头，不仅因为等候室里出现了迪士尼的头像，还因为整个主题公园都是以他的名字命名的。在迪士尼公园向迪士尼先生致敬之后，一部关于美国历史的影片开始放映，结束后大屏幕缓缓升起，向游客展示这场演出中真正的明星——每位美国总统真人大小的电子动画形象。这些电子动画既栩栩如生又如同机器人一般僵硬，看起来令人毛骨悚然，这是恐怖谷理论[1]的恰当体现。正如我当时4岁的女儿在参观总统殿堂时所说的"他们不是人类"。

只有几位"总统"真正发言了。亚伯拉罕·林肯（Abraham Lincoln）的电子动画站在那里背诵葛底斯堡演说（Gettysburg Address），自20世纪90年代初以来，在演出结束时，现任总统的电子动画会用他们自己的声音发表演讲。2018年我们访问总统殿堂时，电子动画版的唐纳德·特朗普（Donald Trump）说了几句话，其中包括这一句："最重要的是，作为一个美国人，要成为一个乐观主义者。"这是对民族国家如何授予公民身份的完全误解。

总统殿堂并没有忽视美国历史上的种种恐怖事件，但它也是一场对美国及美国总统毫无歉意的爱国庆典。事实上，演出的最后一句台词是，

---

[1] 恐怖谷理论是一个关于人类对机器人和非人类物体的感觉的假设，它由日本机器人专家森政弘提出，指的是当机器人与人类达到特定的相似程度时，人类会变得对机器人极其反感，哪怕机器人与人类有一点点的差别都会显得非常显眼刺目、僵硬恐怖。——编者注

"我们的总统职位不再只是一个想法，而是一个有着引以为豪的历史的理念"。我认证，美国总统职位的确成了一个有着引以为豪的历史的理念，但它的背后也有过许多其他历史——耻辱的、压迫的、暴力的历史等等。对我而言，当代生活的挑战之一是如何在不否定每段历史的情况下，让这些历史共存，然而总统殿堂并没有做到。相反，它构想了一种必胜的美国历史观：虽然，我们曾经历过一些失败，但谢天谢地，我们用坚韧的乐观主义精神战胜了它们，看看如今的我们吧。

＊＊＊

在人类世时代，民族国家和有限责任公司是两个主要机构，两者都是强有力的实体机构，且在某种程度上又都是虚构的。美国并不像一条河流那样真实，迪士尼公司也是如此，它们只是两种我们相信的理念。美国有法律、条约等，但这些都不能阻止一个国家分裂甚至消失。从试图赋予美国一种永恒感的新古典主义建筑到美国货币上的面孔，美国必须不断地让公民相信，这个国家是真实的、美好的、值得效忠的。

这与迪士尼公司崇敬其创始人、专注展现其丰富历史的出发点并无太大不同。国家和公司只有在有人相信它们的情况下才能存在，从这个意义上说，它们真的是一种神奇王国。

十几岁的时候我喜欢想象，如果我们都不再相信这些理念，生活会变成什么样子？如果我们不再坚信美国宪法是我们国家的统治文件，或者完全放弃民族国家的理念，那时候会发生什么？也许这只是人到中年的一个症状，我现在愿意想象一个更好的民族国家（和监管更好的私人企业），而不是将其抛之脑后。但是，除非我们诚实地考虑政府和企业希望我们相信什么，以及他们希望我们如此相信的原因，否则我们无法想象一个更美好的世界的存在。

在那之前，总统殿堂对我来说总是有些虚伪。我只能给它两颗星。

空调系统

Air-Conditioning

★★★

在过去的 100 年里，人类的生存环境变得相当炎热，这不仅仅是因为全球气候变暖，还因为人们更趋于在温暖的地方定居。举个例子，内华达州（Nevada）、佛罗里达州（Florida）和亚利桑那州（Arizona）是美国 20 世纪人口增长最多的三个州，同时也属于气候最温暖的三个州。美国第五大城市亚利桑那州的凤凰城（Phoenix）也许是这一趋势的最好例证，该城在 1900 年的人口数仅为 5544 人，而到 2021 年则增长到大约 170 万人。凤凰城八月的平均最高气温为 103 华氏度，但他们却拥有一支职业冰球队,名为菲尼克斯郊狼队(Arizona Coyotes)。在1996年之前,该队一直被称为喷气机队,当时其总部设在加拿大马尼托巴省的温尼伯(Winnipeg, Manitoba),那里的天气要比凤凰城凉爽得多,但国家冰球联盟(National Hockey League, NHL)还是跟随金钱和人民的召唤,向着更温暖的赤道走去。

这一巨大的人文地理变化发生的原因之一就是空调。空调堪称现代社会的一大奇迹,它能帮助人类控制所在内部空间的温度。在富裕国家,空调已经从根本上重塑了人们的生活:从小的方面来说,房屋开窗时间减少;从大的方面来说,药物的效力因此有所增强。胰岛素、多种抗生素、硝酸甘油以及许多药物都属于热敏性药物,如果不在所谓的"室温"下储存,就会失去药效。"室温"的定义在68~77华氏度之间,在空调出现之前,凤凰城的任何一间房屋都无法在夏季达到这个温度。然而在贫穷国家,许多医疗设施都没有供电,因此对于这类国家的医疗系统而言,储存受温度影响的药物仍然是一个巨大的挑战。

甚至此刻你能够手捧纸质书享受悠闲的阅读时光,也要感谢空调系统,因为印刷机上装有空气调节设备[1]。实际上,空调是为一台与印刷机相似的设备而发明的。1902年,一位名叫威利斯·开利(Willis Carrier)的青年工程师受命解决纽约州布法罗市(Buffalo)的一个难题:一家印刷公司的杂志纸张由于夏季湿度过高而发生变形。为解决此事,开利发明了一

---

[1] 如果你正在阅读电子书或听有声书,情况也是如此,因为在这两种情况下,书很可能是存储在云端,或者曾经存储在云端。而这个"云"并不是真正的云,而是一个庞大的连接服务器阵列,它们几乎不会过热或被腐蚀,因为它们通过空调来保持干燥和凉爽。

种装置，它从本质上逆转了电加热的过程，使空气通过冷盘管而不是热盘管流通。该装置降低了空气湿度，同时还产生了一个有益的副作用，那就是降低了室内温度。开利继续钻研他所谓的"空气处理难题"，而他与伙伴共同创立的开利公司（Carrier Corporation）至今仍是世界著名的空调制造商之一。

长期以来，高温天气一直是人类的一个担忧。在古埃及，人们将芦苇悬挂在窗户上，让水从芦苇上滴落，为房间降温。当时人们控制室内温度的理由和现在相同，不仅为了舒适与便利，也因为高温天气会导致死亡。英国医生约翰·哈克斯萨姆（John Huxham）在一篇题为《关于1757年7月高温异常天气的报告及其影响》（*An Account of the Extraordinary Heat of the Weather in July 1757, and the Effects of It*）的文章中写道，高温天气会导致人体"头部突然剧烈疼痛、眩晕、大量出汗、极度虚弱和精神沮丧"。他还指出，高温热浪受害者的尿液"量少色浓"。

近年来，包括美国在内的许多国家，高温热浪造成的死亡人数超过了闪电、龙卷风、飓风、洪水和地震所造成的死亡人数的总和。2003年，一场热浪袭击了欧洲，集中在法国蔓延，导致7万多人死亡。从澳大利亚到阿尔及利亚（Algeria），从加拿大到阿根廷，致命的热浪在历史上屡见不鲜，但人类世时代的奇怪之处在于，在世界较为富裕的地区，气候温和的地区似乎比气候炎热的地区更难抵御高温天气的袭击。在过去的20年里，在气候凉爽的法国中部地区，家用空调并不常见，生活在那里的人们死于热浪的可能性远远超过生活在气候闷热的凤凰城的人，因为凤凰城90%以上的家庭都装有某种形式的空调。

现代空调还有一个特点：使室内降温，使室外升温。空调系统的大部分驱动能源来自化石燃料，使用化石燃料会使地球变暖，随着时间的推移，空气调节也变得越来越必要。国际能源署（International Energy Agency, IEA）的数据显示，空调和电风扇的用电量之和已经占到全球用电量的10%左右，他们预计在未来30年内，交流电用电量将增加3倍以上。与大多数能源密集型创新成果一样，空调主要惠及富裕地区的居民，而气候变化的后果则由贫困地区的居民不成比例地承担。

***

气候变化可能是21世纪人类面临的最大的共同挑战，我担心我们会因为自己对气候变化束手无策而遭到后人批判。他们可能会在未来的历史课上了解到一些史实：作为地球物种之一，我们早在20世纪70年代就意识到碳排放正在影响地球的气候；而"前人"在20世纪80年代和90年代曾为限制碳排放而付出了诸多努力，但最终由于多方面的复杂原因而功亏一篑。不过我认为未来的历史课不会赘述这些原因，而且我猜测在阅读这些历史书的人眼里，我们当下的选择是不可原谅，甚至不可理喻的。"而幸运的是，"查尔斯·杜德利·华纳（Charles Dudley Warner）在一个多世纪前写道，"每一代人都不了解自己的无知。正因如此，我们才能称我们的祖先为野蛮人。"[1] 即使气候变化是由人类造成的全球性问题，而且人类已经开始自食其果，但我们也在聚集全人类的力量应对这一难题。人类之所以酿成恶果，一部分是源于错误的公众信息传播和公众对专业知识的普遍不信任，另一部分是因为人们认为气候变化虽是一项重要议题，但并非燃眉之急。但是，燎原的野火必须在这一时代就被扑灭。我们想

---

1 华纳因另一句名言而被人铭记，他是第一个以"人人都在谈论天气，却没有人为此做任何事"这句话而闻名的人。当然，我们也在为天气做些有用的事情。

空调系统

要做出重大的改变，必须克服千难万险，这些改变将减少未来"火灾"的发生概率。

但我认为人类很难消灭自己种下的恶果，因为我们当中享有最多特权的人，也就是那些消耗能源最多的人，可以保护自己免受天气的影响。我当然就是其中之一：我可以在家中吹着空调，与外面的天气彻底隔绝；我可以在隆冬一月品尝草莓，有屋顶为我遮风挡雨，有灯盏为我驱散黑暗。因此我很容易觉得气候主要是一种外部现象，而我自己主要是一种内部现象。

但以上全部是错觉，我完全地、彻底地依赖于我所想象的"外部世界"。我与气候是不可分割的，人类始终无法摆脱自然的限制及其赋予我们的义务。人类就是自然本身，因此气候与历史相同，既是降临在人类身上的事件，也是人类亲自创造出来的东西。

在印第安纳波利斯，每年大约只有 13 天的气温达到 90 华氏度以上，但大多数家庭和办公大楼都配有空调，一部分是因为在过去的 50 年中建筑设计发生了巨大的变化，开始将空调的装配考虑在内，尤其是商业建筑。然而，因为越来越多的居民希望能够控制室内环境，空调也逐渐走进了千家万户。当我在户外时，如果可以调整身上衣着的温度，我只需要将它维持在 55 到 85 华氏度之间，就会感觉非常舒适，然而到了室内，我的舒适温度区间就会急剧缩小，仅仅浮动在几度之内。我讨厌坐在室内时流汗，记得我在芝加哥时公寓没有空调，所以常常热得汗流浃背；但天气寒冷时人在室内会起鸡皮疙瘩，这也算不得什么舒适的体验。我就像一幅昂贵的油画或是一株脆弱的兰花，只能在极其特殊的条件下才能茁壮地生长。

在这方面我并不孤单。康奈尔大学 2004 年的一项研究发现，办公室温度影响工作场所的生产力。当温度从 68 华氏度提高到 77 华氏度时，打字量增加了150%，错误率下降了44%。这不是一件小事——该研究的作者说，它表明"将温度提高到一个更舒适的范围，每个工人每小时可以节省大约两美元"。既然在夏季保持低温既费钱又不能提高工作效率，那么为什么有那么多办公室的夏季环境还如此凉爽？也许是因为"室温"的定义在历史上是通过分析40岁、154磅重、穿着商务套装的男性的温度偏好而确定的。研究一致发现，平均而言女性更喜欢温暖的室内温度。

但是，当人们指出办公楼内空调设置的偏见时——特别是当女性指出这一点时——他们经常被嘲笑为过于敏感。当记者泰勒·洛伦兹在推特上说办公室的空调系统是性别歧视后，《大西洋》（*Atlantic*）杂志的一篇博客写道："认为大楼里的温度是性别歧视是荒谬的。"但这并不荒谬，荒谬的是通过使用珍贵的化石燃料来过度冷却办公楼，从而降低工作场所的生产力，以便让穿着装饰性夹克的男性感到更舒适。

我得习惯这种暖和一点的感觉，这是我们唯一的未来。当我还是个孩子并住在佛罗里达州时，去电影院之前我会套上一件运动衫，这似乎是件平常又自然的事。就像人类世时代的许多其他发明一样，空调也有一种嗡嗡的背景声，在我从未想过的情况下重塑了我的生活。但从2021年年初开始写下这篇文章以后，再这样进入电影院就会感觉非常不自然。对人类来说，"自然的"东西总是在变化。

我非常感谢空调，它使人类生活更美好，但我们需要迅速扩大对气候控制的定义。

我给空调三颗星。

金黄色葡萄球菌

Staphylococcus aureus

★

几年前，我的左眼眼窝感染了金黄色葡萄球菌（*Staphylococcus aureus*），因此患上了眼窝蜂窝织炎，导致视线模糊，眼睛肿得睁不开，最后在医院住了一个多星期。

如果我是在1940年之前感染的这种球菌，我可能会失去我的眼睛，还会失去我的生命。话说回来如果假设成真，我可能活不到患上眼窝蜂窝织炎（*orbital cellulitis*）的时候，因为儿时的葡萄球菌感染已经让我丧命了。

在我住院的那段时间，医院的传染病医生给我带来一种特别的感觉。他们告诉我："你感染了一种侵略性极强的葡萄球菌。"长期被金黄色葡萄球菌所寄殖的人大约只占20%，确切的感染原因尚不清楚，但我显然是其中之一。我们这些长期携带金黄色葡萄球菌的人更容易患上葡萄球菌感染性疾病。我的葡萄球菌菌落十分特殊，医生在惊诧之余告诉我，如果我亲眼看到这些培养皿，一定会感到不可思议，随后他又说，我的生命得以延续就是现代医学进步的铁证。

他说得对，像我这样感染了侵略性极强的细菌的人，不能怀念往日的黄金时代，因为在那些过往时代中，我将因无药可救而彻底死去。1941年，波士顿市医院（Boston City Hospital）报告说葡萄球菌感染的死亡率高达82%。

还记得小时候，每当听到"强者生存"和"适者生存"之类的话时，我都不禁感到恐惧，因为我知道我既不强大，也无法适应环境。那时我尚未明白，当人类倾尽全力保护我们当中的弱者，并尽力确保他们能够生存下来时，整个人类工程就会变得愈发强大。

＊＊＊

葡萄球菌经常感染开放性伤口，因此在战争期间尤为致命。第一次世界大战即将打响时，英国诗人鲁珀特·布鲁克（Rupert Brooke）曾写下一句名言："如果我死去，请相互告慰'异国他乡的某个角落，将永存伟大的英格兰'。"一语成谶，他或许没料到自己真的会在战争中逝世——1915年冬天，并不是在异国他乡的某个角落，而是在一艘医务艇上，细菌夺走了布鲁克的生命。

那时，已有数千名医生投身到了战争伤员和病患的治疗当中。其中有一位71岁的苏格兰外科医生，名叫亚历山大·奥格斯顿（Alexander Ogston），他于几十年前发现并命名了葡萄球菌。

奥格斯顿对英国著名外科医师约瑟夫·李斯特（Joseph Lister）倍加崇敬，李斯特通过对患者术后感染情况进行观察，提出了使用苯酚和其他消毒技术的建议，从而大大提高了手术存活率。奥格斯顿在1883给李斯特的信中写道："从前做手术如同购买彩票一样充满风险，但托您的福，现在手术已经变成了一种安全可靠的治疗技术。"这话并没有过分夸张，谈及使用抗菌剂之前的经历，奥格斯顿写道："每次手术后，我们都会战战兢兢地等待恐怖的第三天，脓毒症通常会在这一天发作。"奥格斯顿的同事，一位与他一起在阿伯丁皇家医院（Aberdeen Royal Infirmary）工作的护士，拒绝了绞窄性疝（strangulated hernia）的手术，选择迎接死亡，"因为她从未见过一个术后顺利恢复、安然无恙的病例"。

奥格斯顿拜访了李斯特，亲眼见证了复杂的膝关节手术无感染痊愈的奇迹。之后，他回到阿伯丁的医院，撕掉了手术室上方写着"准备迎接你的上帝"的标牌。使用抗菌剂之后，手术不再是孤注一掷的决定，也不再是医生与患者最后的绝望一搏。

李斯特的苯酚喷雾剂令奥格斯顿痴迷，他的学生还因此创作了一首诗，其中部分内容如下：

我们已经看到了未来的景象
无限的喷雾将投入使用。
喷雾，喷雾，抗菌喷雾
奥格斯顿会不分昼夜地用喷雾为伤口沐浴

每一种皮肤的划伤

每一处贴着膏药的地方

他轻轻喷了一下

在这些医学消息披露的前几年，奥格斯顿的第一任妻子玛丽·简（Mary Jane）于分娩之后去世，享年25岁。目前没有她的死因记录，但那个时代大多数产妇的死因都是由金黄色葡萄球菌引起的产后感染，奥格斯顿曾目睹数百名患者死于术后感染。

也难怪他对抗菌医疗方案如此痴迷。然而，他渴望了解的不仅仅是如何预防感染，还包括到底是什么导致了感染。19世纪70年代末，外科医生和研究人员在各种细菌及其在感染中的作用的研究方面取得了许多发现，但直到奥格斯顿用刀切开詹姆斯·戴维森（James Davidson）腿上脓肿的伤口，葡萄球菌才终于被发现。

在显微镜下，戴维森的脓肿充满了活力。奥格斯顿写道："当我看到大量美丽的圆形微生物链、缠结物和簇丛时，我的喜悦可想而知。"

奥格斯顿将这些簇状和链状微生物命名为葡萄球菌，这个词来自希腊语，意思是成串的葡萄。它们看起来的确很像葡萄串，一个个饱满的球体聚集在一起，形成紧密的簇状。但奥格斯顿并不仅仅满足于观察到这些细菌。"很显然，"他写道，"首先要确保在戴维森先生的脓液中发现的微生物并非偶然现象。"因此，奥格斯顿在他家后院的棚子里搭建了一个实验室，开始尝试培养葡萄球菌菌落，最终使用鸡蛋作为培养基取得了成功。然后，他将这些细菌注射到豚鼠和老鼠的体内，这些作为试验品的小动物开始发病。奥格斯顿还指出，尽管葡萄球菌"在注射到生物体内时侵略性极强"，但它"停留在生物体表时似乎没什么威胁"。我也观察到了这一点，因为金黄色葡萄球菌在我皮肤上寄殖并未对我造成什么困扰，当它开始在我的眼窝内繁殖时，我才发现它的确会对人体造成伤害。

詹姆斯·戴维森在感染葡萄球菌之后继续存活了几十年，这要归功于彻底的清创和奥格斯顿对抗菌喷雾剂的自由使用。即便如此，金黄色葡萄球菌感染仍然异常危险，直到另一位苏格兰科学家亚历山大·弗莱明（Alexander Fleming）意外发现了青霉素，情况才得以改善。1928年某个星期一的早晨，弗莱明发现他的一个金黄色葡萄球菌培养物被一种真菌污染了，这就是青霉菌，所有葡萄球菌似乎都被它杀死了。"这太有趣了！"弗莱明大叫道。

弗莱明用他所谓的"霉汁"治疗了几个病人，并治愈了助手的鼻窦炎。但事实证明，大规模生产青霉菌分泌的抗生素相当具有挑战性。

直到20世纪30年代后期，牛津大学的一群科学家才开始测试他们的青霉素库存，先是在老鼠身上试验，到了1941年，又在一位名叫阿尔伯特·亚历山大（Albert Alexander）的警察身上试验。在一次德国轰炸袭击中，亚历山大被弹片割伤，最终死于细菌感染，他感染的正是金黄色葡萄球菌和链球菌。青霉素极大缓解了亚历山大的病情，但研究人员没能制造出足量的药物来挽救他的生命，细菌感染卷土重来，并于1941年4月夺走了亚历山大的生命。而亚历山大7岁的女儿希拉（Sheila）最终被送到了当地的一家孤儿院。

科学家们试图寻找更多产的青霉菌菌株，最终细菌学家玛丽·亨特（Mary Hunt）在伊利诺斯州（Illinois）皮奥瑞亚市（Peoria）一家杂货店的哈密瓜上找到了一种多产菌株。这种菌株暴露在x射线和紫外线之下会繁殖得更加旺盛。实际上，世界上所有的青霉素都是由皮奥瑞亚市那个哈密瓜上的霉菌进化而来的[1]。

尽管从1943年到1945年，青霉素的库存从210亿单位增加到了6.8万亿单位，但人们逐渐意识到，青霉素杀死的细菌正在进化出耐药性，尤其是金黄色葡萄球菌。一篇发表在1946年《星期六晚邮报》(*Saturday Evening Post*)上的文章曾表达担忧，抗生素的使用将"在不知不觉中促成一种微妙的进化力量，并加速其强大，这种力量能够帮助微生物实现适者生存。"一语成谶，到1950年，医院40%的金黄色葡萄球菌样本对青霉素产生耐药性；到1960年，这一数据增长到了80%。如今，仅有大约2%的金黄色葡萄球菌感染对青霉素敏感。

一切都发生得如此之快，从亚历山大·奥格斯顿发现葡萄球菌到人类大规模生产青霉素，只用了短短64年；从人类大规模生产青霉素到2007年我患上眼窝蜂窝织炎，期间也只经过了短短64年。我感染的球菌已经对青霉素产生了耐药性，后来医生又为我更换了两种抗生素，但依然有耐药性，万幸的是换到第四种抗生素时我的身体终于有了反应。解决金黄色葡萄球菌对抗生素的耐药性已经成为人类的燃眉之急。

青霉素属于人类最新的医学成果之一，到底有多新呢？在撰写本文的时候，阿尔伯特·亚历山大的女儿尚在人世。她的名字是希拉·亚历山大(Sheila Alexander)，嫁给了一名美国士兵并搬到了加州定居。如今她成为一名画家，最新一幅画作描绘了英国村庄的房屋街区：在一户人家的墙壁上，常春藤紧紧攀附、放肆生长，浓密的枝叶覆盖了粗糙的石头。

---

1 不过这并不是这个故事的惊人之处；令人惊讶的是，在刮掉成为世界青霉素供应的霉菌后，研究人员吃了哈密瓜！

于我而言，生命的奥秘之一就是生命存在的意义。在地球的生命活动中，许多时候无法实现化学平衡，反而是生化反应发生得更加频繁，但是葡萄球菌却依然在拼命寻找着制造生化反应的机会。而我也是如此。葡萄球菌无意伤害人类，它对人类并不了解，它只是想在这世上拥有一席之地，正如我希望我的生活能够延续、那棵肆意生长的常春藤渴望蔓延到围墙上并占据越来越多的领地一样。常春藤究竟占据多少才能满足？一直到无能为力的时候。

疾病的灾祸并非葡萄球菌的本意。可尽管如此，我还是只愿给金黄色葡萄球菌一颗星。

互联网

The Internet

★★★

据我所知，20世纪90年代初，当我们家第一次接入互联网时，它就隐藏在一个小盒子里。安装这个盒子需要一系列技术，当我父亲安装完毕，互联网立刻从盒子中现身，变成了黑色屏幕上的绿色字母。我还记得父亲向我和弟弟展示了互联网的各种功能："看，互联网可以告诉你北京的实时天气状况。"话音一落，他便在互联网上输入了一些代码，随后互联网迅速显示出了北京今日的天气。"又或者，"我父亲兴奋极了，"你还能用互联网下载整本《苏格拉底的申辩》（*Apology of Socrates*）。完全免费！就在这里，在家里就能读！"[1]

虽然对父亲而言，互联网简直是个奇迹，但我对此兴味索然。主要原因在于当我父亲上网时，家里其他人便无法接听电话，因为互联网运行需要占用电话线。说实话，年仅 14 岁的我倒也没有太多需要接听的电话，但我仍隐约怀有一丝不满。更重要的是，在当时的我看来，互联网不过就是个主要用于讨论互联网本身的论坛。比如，我父亲会阅读看不完的用户手册和留言板，他读过互联网的工作原理，以及未来互联网可能具备的种种功能，诸如此类。

有一天父亲告诉我，通过互联网，我能够和世界各地真实的人进行交谈。他进一步解释道："你可以通过参加法语论坛来练习法语。"说完他便给我做了示范。我给论坛的几个人群发了一条信息："您好吗？"（Comment ça va ?）他们也用真实的法语进行了实时回复，但因为我不太懂法语，所以感到有些可惜。在这之后，我开始好奇互联网是否提供英语版本的论坛服务，结果真的有。后来我还发现了一个为我量身定制的论坛——CompuServe 青少年论坛。

在 CompuServe 青少年论坛上，网友对我一无所知：他们看不见我的可怜、畏缩与笨拙，听不到我那因为紧张而常常吱嘎作响的嗓音，也不了解我比大部分人晚一步进入青春期，更不会知道我在学校里是如何被欺凌的。

矛盾的是，正因为他们对我一无所知，所以他们比现实生活中的任何

---

[1] 美国生活中有一个奇怪的唯我论，尤其是在 20 世纪末，新闻几乎从不谈论美国以外的天气，除非发生了一些自然灾害。我想我还应该说，你可以在网上免费下载《苏格拉底的申辩》，这还是挺酷的。

人都更了解我。我记得有个晚上，在一次实时网聊中我向我的网友玛丽倾诉了一个秘密——"夜晚的感觉"。许多个在学校的夜晚，当我爬上床准备睡觉时，总感觉有股巨浪向我袭来，令我辗转反侧、心神不宁。我暗自将这股巨浪称为"夜晚的感觉"。每每赶上巨浪来袭，我的胃就会紧绷，焦虑感仿佛要从肚脐中溢出来。我从来没有向任何人描述过这种感觉，甚至当我打字告诉玛丽时也心如擂鼓。玛丽回复说，她也曾被"夜晚的感觉"掌控，有时当她静静地听着时钟收音机，便能从中获得些许慰藉。于是我也试了试这招，确实很有帮助。

但大多数时候，我们并不会在 CompuServe 青少年论坛好友群分享自己的秘密，而是分享一些内幕笑话，我们共同学习、建设论坛、引经据典、共同创作。截至 1993 年夏天，CompuServe 青少年论坛已经建设成为一个浩瀚的知识宇宙，充满了神话故事和各个领域的参考资料，从电视节目《巴尼和朋友们》（*Barney & Friends*）的笑话到没完没了的各种缩略语，论坛中应有尽有。那时，互联网仍然只是黑色屏幕上的一串串绿色字母，所以我们还不能使用图像，但我们将文本字符排列出了各种形状。众所周知，ASCII 艺术的概念已经存在了几十年，但我们已经有几十年没有见过这种艺术了，所以我们觉得自己是在发现它，因为我们创造了许多图像，从极其简单的图像（ :-)）到荒谬复杂的图像（通常淫秽不堪）。我忘记从前用什么词来描述这类图像了，但现在我们把这种东西叫作表情包。

那年夏天学校放假后，我得以全身心地投入 CompuServe 青少年论坛中。我还拥有了一个叫作电子邮件地址的东西，它的前半部分由一系列随机生成的数字组成，后缀则是 @compuserve.com。那时候的网费按小时收取，这有些麻烦，因为每一个小时我都想在互联网上度过，因此到后来,抱怨电话线被占用的人就变成了我的父母。他们支持我结交朋友,支持我平日里写作和阅读,但他们负担不起每月100美元的上网费用。就在这时转机出现了,我被"雇用"为CompuServe青少年论坛的版主,报酬是所有我需要的互联网平台的免费使用权限——我确实对许多平台都有上网需求。CompuServe青少年论坛甚至还为我单独付费开通了另一条电话线,这样一来我就可以持续上网了。我记不起来那个夏天我的生命中任何一件发生在户外的事,因为几乎所有时间我都在上网。

***

我担心自己将上网这件事过分浪漫化。实际上,当下互联网存在的许多问题在20世纪90年代初期就已经显现。虽然在我的记忆中,青少年论坛得到了有效的管理,但今天评论区中充斥的种族主义和厌女症在30年前的互联网上已经相当普遍。另外,当年的网络冲浪体验和现在差别不大,你可能会被高度个性化的互联网信息层层包围,并由此掉入一种困境——比起所谓的事实,阴谋论开始显得更加真实[1]。

那个夏天为我的人生画下了美丽的一笔,但也留下了一些伤痛的记忆。几年前我遇到一位老友,谈及我们的高中时光,他说:"那段岁月拯救了我,但期间也不乏痛苦的时刻。"互联网于我而言也是如此。

我做了30年的网民,最近却开始更多地感受到互联网的负面影

---

[1] 事实上,我也有过这样的经历。在20世纪90年代早期,我被一种叫作"幻时假说"的理论迷住了,该理论认为在7世纪到10世纪之间的300年时间实际上并没有发生,而是由天主教会发明的。我最初对这个想法产生兴趣是因为其中一个模因,我不确定它本身是否具有讽刺意味。当时流传甚广的阴谋论认为,我真的不是生活在1993年,而是生活在1698年左右,这几年都是伪造的,这样教会就可以……保持权力?细节我都不记得了,但当你掉进兔子洞的时候,你还能相信什么,真是不可思议。

响。我不确定是因为我年纪渐长,还是因为如今的互联网无须再连接到墙上并且能随我去到任何地方,总之我的脑海中忽地响起了华兹华斯(Wordsworth)那首诗歌的开篇:"或早或迟,世界终将如影随形地与我们相伴并纠缠。"

我无法想象没有互联网的生活或工作,这说明什么?我的思维方式和存在方式都已被机器逻辑深刻地塑造,这意味着什么?长久以来我与互联网已经成了彼此的一部分,这又意味着什么?

我的朋友斯坦·穆勒(Stan Muller)告诉我:"当你亲历历史的时候,你永远不知道它将带你去何处。"此刻我正被互联网包围着,我不知道这意味着什么。

我给互联网三颗星。

美国学术十项全能

Academic Decathlon

★★★★★

我从十年级开始在亚拉巴马州的一所寄宿学校上学,我最好的朋友就是我的室友托德(Todd)。他常常提起我们的深夜时光,当他试图在没有空调的寝室中入睡时,我就仿佛变成了一本意识流小说,滔滔不绝地讲述着自己的一切:我与英语课暗恋的女生每一次互动中的每一个细节,如我们两个交换的笔记中的精彩语录;我交不上历史课论文的原因;我左膝外侧总感觉到一种奇怪的疼痛;我躲在健身房后面抽烟的紧张心情(因为上周有人在健身房抽烟被抓)……我喋喋不休,直到最后托德会无奈地说:

"真的，格林，我爱你，但我必须睡觉了。"我们从不惧怕对彼此说"我爱你"。

关于托德，我有一个珍藏于心的故事。那时候，亚拉巴马州每隔一个月才举行一次学术能力评估测试（SAT）。我和托德错过了最后一次SAT考试，所以我们只好开车去乔治亚州（Georgia）参加考试。经过漫长的公路旅行，并在6号汽车旅馆度过了一晚之后，我们睡眼惺忪地来到了考试地点。考试期间我努力集中精力，挨过了"无穷无尽"的4个小时。考试结束之后，我与托德再次会和时，他对我说的第一句话是："'招摇'是什么意思？"我告诉他那是"炫耀"或"夸张"的意思。托德微微点了点头，片刻之后说："太棒了，我全答对了。"

他的确做到了，他在SAT考试中考了满分。

***

托德提议让我加入美国学术十项全能队，尽管乍看起来我并不像一个合格的候选人。我从未在学业上出类拔萃，并以"没有发挥出自己的潜力"为荣，一部分原因是我怕倾尽全力后，全世界都会知道我其实没有那么大的潜力。但托德却在我糟糕的学业成绩中嗅到了一丝机会的味道。

美国学术十项全能（Academic Decathlon），有时也被称作AcaDec，共包含十个竞赛科目。1994年，美国学术十项全能中，客观题共有7个多选题，包括经济、艺术、文学、数学、科学、社会科学，以及根据"自由文献"设置的"超级问答"（Super Quiz）环节；有3个主观题科目：演讲、面试与写作，主观题科目由评委打分。

每所学校派出的队伍都包含9名队员：3名学业等级为A的学生，平均绩点高于3.75；3名学业等级为B的学生，平均绩点高于3.0、低于

3.74；还有 3 名学业等级为 C 的学生，平均绩点低于 2.99。这样的队伍构成意味着每个学校派出的队员有 3 名成绩优异，3 名成绩良好，剩下 3 名则必须是在学校表现相当糟糕的学生，而我碰巧就是表现糟糕的学生。我糟糕的学业成绩符合入队的标准，托德相信，经过他的悉心指导，我一定能成为学术十项全能竞赛的超级明星。

所以从大三开始，我们便结伴学习。我们通读了整本经济学教科书，每当我碰到理解不了的部分，托德就会用我能理解的方式为我答疑解惑。比方说，我们学习边际效用（marginal utility）的时候，他就用 Zima 饮料来解释："打个比方，你喝了一杯 Zima，感觉很不错。于是你又喝了两杯 Zima，感觉更舒爽，但从第一杯到第二杯，增加的快感小于从零杯到第一杯。之后，你每多喝一杯 Zima，增加的快感就会减少一分，直到最后你饮下第五杯 Zima 后，你吐了出来。这就是边际效用[1]。"

通过这样的模式，我们不仅学习了经济学，还学习了艺术史、化学、数学和其他许多知识。在备战学术十项全能竞赛的过程中，从印度河流域文明（Indus Valley Civilization）到有丝分裂（mitosis），各学科的知识我都有所涉猎。多亏了托德，我在竞赛中的表现可圈可点，成了一名非常出色的美国学术十项全能选手。

我无意吹嘘自己的能耐，但在 1994 年的亚拉巴马州学术十项全能竞

---

[1] Zima 是一种酒精饮料，是 21 世纪硬苏打水的一种低质量的前身。我很喜欢，这很可怕。更重要的是多年后，我在美国国家公共电台（NPR）的播客《金钱星球》（*Planet Money*）上听到了几乎完全相同的边际效用描述。那个播客和托德有共享资源，还是我的记忆力不可靠？我不知道。我只知道喝了 5 杯之后，我的边际效用曲线还是反转的，就像高中时一样。

赛中，我就像是 C 级学生中的莱昂内尔·梅西（Lionel Messi）。在十个科目的比拼中，我总共斩获了七枚奖牌，其中四枚是金牌。我在数学科目的比拼中夺得了铜牌，尽管那年的微积分选修课我的等级只有 D。虽然我学业成绩不佳，无法挤进 A 级或 B 级学生的前十名，但我并没有和他们竞争。在我的学术生涯中，我第一次觉得自己并不是个白痴。

我在一些自认表现糟糕的科目中赢得了金牌，比如文学和历史，还有一项是演讲，这令我尤为惊讶，因为我向来不擅长公共演讲。我厌恶我的声音，因为它会出卖我，将我全方位的焦虑暴露在众目睽睽之下，而且我在辩论比赛中的表现简直一塌糊涂。但有了学术十项全能竞赛，我终于有了可以施展才能的地方。我们的学校在州级比赛中获胜，这意味着我们获得了在新泽西州纽瓦克市（Newark, New Jersey）一家酒店宴会厅举行的全国大赛的参赛资格。

在接下来的几个月里，我的学术自信逐渐建立起来，再加上从托德那里得来的学习技巧，我的成绩开始逐步提高，甚至险些失去了我贪恋的 C 级学生的身份。直到某天我意识到我可以故意考砸物理，使我的平均绩点维持在 3.0 以下。

1994 年 4 月，我们九名队员和教练一起乘机抵达了纽瓦克。我们结交了来自全国各地的书呆子，其中包括一名来自中西部地区的 C 级学生，我还记得她的名字——卡罗琳（Caroline）。她有一个完美的假身份，并利用这个身份偷运了 12 箱 Zima 饮料给我们。

托德属于全国大赛中能力杰出的 A 级学生，我们这支来自亚拉巴马州的小团队最终取得了全国第六名的成绩。我甚至还为队伍赢得了几枚奖牌，其中一枚就斩获于演讲比赛。我演讲的主题是河流，具体内容我记不清了，但我似乎提到了蜿蜒的河道，也就是河道中的蛇形弯道。从我有记忆开始，我就钟情于河流。有一年，我和父亲在阿拉斯加（Alaska）北部的诺阿塔克河（Noatak River）上度过了一段夏日时光，还有一年我们曾在田纳西州（Tennessee）的佛兰西布罗德河（French Broad River）上划船游玩，欣赏美丽的江岸风光。

这篇演讲的最初创意是从托德那里"偷"来的。9月的一个下午，我们坐在一条小河的岸边，那里的空气十分浑浊，蚊子四处乱飞。托德告诉我，他之所以喜爱河流，是因为河流一直在前进，它们蜿蜒曲折、东流西窜，但从未停止过前进的步伐。

***

人生正如一条长河，我们从上游漂流到下游。现在是2020年的4月，在纽瓦克那间酒店宴会厅的比赛之后，我已经漂了很远的路。今天整个上午，我都在努力帮助我的孩子们上网课，但我担心我的不耐心与愤怒只会让一切适得其反。我的工作压力很大，尽管我所从事的只是一件无关紧要的荒唐工作。中午，印第安纳州卫生部（Indiana State Department of Health）更新了新冠肺炎（2019-nCoV）仪表盘，并发布了一则严峻的消息。我趁着孩子们吃饭的工夫用手机阅读更新的内容。这时莎拉走下楼来，我们去了客厅，她将我们一位正在住院的好友的情况——我们的朋友正在康复，告知了我。这无疑是个好消息，我本应感到喜悦，但心中却只有恐惧。莎拉可能是察觉到了我的心神不宁，问道："你要不要去河边走走？"

***

这些日子以来，只有在户外我才能感觉到世界依旧在正常运转。此刻，我就在印第安纳波利斯的怀特河西岸写着这篇文章。我带了一把轻便的折椅，坐在郁郁葱葱的护堤上，笔记本电脑有充足的电量。在我面前，泛滥的河水发出浑浊的咆哮声，每隔一两分钟就有一棵被连根拔起的树顺流而下。在火热的夏天，我不沾湿短裤就能蹚过这段河流，但现在河流足足有15英尺深，而且翻涌不息、十分湍急。

这几天，我一直无法从头到尾完整地思考一件事情，忧虑时常在我的脑海中闪现，打断我的思路。甚至连忧虑本身也被新的忧虑所打断，那些曾被我忽视的旧忧虑的各个方面也会在半路杀出来。我的思绪就像一条溢出堤岸的河流，汹涌澎湃，泥泞不堪，无止无休。我祈祷自己不必在未来的日子里一直担惊受怕。病毒无疑是我恐惧的东西之一，但我内心深处还怀有一些更加隐秘的恐惧：我害怕时间的流逝，也惶恐岁月会将我的面庞塑造成未知的样子。

我随身携带了一本特丽·坦佩斯特·威廉斯（Terry Tempest Williams）的书，但如影随形的忧虑使我无法长时间集中精力阅读。草草浏览一遍之后，我找到了几年前我在书中着重标注过的一段话："当我们中的某个人说，'看，外面什么都没有。'我们其实是在说，'我什么都看不见。'"

***

从此地开始，怀特河将流入沃巴什河（Wabash River），然后流进俄亥俄河（the Ohio River），再流入神圣的密西西比河（Mississippi River），最后汇入墨西哥湾（Gulf of Mexico）。在这之后，华特河仍要继续前行——冰冻、融化、蒸发、降雨、再次流动，它既不被创造也永不被毁灭。望着这条河流，我想起了和托德在一起的岁月，我们坐在小河边谈心的那一天，他的爱支撑我度过那些困苦之日，甚至时至今日仍旧以某些方式给我慰藉。

我想知道你的生命中是否出现过这样的人，他们如今受制于时间、地域种种因素而与你远隔万里，但他们的爱挣脱了时空的桎梏，仍旧能给予你继续前行的勇气。托德和我都在人生这条长河上漂流了几十年，现在的他是一名医生，但我们的生活轨迹是由我们当年在上游并肩创造的那些时刻塑造而成的。正如历史学家马娅·亚桑诺夫（Maya Jasanoff）所写的："河流是串联大自然的情节线。它能将你从此处带到彼方。"至少它能从彼方带到此处来。

外面的世界照旧在继续，河流即使溢出了河岸也仍然向前蜿蜒流去。我的目光越过笔记本电脑的屏幕，望向远方的河水，之后又回到屏幕上，然后再次看向那条河。不知为何，一段旧日记忆聚集起来，在眼前缓缓浮现。那年的纽瓦克学术十项全能竞赛结束之后，我和托德，还有其他几位队友，带着几瓶 Zima 饮料爬上了那家酒店的屋顶，夜幕之下的纽约在远方闪耀着粉红色的光，我们就这样痛快地畅饮起来。那时的我们刚刚成为全国排名第六的学术十项全能队，恰如其分地发挥了 Zima 饮料的效用，重要的是我们九人彼此相爱。河流不停地向前流，我们也不停地向前走，再也回不到那家酒店的屋顶，也追不回那段醉梦酣欢的少年时光了。然而，这段珍贵的记忆仍然留存在我的心中，在后来的岁月里支撑我度过生活的劫难。

我认为学术十项全能竞赛值得四颗半星。

日落

Sunsets

★★★★★

我们究竟该如何看待那些以往的、描写日落的、看上去很美的陈词滥调呢？是否应该像罗伯托·波拉尼奥（Roberto Bolaño）所说的那样，用威胁的眼光来切割它，写下"日落时的天空看起来像一朵食肉的花"？是否应该像凯鲁亚克（Kerouac）的《在路上》（*On the Road*）中写道的那样，关注内在的伤感，"很快就有了黄昏，一个葡萄色的黄昏，一个紫色的黄昏笼罩在棕褐色的灌木林和长长的瓜田上……这片土地是爱的颜色和西班牙的神秘"？或者我们应该转向神秘主义，就像安娜·阿赫玛托娃

（Anna Akhmatova）看着美丽的日落写下那样：

> 我不知道这一天
> 是世界末日，还是世界末日
> 秘密的秘密又在我心里了。

美妙的日落总是偷走我的语言，使我所有的思想都像光一样朦胧和柔和。不过我承认，当我看到太阳落在遥远的地平线，黄色、橙色和粉色漫天飞舞时，我通常会想："这看起来像是 PS 处理过的。"当我看到自然界最壮观的景象时，我的总体印象是，它看起来是不真实的。

我记得在 18 世纪末 19 世纪初，游人们会带着被称为克劳德眼镜的深色微凸镜子四处旅行。如果你把目光从一幅壮丽的风景中移开，转而看着风景在克劳德眼镜中的倒影，据说它看起来更"如画"一般，以 17 世纪法国风景画家克劳德·洛兰（Claude Lorrain）的名字命名，玻璃不仅框定了场景，还简化了色调范围，让现实看起来像一幅画。托马斯·格雷（Thomas Gray）写道，只有透过克劳德的玻璃，他才能"看到太阳落下时的辉煌"。

当然，你不能直接用眼睛看太阳，尤其是当你在户外，或者试图描述它的美丽时。安妮·迪拉德（Annie Dillard）在《汀克溪的朝圣者》（*Pilgrim at Tinker Creek*）中写道："我们实际上只有一盏灯，所有力量都只有一个来源，但我们必须按照普遍的命令远离它。在这个星球上，似乎没有人意识到这一奇怪而强大的禁忌，即我们都会小心翼翼地四处走动，这样或那样地避开我们的脸，以免我们的眼睛永远被炸坏。"

在所有这些意义上，太阳都是神圣的。正如 T.S.艾略特（T. S. Eliot）所说："光是不可见光的可见提醒。"像上帝一样，太阳拥有可怕而神奇的力量；就像上帝一样，太阳很难被人直视，甚至充满危险。在《出埃及记》（*Book of Exodus*）中，上帝说："你看不见我的脸，因为没有见过我之后还活着的人。"难怪基督教作家几个世纪以来一直将耶稣视为儿子和太阳。根据约翰的说法，福音多次将耶稣称为"光"，这很令人恼火，到处都有阳光之神，从埃及的太阳神到希腊的太阳神再到阿兹特克的纳纳瓦津（Nanahuatzin），他牺牲了自己，跳进篝火中，成为耀眼的太阳。这一切都有一定的道理：我不仅仅需要那颗星的光芒才能生存；我在很多方面都是它的光的产物，这就是我对上帝的基本感受。

人们总是问我是否相信上帝。我告诉他们我是圣公会教徒，或者我去教堂，但他们不在乎。他们只想知道我是否相信上帝，我不能回答他们，因为我不知道如何回答这个问题。我相信上帝吗? 是的，我相信上帝。但我也只相信我在阳光和阴影、氧气和二氧化碳、太阳系和星系中的存在。

但现在我们仿佛被冰冷的感伤淹没了，我对日落产生了幻影。首先，它是经过 PS 处理的；其次，它又是神圣的。其实，这两种看日落的方式都不够。

E.E.卡明斯（e. e. cummings）有一首描写日落的诗：

你是谁，渺小的我

（五六岁）从高处窥视

窗在黄金

十一月的日落

（还有感觉：如果白天变成了夜晚

这是一种美丽的方式）

这是一首很好的诗，但它之所以好，是因为卡明斯把观察定位在儿童时期，那是一个还很天真，还没有意识到描写日落是多么蹩脚的时期。然而，一个好的日落是美丽的，更好的是，大都如此。

我们的远祖不像我们这样吃东西，也不像我们这样旅行。因为时间的原因，他们当时的想法和现在的我们是完全不一样的。他们测量的时间不是以小时或秒为单位，而是与太阳活动周期有关系，即距离日落有多近，或黎明，或仲冬。但是每一个在地球上生活过的人都看到了美丽的日落，停下来度过了一天中最后的一刻，仿佛被光淹没了。

那么，我们该如何庆祝日落而不发牢骚呢？也许适合用冰冷的事实来陈述：在一束阳光照到你的眼睛之前，它与分子有很多很多的相互作用，导致所谓的光散射。当光与大气中的氧或氮相互作用时，不同波长的光向不同的方向散射。但在日落时分，光线在到达我们的眼睛之前，需要在大气层中传播更长时间，因此大部分蓝色光和紫色光已经散开，让我们的眼睛看到天空中充满了红色、粉色和橙色。正如艺术家塔西塔·迪安（Tacita Dean）所说："颜色是光的虚构。"

我认为了解日落是如何发生的对我们很有帮助。我不认可那种认为科学理解以某种方式剥夺了宇宙之美的浪漫观念，但我仍然找不到任何语言来描述令人叹为观止的美丽日落是多么的美丽，事实上，它不是令人叹为观止的，而是令人叹为观止的美。我所能说的是，有时候，当世界在白天和黑夜之间转换时，我被它的壮丽惊呆了，我感到自己既荒谬又渺小。你会认为这很伤感，但事实并非如此，我会觉得感动。托尼·莫里森（Toni Morrison）曾写道："在人生的某个时刻，世界的美丽已经变得足够了。你不需要拍照、画画，甚至不需要记住它。这就足够了。"那么，对于日落的陈词滥调，我们能说些什么呢？也许只有这样就足够了。

我的狗威利几年前去世了，但我对它的一个美好记忆是，在黄昏时看着它在我们家的前院玩耍。那时它还是一只小狗，在傍晚的时候它会去动物园玩耍。它高兴地绕着我们跑，毫无目的地跳跃，发出嘶嘶声，过了一会儿它就会很累，然后就跑到我身边躺下。接着它就会做一些非常特别的事情：翻转身体，露出柔软的腹部。我总是惊叹于它的勇气，它对我们而言是如此脆弱。但它将肋骨无法保护的地方对着我们袒露出来，并相信我们不会咬它或刺伤它。我很难像它那样信任这个世界，展示自己最脆弱的一面。我内心深处有一种极度脆弱的东西，它害怕自己向这个世界展现出来。我都不敢写下来，因为我担心，在承认了这种脆弱性之后，你就知道该往哪里打击我了。我知道如果我真的被击中了，我将永远无法恢复。

有时候我们会觉得，爱我们周围的美丽事物，是对我们周围的许多恐怖没有了敬畏之心。但我想我只是害怕如果我向世界展示我的腹部，它真的会吞噬我。因此，我披上犬儒主义的盔甲，躲在讽刺的长城后面，只能通过克劳德眼镜，背对着它瞥见美丽。

但我是认真的，即使这很尴尬。摄影师亚历克·索思说过："对我来说，最美丽的事情都是脆弱的。"我会更进一步，认为你看不到足够的美，除非你害怕自己容易受到它的伤害。

所以我试着转向散射光，腹部向外，我告诉自己：这看起来不像一张照片，而且它看起来也不像上帝。这是一场日落，它是那么的美丽，你一直在做的这件事，没有得到五颗星，因为没有什么是完美的吗？那简直是胡说八道，这么多都是完美的，从这个日落开始。

我给日落五颗星。

耶日·杜德克 2005年5月25日的足球大秀

Jerzy Dudek's Performance on May 25, 2005

★★★★★

我要给你讲一个故事，故事里充满快乐、充满神奇，当然也包含了愚蠢和失败。这是一个关于体育的故事，我一直在思考这个问题，因为从 2020 年 5 月我就开始给你们写信，那一刻，是有生以来体育运动第一次在我生命中停止的时候。

我非常想念运动，我知道在生活中运动不是最重要的事情，但我怀念并关心那些无关紧要的事情给我带来的乐趣。据报道，已故教皇约翰·保罗二世（John Paul II）曾说过（也可能是错误的）："在所有不重要的事情中，足球是最重要的。"是的，这是一个关于足球的故事，一开始发生在波兰南部，距离教皇约翰·保罗二世的出生地只有60英里。

1984年，有一个大约十几岁、身材瘦长的煤矿工人的儿子，他的名字叫耶日·杜德克（Jerzy Dudek），他住在一个名叫斯齐戈维兹（Szczygłowice）的煤矿小镇上。小镇上的这家矿业公司组织了一次矿工配偶探访地下煤矿的活动，以便了解矿工们在那里的工作。耶日·杜德克和他的哥哥达里乌日（Dariusz），以及他们的父亲一起在矿井外面等待着，他的母亲雷娜塔·杜德克（Renata Dudek）下降到数千英尺深的矿井中探访。当她回来时，她哭泣着不停地亲吻她的丈夫。杜德克后来回忆说："她把我们叫了过来说，'耶日、达里乌日，答应我，你们永远不要下矿井'。"耶日和他的哥哥无奈地笑着。"我们在想，'好吧，我们还能做什么呢？'"

那时，年轻的耶日崇拜的教皇约翰·保罗二世已经住在梵蒂冈，距离罗马奥林匹克体育场只有几英里，那里是1984年欧洲杯决赛的主办地，欧洲杯是一个大型的足球巡回赛事，现在被称为欧洲冠军联赛，欧洲比较优秀的球队都会参加这个比赛。那一年的决赛是罗马队对阵我深爱的利物浦足球队[1]。

利物浦队当时的门将是布鲁斯·格罗贝拉（Bruce Grobbelaar），一个即使按照现在守门员的标准来评判，也是很古怪的人。他用手倒立走路，将身体悬挂在球门顶上，以此来热身。每次利物浦输球后，他就会在球

---

1 我从高中就认识的小说家、广播电台（Radio Ambulante）联合创始人、阿森纳球迷丹尼尔曾在一次采访中被问道："你认为约翰主要是一个YouTuber还是一个作家？"让我高兴的是丹尼尔回答说："约翰认为自己主要是利物浦球迷。"

队大巴上喝啤酒。

但格罗贝拉最出名的一次比赛就是 1984 年的欧洲杯决赛。这场比赛最后进入了点球决战，当罗马队的一名球员走向点球点准备射门时，格罗贝拉却假装腿站不稳并且非常紧张的样子。这位罗马队球员显然被格罗贝拉那意大利面似的腿干扰了，他的射门高出了横梁，利物浦队第四次赢得了欧洲杯冠军。

现在我们再回到波兰南部，年轻的耶日·杜德克非常热爱足球，但是足球在他贫穷的社区里很难买到，所以他们通常玩橡皮球，甚至是旧网球。因为他个子很高，所以他最终成为一名守门员，但一开始他并不是特别擅长这个位置。他的第一任教练告诉他："你做扑救动作的样子就像是一袋土豆。"

17 岁的时候，杜德克已经完全通过了正式矿工的培训，作为他半职业训练的一部分，他每周会在煤矿工作两天。从各个方面而言，他喜欢这份工作，他喜欢矿井里的兄弟情谊和相互照应的感觉。矿山公司有一支足球队，耶日开始为他们踢球。他买不起守门员手套，索性就戴上他父亲的工作手套。为了让自己看起来更像一个真正的守门员，他在手套上画了一个阿迪达斯的标志。他也渐渐变得更出色，不再像土豆一样去扑球。在 19 岁时，他作为一支半职业队的守门员每月能挣 100 多美元，同时他还在矿山公司工作。但到 21 岁时，他的进步已经不再明显，甚至逐渐停滞。他后来说，那时他感觉自己陷入了低谷。

而在另一边，利物浦足球队也渐渐陷入低谷。到 20 世纪 90 年代，利物浦队还是没有明显的起色，甚至不能参加冠军联赛，更不用说赢得冠军了。

1996 年，在耶日·杜德克 22 岁的时候，波兰甲级队台基队注意到他，并签下了他，让他能以每月 400 美元左右的薪水踢球。此后，杜德克开启了他令人震惊的崛起人生。不到 6 个月，他就被转到了荷兰费耶诺德队，在那里，他真正开启了职业球员生涯：在费耶诺德待了几年之后，杜德克就与利物浦队签订了一份价值数百万英镑的合同。

但在当时他却很痛苦。他写道："在利物浦的最初几天是我一生中最糟糕的几天，我感到很孤独。我在一个新的地方，这里用一种我不会说的陌生的语言。"这些引语都来自杜德克的自传，书名是《我们目标中的一个大极点》(A Big Pole in Our Goal)，也叫作"我们的球门上有一根巨大的杆子"。这是利物浦球迷为他唱的歌，歌词是："他掌握了整个世界。"我们的球门上有一根巨大的杆子。

2005 年 5 月 25 日之前，职业守门员会花很多时间练习如何扑救点球。耶日·杜德克同样面对过数千次点球，他用同样的方式扑救：他在球门中间站着，直到球被踢出来，然后他以这样或那样的方式去扑救。总是毫无例外。

2004—2005 赛季见证了利物浦在冠军联赛中的神奇之旅，到了 4 月份，教皇约翰·保罗二世去世时，他们正准备在四分之一决赛中与意大利著名俱乐部尤文图斯交手。在那场比赛中杜德克坐在板凳上，他童年时代的英雄的去世，使他无法正常思考，当他向队医确认他那天晚上不能参加比赛时，他流下了眼泪。尽管如此，利物浦还是赢得了比赛，并最终进入了欧冠决赛，他们将与另一位意大利巨人——AC 米兰交手。

决赛在伊斯坦布尔（Istanbul）举行，杜德克和利物浦队在比赛刚开始的时候表现得非常糟糕。比赛开始 51 秒，AC 米兰就进了球，他们在中场休息前又打进了两个球。此时杜德克的妻子米雷拉正在波兰的家里为他们的儿子准备第一次圣餐。她回忆时说，那一刻就像是一场"死寂"降临在斯齐戈维兹上空。

在利物浦队中场休息时的更衣室，杜德克写道："每个人都崩溃了。"利物浦后卫杰米·卡拉格（Jamie Carragher）说："我的梦想已化为乌有。"球员们可以听到4万名利物浦球迷在上面的看台上唱《你永远不会独行》，但他们知道，正如卡拉格所说："同情多于信仰。"

后来发生的事我都记在心里了，因为我已经看过很多次了。下半场开始后9分钟，利物浦队队长史蒂文·杰拉德（Steven Gerrard）以一记漂亮的头球破门得分，在两分钟后利物浦再次取得进球，4分钟后又一次进球，奇迹般地把比分扳成3-3平！比赛进入30分钟的加时赛。AC米兰发动了潮水般的进攻。很明显，他们是一支非常出色的球队。利物浦的球员们已经精疲力竭，只能寄希望于点球大战。

然后，在加时赛还剩90秒的时候，耶日·杜德克在一秒钟内连续两次扑出了AC米兰近在咫尺的射门。球扑得太精彩了，以至于在《我们目标中的一个大极点》中有一整章都在描述这件事。这两次扑救非常神奇，即使是现在，即使在15年后看到回放时我仍然认为这位AC米兰球员肯定会进球。但是，耶日·杜德克都把它扑出去了，比赛最终进入点球大战。

你是耶日·杜德克，你从孩提时代就开始练习扑救点球了，你有自己的方法，你在夜里躺在床上都想象着这一刻。欧冠决赛，直到点球，你在球门前，站着不动直到球被踢出来。就在此刻，在点球决战开始前的几分钟，杰米·卡拉格跑向你，他跳到你背上，开始大叫。"卡拉格像疯了一样向我跑来，"杜德克记得，"他抓住了我，说，耶日耶日耶日！还记得布鲁斯·格罗贝拉吗？"

卡拉格对着他尖叫，做摆腿的动作！在球门线上移动！就像1984年一样！但那是21年前的事了。现在是不一样的球员，不一样的教练，不一样的对手。那一刻和这一刻有什么联系吗？

在你的生活中，有些时候，你做的事情完全是你为之练习和准备的。有时候你会听杰米·卡拉格的话。所以在耶日·杜德克职业生涯中最重要的时刻，他决定尝试新的东西。

他的意大利面腿看起来不像格罗贝拉的腿，但他在球门线上跳动，他的腿左右摇晃。"我都不认识我丈夫了，"米雷拉·杜德克说，"我简直不敢相信他……在球门前疯狂地跳动。"

利物浦队除了一个点球外，其余都进了。对于AC米兰来说，面对跳动的杜德克，这是一个完全不同的状况。AC米兰的第一个点球没有进，然后杜德克在接下来的四个点球中扑出了两个，利物浦队创造了"伊斯坦布尔奇迹"！

有人告诉10岁的耶日·杜德克，他将在欧洲冠军杯决赛中做出最神奇的选择，挽救两个点球。有人告诉21岁的耶日·杜德克，他会以1800万美元的年薪踢球，他离赢得欧洲冠军杯还有十年的时间。

你看不到未来当然不是恐怖的事，但你也看不到即将到来的奇迹，看不到等待着我们每一个人充满阳光的欢乐时刻。这些天，我经常觉得我就是耶日·杜德克，因下半场以0-3落后而感到无助。但在所有不重要的事情中，足球是最重要的，因为看到耶日·杜德克扑出最后一个点球被队友包围的时候，我知道，总有一天，也许很快，我也会被我爱的人拥抱。直到 2020 年 5 月，杜德克的意大利面腿问世已经 15 年了，这一切都会结束，光明灿烂的日子终会到来。

我给耶日·杜德克在 2005 年 5 月 25 日的表演五颗星。

《马达加斯加的企鹅》

Penguins of Madagascar

★★★★☆

人生在世，除非你格外幸运，否则很可能遇见一位喜欢发表挑衅观点的朋友，他们会跟你说"你知道吗，林戈是最棒的披头士成员"，诸如此类。

此时你需要深吸一口气。也许你们正在外共进午餐，那么你只需要忍受此人一小会儿就好——午餐时间毕竟有限。于是你咬了一口食物，轻叹一声问道："为什么说林戈是最棒的披头士成员？"[1]

---

[1] 以防林戈·斯塔尔或任何爱他的人在读这篇文章：我认为林戈是伟大的披头士成员，一个优秀的披头士成员，我只是认为他不一定是最好的披头士。

你的朋友很高兴你能这么问。"林戈是最棒的披头士成员，因为……"然后你便开始神游天外，只有这样才能安然地度过这顿午饭。等到那人终于发表完他的长篇大论，你接着说道："好吧，但是林戈还写出了《章鱼的花园》（Octopus' Garden）这种歌。"话音刚落，这位发表挑衅性观点的朋友便回赠你一大段时长达 14 分钟的演讲，开场白是："好吧，说实在的，《章鱼的花园》是一首天才之作，因为……"

不过谢天谢地，现实中绝大多数人都不是这种人。但我相信，每个人都私藏了至少一种挑衅性观点，我也不例外。《马达加斯加的企鹅》（Penguins of Madagascar）于 2014 年上映，我认为它的开场是电影史上极其伟大的场景之一。

《马达加斯加的企鹅》是一部讲述人类世的儿童动画电影：一只名叫戴夫的邪恶章鱼发明了一种特殊的射线，能将可爱的动物变丑。这样一来，人类就不会再优先保护企鹅之类的可爱动物，而疏忽了像戴夫一样外形稍显逊色的动物。

影片的开场以伪自然纪录片的形式呈现。"南极洲，一片荒凉之地。"著名纪录片导演维纳·赫尔佐格（Werner Herzog）用他标志性的庄重语调缓缓道来，"但即使在这里，在地球这一端的冰天雪地中，也有生命存在。不是别的什么生物，是企鹅。快乐的、顽皮的、摇摇晃晃的、呆萌可爱的小东西。"

画面中一长排企鹅漫无目的地行进着，最前方领队的身影已经渐渐模糊，赫尔佐格称它们为"笨拙的雪地小丑"。沿着这支迁徙的队伍，镜头聚焦到电影的主角——三只小企鹅的身上。其中一只企鹅问道："有谁知道我们这是在往哪儿走吗？"

"管他呢！"一只成年企鹅回答说。

"我无所谓啊。"另一只企鹅补充道。

过了一会儿，三只小企鹅被一颗滚下山的企鹅蛋撞得七倒八歪，它们决定跟着这颗蛋走时，却看到这颗蛋从冰川边缘滚落到悬崖下的一艘失事的船上。三只小企鹅站在悬崖边，看着即将被豹斑海豹吞噬的企鹅蛋。它们必须做出决定：是冒着生命危险去拯救这颗蛋，还是眼睁睁看着它落入海豹之口？

此时镜头拉远，摄制组出现在画面中，他们在跟踪这三只小企鹅。赫尔佐格面对镜头说："弱小而又无助。企鹅宝宝们现在是又冷又怕，它们知道如果掉下去，肯定是必死无疑。"然后他停顿片刻，转身说道："甘特，给它们一点动力。"

砰——音响师用吊杆式麦克风从后面推了企鹅一把，它们就这样掉入了广阔的未知世界。这是一部儿童电影，企鹅当然会活下来，然后继续它们伟大的冒险之旅。然而，每当我回看《马达加斯加的企鹅》时，一个念头便会在脑中浮现：几乎从始至终，企鹅们都没意识到人类的存在。尽管如此，我们却仍是它们最大的威胁，同时也是它们最大的希望。在这件事上，人类称得上是神灵般的存在，但并未对这些小生灵表现出特殊的仁慈。

同样浮现在我脑海的还有旅鼠，一种长六英寸、眼睛小小的、皮毛棕黑的啮齿动物。旅鼠种类繁多，分布在北美和欧亚大陆的寒冷地区；大多数类型的旅鼠亲水，可以游相当远的距离。

旅鼠的族群周期尤为极端：由于有利的繁殖条件，每隔三四年，它们的数量会呈爆炸性增长。17世纪的一些博物学家曾假设，在适宜的自然环境下，旅鼠能够自发孕育而成，然后像雨滴一样数以百万计地从天而降。随着时间的推移，这种观点逐渐消失了，但是另一种观点却从未被动摇过。人们一直坚信，旅鼠会通过集体自杀来遏制族群数量的增长，这种行为可能是受本能驱使，可能是盲目跟随同伴的心理在作祟，又或许二者兼而有之。

尽管生物学家们早就确定了旅鼠不会集体自杀，但这个神秘的传说却依旧流传甚久，令人惊讶。实际上，当旅鼠的数量达到顶峰时，它们就会向外扩散，寻找崭新安全的生存家园。在迁徙途中，它们遇水涉水，有时会不幸溺亡，有时也会因其他原因而丧命。在这些方面，它们与其他啮齿动物并无太大差别。

但即使是现在，人们有时还是会将那些盲目从众的人称作"旅鼠"。人们对旅鼠的刻板印象很大程度上来源于1958年的迪士尼电影《白色荒野》(*White Wilderness*)，这是一部关于北美洲北极地区的自然纪录片。影片中，旅鼠在经过一个族群增长季之后开始了迁徙，而观众们将目睹全程。影片最后，旅鼠们浩浩荡荡奔赴海边的悬崖，讲述者将其称之为"最后的悬崖"。

"它们将自己的身体抛向天空，"讲述者娓娓道来，愚蠢至极的旅鼠纷纷跳下悬崖，那些幸存下来的便奋力游进汹涌的海浪中，直至溺死，"它们就这样完成了与命运和死亡的最终会合。"

然而，以上都不是对旅鼠的自然行为的真实描述。首先，电影中的旅鼠亚种通常不会迁徙。另外，旅鼠自杀的镜头甚至不是在野外拍摄的，影片中的旅鼠从哈德逊湾(Hudson Bay)被空运到卡尔加里(Calgary)，摄制组在那里完成了旅鼠镜头的拍摄。而且，将旅鼠抛向天空的并非旅鼠自己，而是摄制组。他们将旅鼠从卡车上扔下悬崖，并跟拍了它们坠崖直至溺亡的全过程。正应了赫尔佐格的那句话："甘特，给它们一点动力。"

如今，《白色荒野》并非作为一部旅鼠纪录片，而是作为一部人类自身的纪录片留存在人们的记忆中，它记录了一个人类是如何竭尽全力维护一个谎言的故事。我的父亲向我讲述了《白色荒野》的台前幕后故事，他也是一位纪录片导演，正因如此我才对《马达加斯加的企鹅》的开场怀有特殊的情感。

我喜爱它的还有一个原因是，这部电影捕捉到了深深困扰我自身的某些因素，并且没有对其大肆嘲讽。正如队伍中那只宣布"我无所谓"的成年企鹅一样，我通常是遵规守矩的。大多数时间里，我尽可能地像其他人一样行事，哪怕我们正通往一条不归路。在人类的想象中，其他动物不具备意识，只会不假思索地跟着领导者走，却根本不知道要去向何方。但是在这样的理论下，人类有时会忘记，其实我们自己也是动物。

我热爱思考，脑海中时刻翻涌着万千思绪，无处可躲，令我疲惫不堪。但我又何尝不是盲目的，我也会按照我既不理解、也未曾审视过的默认设置无谓地行事。在某种程度上，我不愿接受我就是长期以来人类所宣称的旅鼠。一股我无法理解的力量把我和我的旅鼠同伴带到了悬崖边，悬崖近在眼前，我终日惶惶不安。旅鼠的神话没有持续下去，因为它帮助我们揭开了旅鼠的秘密。旅鼠的神话依然存在，因为它帮助人类反省了自己。

《马达加斯加的企鹅》是一部非常愚蠢的电影，但我们还能如何面对人类世的荒谬呢？我坚持我的挑衅性观点，给《马达加斯加的企鹅》的开场四颗半星。

小猪扭扭超市

Piggly Wiggly

★★★

根据人口普查记录，1920 年，我的曾祖父罗伊（Roy）正在田纳西州西部一个小镇的一间杂货店工作。和 20 世纪初美国所有的杂货店一样，这间杂货店也为顾客提供全方位的服务：你只需要带着一张所需物品清单走进店里，然后杂货店店员就会在店里装好这些物品，也许值班的碰巧就是我的曾祖父。店员会称一下面粉、玉米面、黄油或西红柿的重量，然后帮你把所有东西打包好。我曾祖父工作的杂货店可能也允许顾客赊购食品，这在当时十分常见。然后，顾客通常会在一段时间内还清他们的账单。

那份工作本应帮助我曾祖父摆脱贫穷，但事与愿违，杂货店倒闭了。部分原因是克拉伦斯·桑德斯（Clarence Saunders）发起了自助杂货店革命，重塑了美国人购物、烹饪、饮食和生活的方式。桑德斯出身于贫穷佃农之家，他自学成才，最终在田纳西州的孟菲斯市（Memphis）找到了自己的生意门路，他的杂货店就在我曾祖父工作的杂货店的西南方向大约一百英里的地方。桑德斯在35岁时提出了一种新的杂货店概念，新型杂货店不设置柜台，而是有许多条交织成迷宫的过道，顾客可以在店内自由行走，选择自己需要的食物，并放入自己的购物篮中。

桑德斯的自助杂货店价格比传统杂货店更低，因为他雇用的店员更少，而且不允许顾客赊账，希望他们一手交钱，一手交货。商品价格首次做到了清晰透明，店内的每件商品都明码标价，顾客再也不必担心被无良商家欺骗宰割。桑德斯给他的商店取名为"小猪扭扭超市"（Piggly Wiggly）。

当被问起这个名字的来源时，桑德斯曾回答说，这个名字是"自混乱中诞生，直接触及个人思想"，这让你感觉到他是什么样的人了吧。但通常，当桑德斯被问及为什么有人会将杂货店的名字命名为"小猪扭扭"时，他会回答说："因为人们会问这个问题。"

第一家小猪扭扭超市于1916年在孟菲斯开业，并取得了空前的成功，第二家小猪扭扭超市也趁势在三周后开业。两个月后，第三家小猪扭扭超市也开业了。桑德斯坚持将其称为"小猪扭扭三世"（Piggly Wiggly the Third），以赋予这家商店一种"应得的皇室尊严"。他开始在店面的招牌上张贴标语"小猪扭扭：遍布全世界。"实际上，当时小猪扭扭甚至还未能遍布孟菲斯这座城市，更遑论遍布世界了。然而不久之后，桑德斯的预言便成真了。不到一年的时间，就有353家小猪扭扭超市在美国开业。而今天，桑德斯的自助服务理念已经传遍了全世界。在报纸上，桑德斯用近乎救世主的语言描述了他创造的自助服务概念。其中一则写道："总有一天孟菲斯会为小猪扭扭感到骄傲。到那时，人人都会说，小猪扭扭的数量会成倍增加，并为地球上的人们提供更充足、更干净的食物补给。"还有一次他写道："新时代脉搏如此强劲，促使旧貌换新颜，也让荒芜之地诞生出新的事物。"总而言之，当年的桑德斯谈起小猪扭扭超市时的姿态，就像如今的硅谷高管们谈论他们自家的公司一样：我们汇聚于此，不仅是为了生财，我们的使命是为地球提供补给。

小猪扭扭超市以及紧随其后效仿其创意的自助杂货店的确降低了商品价格，这意味着人们可以品尝到更多食物。自助杂货店还改变了现成食品的种类，以便节省成本并防止食物变质。与传统杂货店相比，小猪扭扭超市储存的生鲜农产品数量更少。预先包装的加工食品价格也更低，变得更受欢迎，这在一定程度上改变了美国人的饮食习惯。品牌知名度也变得尤为重要，因为食品公司必须吸引购物者，这导致广播和报纸上消费者导向的食品广告数量不断增长；金宝汤公司（Campbell Soup Company）和奥利奥饼干（Oreo Cookies）等品牌大受欢迎，到1920年，金宝汤已经成为美国首屈一指的罐头汤生产商，奥利奥则成了最知名的饼干品牌，直到今天仍是如此。

自助杂货店也推动了其他加工食品品牌的崛起，比如神奇面包（Wonder Bread）、月亮派（MoonPie）、女主人的纸杯蛋糕（Hostess CupCakes）、鸟眼（Birds Eye）速冻蔬菜、惠蒂斯（Wheaties cereal）麦片粥、里斯花生酱杯（Reese's Peanut Butter Cups）、法式芥末酱、克朗代克（Klondike）酒吧、Velveet 奶酪等。上述所有品牌，以及文中未提到的其他品牌，在第一家小猪扭扭超市开业后的十年之内都在美国的超市里出现了。克拉伦斯·桑德斯几乎比当时任何人都更了解大众媒体与品牌知名度之间的新交叉点。事实上在 20 世纪 20 年代初，小猪扭扭超市是美国最大的报纸广告商。

保持较低的商品价格和雇用更少的店员也意味着许多在传统杂货店工作的人们会失去工作，当然也包括我的曾祖父。我们担心自动化和效率的提高会剥夺人类工作的权利，这并不是什么新鲜事。在一则报纸广告中，桑德斯想象一个女人在与她保持长期友好关系的杂货商和低价的小猪扭扭超市之间痛苦挣扎、艰难选择。故事的结尾是桑德斯对一个比提供全方位服务的杂货商还要古老的传统的呼唤，广告中的女人沉思着说："许多年前，我的一位荷兰祖母很节俭。从那时起，老祖母的精神就在我的内心里扎根下来，她经常说'生意就是生意，慈善和施舍是另一回事。'"于是，我们的购物者看到了光明，开始选择小猪扭扭超市。

到 1922 年，全美国已经有上千家小猪扭扭超市，公司股票也在纽约证券交易所上市。桑德斯在孟菲斯建造了一座 3.6 万平方英尺的豪宅，并捐赠了一所现在被称为罗德学院的学校。但美好的时光没有持续太久。在东北部的几家小猪扭扭超市倒闭后，投资者开始做空他的股票，押注其价格将下跌。桑德斯的对策是试图用借来的钱买下小猪扭扭超市的所有可用股份，但这一策略以惊人的失败告终。桑德斯失去了对小猪扭扭超市的控制权，于是很快就破产了。

他对华尔街卖空者的尖刻言辞预示着当代企业巨头的到来，正如他对大广告和超效率的依赖一样。桑德斯被许多人认为是一个言辞粗暴、残忍的恶霸，但他深信自己是个天才。在失去公司控制权后，他写道："他们拥有这一切，我建造的这一切，世界上最好的百货商店，但他们并没有得到开创者的灵感。他们空有小猪扭扭超市的身体，但没有他的灵魂。"桑德斯很快为杂货店开发了一个新概念，这家杂货店有过道和自助服务，也有肉铺和面包店的店员。从本质上说，他发明了将延续到21世纪的超级市场模式。

不到一年的时间，他就准备开业了，但是小猪扭扭超市的新主人把他告上了法庭，认为在一家新的杂货店中使用克拉伦斯·桑德斯的名字会侵犯小猪扭扭超市的商标和专利。作为回应，桑德斯挑战性地将他的新杂货店命名为"克拉伦斯·桑德斯：我名字的唯一拥有者"。

也许这是唯一一个比"小猪扭扭超市"更糟糕的商业名称。然而，它带来了巨大的成功，桑德斯又赚到了第二笔财富，他的独资商店遍布南方各地。

紧接着，他在孟菲斯投资了一支美式职业足球队，他把它命名为克拉伦斯·桑德斯，我的名字老虎（Tigers）的唯一主人，真正的主人。他们在孟菲斯人面前扮演绿湾包装工队和芝加哥熊队，还被邀请加入国家橄榄球联盟NFL（National Football League）。但桑德斯拒绝了，他不想分享收入，也不想让他的球队参加客场比赛。他承诺为老虎队建造一座可容纳三万人的体育场。"体育场，"他写道，"我要用骷髅和交叉骨来对付想要杀死我的敌人。"但在几年内，桑德斯唯一的独资商店被大萧条摧毁了，足球队也停业了，他再次破产。与此同时，没有灵魂的小猪扭扭超市在没有桑德斯的情况下却运行得相当顺利。1932年，在美国有2500多家小猪扭扭超市。即使在2021年，仍有500多家小猪扭扭超市在运营，其中大部分位于南方地区。与许多杂货店一样，小猪扭扭超市在沃尔玛（Walmart）和达乐（Dollar General）等公司的压力下苦苦挣扎。沃尔玛和达乐等公司提供的服务更少，商品价格比传统杂货店更低，还拥有更新鲜的食物和更少的职员，比今天的小猪扭扭超市更具有吸引力。

如今，小猪扭扭超市的广告倾向于关注传统和人性。1999年在亚拉巴马州北部一个关于小猪扭扭超市的电视节目中就出现了以下内容："欢迎来到小猪扭扭，这里只有朋友服务朋友。"这是对桑德斯在荷兰祖母广告中嘲笑的那种人际关系的呼唤。今天跳动的强大脉搏确实使旧事物变成新事物，但它也能把新事物变成旧事物。

今天的美国，相对于平均工资来说，我们食品价格比任何时候都要低，但饮食质量往往也更差。普通美国人日常摄入的糖和钠的数量已经远远超过了他们应该摄入的数量，这在很大程度上是由加工、预包装食品导致的。美国人消费的卡路里中有60%以上来自所谓的"高度加工食品"，就像奥利奥饼干和银河酒吧一样，它们在早期的小猪扭扭超市就已经十分盛行。但是克拉伦斯·桑德斯没有让这一切成为现实，当然和其他人一样，他被比个体力量强大得多的力量所牵引。他只是明白我们想要什么，并把它给了我们。

桑德斯第二次破产后，他花了几十年时间试图推出另一个新的零售概念。基杜兹尔酒店（Keedoozle）是一家完全自动配货的商店，看起来像一个巨大的自动售货机，几乎不需要人与人之间的互动就可以购买食物。但是机器经常出现故障，人们发现购物过程缓慢而笨拙，因此基杜兹尔酒店始终未能实现盈利。而桑德斯设想的自助结账在几十年后才真正成为现实。

随着年龄的增长，桑德斯变得更加刻薄和难以捉摸。他开始遭受精神疾病的折磨，并最终住进了一个治疗焦虑和抑郁症的疗养院。

桑德斯用他的第一笔财富建造的豪宅成了孟菲斯的科学和历史博物馆——粉红宫博物馆，他用第二笔财富建造的庄园成为利希特曼自然中心（Lichterman Nature Center）。1936 年，记者厄尼·派尔（Ernie Pyle）说："如果桑德斯活得足够长，孟菲斯将成为世界上最美丽的城市，城市中只有桑德斯创造的和失去的东西。"

但桑德斯从未赚到过第三笔财富。他于 1953 年在华莱士疗养院去世，享年 72 岁。一篇讣告指出："有些人通过成功而获得持久的名声，而有些人则通过失败获得名声。"桑德斯是一位不屈不挠的革新者，他了解品牌和效率的力量；他也充满仇恨和报复心，他犯了证券欺诈罪；他帮助开创了一个食物充盈却毫无营养的时代。

可最重要的是，当我一想起小猪扭扭超市，我就会想到大的事物如何通过吞并小事物使自己发展壮大。虽然小猪扭扭超市吞并了小镇上的杂货店，但最后它却被沃尔玛这样的大公司吞并了，而沃尔玛也将被亚马逊这样更大的公司吞并。詹姆斯·乔伊斯称爱尔兰为"吃掉小猪的母猪"，但爱尔兰与美国资本主义毫无关系。

我给小猪扭扭超市两颗半星。

国际吃热狗大赛

The Nathan's Famous Hot Dog Eating Contest

★★

在布鲁克林康尼岛(Brooklyn's Coney Island)上,瑟夫大道(Surf Avenue)和史迪威大道(Stillwell Avenue)相交的拐角处,坐落着一家名为"内森热狗"(Nathan's Famous)的饭店。这家饭店始建于1916年,归波兰移民内森·汉沃克(Nathan Handwerker)和艾达·汉沃克(Ida Handwerker)所有。它为顾客提供各类菜品,从炸蛤蜊到蔬菜汉堡,品种齐全,应有尽有。但内森饭店最初只是一家热狗店,而且现在热狗仍然是它的主推菜品。

内森热狗肯定不是你吃过的最美味的食物,甚至可能连最美味的热狗都称不上。但伴着康尼岛的喧闹声吞下一只内森热狗,倒也不失为一种特别的经历。内森热狗历史悠久,从英国国王乔治六世(George VI)和杰奎琳·肯尼迪(Jacqueline Kennedy),到1945年雅尔塔会议(Yalta Conference)上的斯大林(Stalin),都曾尝过这道菜品。

康尼岛曾是小商贩们的圣地,在那里头戴草帽、伶牙俐齿的小商贩会在各个景点向游客兜售小玩意儿。而如今,就像所有依靠情怀生存的地方一样,这座岛所展现的主要是一些往日的回忆:夏日的海滩依旧人满为患;旋转木马依旧旋转不停;内森热狗店的门前依旧大排长龙。然而人们如今参观康尼岛,会情不自禁地想起它昔日的辉煌。

无论是好是坏,一年中仅有特殊的一天,康尼岛会重现往日的盛况。每年7月4日,成千上万的人涌上街头见证一场声势浩大的活动——国际吃热狗大赛(Nathan's Famous Hot Dog Eating Contest)。它直白地展现了当代美国人的生活方式,我们在独立日有两种庆祝方式:第一,用火箭和炸弹进行一次模拟军演,为人们打造一场焰火表演;第二,邀请全国各地的人参与吃热狗大赛,看看一个人在10分钟之内究竟能吞下多少热狗。传奇喜剧演员雅科夫·斯米诺夫(Yakov Smirnoff)曾感叹道:"多么奇特的国家啊!"

吃热狗大赛作为美国的一种庆祝仪式,也像这个国家本身一样,一直是史实与想象融合的奇特产物。比赛的创始人似乎名叫莫蒂默·马茨(Mortimer Matz),记者汤姆·罗宾斯(Tom Robbins)曾这样描述他:"马茨的身体里一半住着菲尼亚斯·泰勒·巴纳姆(Phineas Taylor Barnum),另一半住着一个政治无赖。"作为一位公关名流,马茨赚取了大笔财富,因为他的服务对象是那些身陷危机的政客——在纽约，这是一种永不短缺的顾客资源。与此同时，他和他的同事马克斯·罗希（Max Rosey）也为内森热狗店提供公关服务。马茨声称，吃热狗大赛的历史可以追溯到1916年7月4日，当时的4名移民举行了一场吃热狗比赛，以决定他们之中谁最爱美国。但后来马茨承认道："这个故事是我们模仿康尼岛商贩的推销风格编出来的。"

吃热狗大赛实际始于1967年的夏天，选手们需要在一小时之内吃掉尽可能多的热狗和面包。一位名叫沃尔特·保罗（Walter Paul）的32岁卡车司机赢得了首届比赛的冠军，据说他在一小时之内吃下了127个热狗。此处请注意，这个具体数字是由罗希和马茨提供给媒体的。

直到20世纪70年代末，这项活动才成为每年一度的比赛。大多数年份，获胜者能在10分钟之内吃掉10个或11个热狗。在1991年之前，吃热狗比赛还是一项不温不火的活动，直到一位名叫乔治·谢伊（George Shea）的年轻人成了这类"大胃王"比赛的职业炒作人。

谢伊是一名英语专业的学生，他喜爱弗兰纳里·奥康纳（Flannery O'Connor）和威廉·福克纳（William Faulkner），有志成为一名小说家，但最终成了美国最后一个伟大的狂欢节叫卖者。他常常头戴一顶草帽，用夸张而惊人的语言介绍每年的参赛选手，并以此闻名。实际上在美国顶级体育广播网的直播中，谢伊每年赛前"个人秀"的时间通常比吃热狗大赛本身持续的时间还要长。

他对参赛选手的介绍一开始十分正常，"他在新秀赛季已经位居世界第24位，"话音响起，谢伊又开启了新赛季的工作，"他来自尼日利亚，现住在佐治亚州的莫罗县（Morrow），曾经在规定时间内吃下34穗甜玉米，拥有足足六英尺九英寸的身高，让我们用欢呼声迎接这位大胃王——吉迪恩·欧吉！"然而随着大胃王们陆续登场，谢伊的选手介绍也变得愈发离谱起来。在介绍72岁的里奇·勒费夫尔（Rich LeFevre）时，谢伊说道："我们年轻时喝咖啡要加牛奶和糖，随着年龄增长，我们开始只喝牛奶，然后喝黑咖啡，最后喝脱因咖啡，全部喝一遍之后我们这一辈子差不多就结束了。我们的下一位选手正好是喝脱因咖啡的年纪。"

而另一名参赛者出场时，观众们听到的是这样的版本："此刻他伫立在我们面前，就像是从天而降的赫拉克勒斯（Hercules）。不过是秃头的赫拉克勒斯参加吃热狗大赛，这场面可真诙谐。"其中有一位长期具有竞争力的选手，名叫康蒂（Crazy Legs Conti），是一位专业的窗户清洁工，同时也是吃法式四季豆大赛的世界冠军。谢伊介绍康蒂时说："人们初次看见他时，他就站在海岸的边缘，在涨潮与退潮的古老标记之间，那里既不是海洋，也不算陆地。然而，当清晨的蓝光透过黑暗照射下来，那个曾经踏入过来世、目睹过生死秘密的人出现了。他被活埋在60立方英尺的爆米花下面，只有不停地吃才能生存下来。"

如果你不常看娱乐与体育电视节目网（Entertainment Sports Programming Network, ESPN），你可能意识不到谢伊的解说与该频道平日的画风相差多远。ESPN平常以体育赛事的转播与分析为主，探访这类非海非陆之地并不在该频道的业务范畴之内。

但ESPN确实是一个体育频道，我也承认"大胃王"比赛是一项体育运动。和其他任何运动一样，这项运动旨在探索人体的极限，设有各种各样的规则，你必须完整地吃掉热狗才能算数。如果你在比赛中经历了所谓的"命运逆转"（呕吐一词在"大胃王"比赛中的委婉说法），就会立即被取消比赛资格。当然，撇开呕吐不谈，这场比赛本身已经十分可怕。最近这几年，获胜者通常能在 10 分钟内吃掉 70 多个热狗。

观看体育赛事时，你可能会叹服于梅根·拉皮诺埃（Megan Rapinoe）完美的横传或是勒布朗·詹姆斯（LeBron James）优雅的后仰跳投，但是国际吃热狗大赛能举办得如火如荼同样超乎人们的预料。当足球在莱昂内尔·梅西（Lionel Messi）的脚下时，你的目光死死黏在他的身上；而当观看吃热狗大赛时，你同样无法将目光从参赛者身上移开。

吃热狗大赛是人类的饕餮与放纵、渴望与冲动的纪念丰碑。参赛者在口腹之欲得到满足的情况下，依旧被胜负欲和对自身极限的探索欲所驱使而一刻不停地进食，人类最原始的冲动不仅超出了他们的现实所需，更超出了内心深处的所欲。但我认为吃热狗大赛的意义远不止于此。稳居世界"大胃王"冠军宝座的选手——美国人乔伊·切斯纳特（Joey Chestnut）曾这样评价谢伊的解说："他让观众相信这些参赛者都是运动员。他做得很好，让我觉得我自己也是一名运动员。"

很显然，谢伊这位狂欢节叫卖者只是个爱吹牛的艺术家，他曾经称乔伊为"美国的化身"，我们都知道这是句玩笑话。他还添油加醋地说，乔伊的母亲对儿子说的第一句话是"你虽然是我的骨肉，但并不属于我自己。'命运'就是你的父亲，你属于千千万万的美国人民，因为你将会成为自由之军的统领。"我们都清楚这只是谢伊一个夸张的玩笑，然而人们却仍在忘情地高呼。起初他们呼喊着冠军的名字："乔伊！乔伊！乔伊！"当播音员继续煽动情绪，人群受到鼓舞，开始为他们伟大的祖国振臂高呼："U-S-A，U-S-A！"他们激情似火，一股昂扬的能量在街道上横冲直撞。人们都知道谢伊只是在开玩笑，然而他的玩笑话却产生了如此强大的力量。

从 2001 年开始，一位名叫小林尊（Takeru Kobayashi）的日本人连续六年赢得了吃热狗比赛的冠军。小林尊彻底改变了比赛的方式——在他之前，没有人能吃下超过 25 个热狗。然而在 2001 年的比赛中，小林吃下了 50 个热狗，比当年的第三名多出一倍多。他的策略是把每只热狗掰成两半并泡进温水里，后来的参赛者们也纷纷借鉴这个妙招。

一直以来，小林尊都被誉为"史上最能吃的大胃魔王"，但他拒绝与谢伊的公司签订独家合同，而如今他已经隐退。在 2007 年的比赛中，小林尊代表日本出赛，最终被美国的乔伊击败，谢伊见状对着麦克风喊道："我们又找回了信心！过去六年黑暗的日子终于在这一刻结束了！"听见这句宣言，人群似乎毫无顾忌地陷入了一种盲目的集体宣泄。你可以听到人们在小林尊上前祝贺乔伊时对他大声叫嚷，说他是神风敢死队，叫他滚回自己的国家去。十多年后，小林尊在一部纪录片中回忆起这段经历，不禁潸然泪下："他们明明曾为我欢呼过。"

当你手持麦克风时，你所说的每一句话都至关重要，即便你只是开个玩笑。人们很容易就可以用"只是"一词为自己的玩笑话开脱。别这么严肃，这只是个玩笑，我们只是想玩个梗而已。但荒谬的话语依然能够塑造我们对自身的理解，同样会影响人们彼此之间的理解。不论一种残酷是何等的荒谬，它残酷的本质依旧不会改变。

我爱人类。我们真的会为了生存吃下 60 立方英尺的爆米花。我也非常感激狂欢节的叫卖者们，他们让我们认清自身的处境有多么荒谬。但全世界的狂欢节叫卖者在宣扬那些荒谬的故事时必须要小心谨慎、有节有度，因为我们会相信这些故事。

我送给国际吃热狗大赛两颗星。

美国有线电视新闻网

CNN

　　1980年6月1日，有线电视大亨泰德·特纳（Ted Turner）创办了美国首个24小时不间断播报的新闻频道——美国有线电视新闻网（Cable News Network, CNN）。首播开始时，一大群人在亚特兰大的美国有线电视新闻网新总部大楼外聚集起来，特纳就站在讲台后面向人们致辞。

　　特纳说："大家会注意到，在我面前飘扬着三面旗帜。第一面是乔治亚州（Georgia）的旗帜；第二面当然是美国国旗，它代表我们的祖国，也代表着有线电视新闻网将为祖国提供全天候的服务；最后一面是联合国的旗帜，因为我们希望有线电视新闻网的国际报道和更深度报道，能够让人们更好地了解来自不同国家的人们如何共同生活和工作，这样，我们或许可以满怀希望地把美国人民和世界人民团结在一起，共筑和平与友谊。"

特纳发言后，美国有线电视新闻网开始报道新闻，第一个报道是关于印第安纳州一名黑人民权领袖被暗杀未遂的事件和康涅狄格州（Connecticut）的枪击事件。美国有线电视新闻网的首播看似老气过时——主播们穿着宽大的翻领西装，坐在一间简陋的工作室里播报新闻，但报道内容却与当代美国有线电视新闻网的周日午报颇为相似——从一个突发新闻故事转到另一个突发新闻故事，从火灾到枪击再到飞机紧急降落。即使在第一个小时，你也能听到新闻节奏就如同不断跳动的脉搏。此外，1980年的有线电视新闻布景也像今天的大多数新闻布景一样没有窗口，这与赌场没有窗户的原因是相同的。

如今新闻主播讲话时，背景通常是清晰的蓝光，让你分辨不出是早上还是晚上。不过这也没关系，因为新闻在不断地传播，还总是令人感觉它是鲜活的，或者说接近于活的。

当然，很难说美国有线电视新闻网给世界带来了和平与友谊。特纳的资本理想主义有些令人恶心，他认为我们可以让世界变得更好，可以为一个人赚数十亿美元。但我确实认为美国有线电视新闻网提供了一种服务。

美国有线电视新闻网做了相当多的调查性新闻报道，以揭露和遏制腐败和不公。此外，至少从狭义上来说，如果某个新闻发生在当代，情节离奇、令人生畏或意义重大，又恰好发生在美国或欧洲，你就可能看到美国有线电视新闻网的相关报道。

"新闻"这个词本身就是一个秘密，尽管：所谓新闻，主要不是什么值得注意或重要的事，而是新鲜事。人类生活中的许多实际变化并不是由事件，而是由过程驱动的，但这些过程通常不被视为新闻。我们在美国有线电视新闻网上看不到太多关于气候变化的报道，除非有新的气候报告发表，我们也看不到对其他当下危机的定期报道，比如关于儿童的健康或贫穷的相关报道。

根据 2017 年的一项研究发现，74% 的美国人认为全球儿童死亡率在过去 20 年中要么保持不变，要么持续恶化。事实上，自 20 世纪 90 年代起，这一数据已经下降了近 60%，创造了迄今为止人类历史上儿童死亡率下降最快的 30 年[1]。

而从美国有线电视新闻网上，你可能看不到此类报告，你也可能不知道，2020 年，全球战争死亡率处于或接近几个世纪以来的最低水平。

即使一则新闻报道确实像 2020 年 3 月开始在美国有线电视新闻网上播出的全球疾病大流行那样获得充分报道，人们往往更倾向于以事件为基础的报道，而不是以过程为基础的报道。"严峻的里程碑"一词不断重复，因为我们知道在美国有 10 万或者 20 万，甚至 50 万人死于新冠病毒。但如果没有背景衬托，这些数字究竟意味着什么？没有任何历史根据的"严峻的里程碑"的不断重复只会产生一种疏远的效果，至少对我来说是这样。但有了具体的背景时，这一里程碑的严峻性就成为人们关注的焦点。

---

1 2020 年为数不多的亮点之一是全球儿童死亡率继续下降，但总体比率仍然过高。出生在塞拉利昂的孩子在 5 岁以前死亡的可能性比一个出生在瑞典的孩子高 12 倍，博士穆克吉在《全球卫生服务简介》（*An Introduction to Global Health Delivery*）中指出："这些预期寿命的差异不是由遗传学、生物学或文化所决定。卫生不平等是由贫穷、种族主义、缺乏医疗和其他影响健康的社会力量造成的。"

比如，有人可以报告，到2020年，美国平均预期寿命的下降（远）超过了"二战"以来的任何一年。

因为总有新消息要报道，我们很少能得到能让我们理解新闻发生原因的背景信息。我们了解到，医院已经没有ICU病床来治疗重症新冠患者，但我们不知道的是，几十年来的一系列选择导致了美国医疗保健系统将效率置于产能之上。这种没有背景的信息洪流很容易就能迅速转化为错误信息。150多年前，美国幽默作家乔什·比林斯（Josh Billings）写道："老实说，我真诚地相信，什么都不知道比知道什么都不知道要好。"

在我看来，这似乎不仅是美国有线电视新闻网和其他有线新闻网络的根本问题，也是当代信息流的普遍问题。很多时候我都知道，原来自己什么都不知道。

2003年，我和我最好的三个朋友凯蒂（Katie）、香农（Shannon）和哈桑（Hassan）住在芝加哥西北部的一套公寓里。我们度过了大学毕业后的最初几年，在那几年里，我感觉自己的生活至少是过度烦躁和极度不稳定的。在我搬进香农、凯蒂和哈桑家之前，我所有的家当可以全部装进车里，借用米兰·昆德拉（Milan Kundera）的一句话来说："我的生活是不能承受之轻。"但现在，一切都以美妙的方式安定下来了。我们有了第一份半永久性的工作和第一件半永久性的家具，我们甚至有了一台有线电视机。

最重要的是我们拥有彼此。那间公寓的墙壁都涂上了非常鲜艳的颜色，没有使用隔音材料，只有一间浴室、一间小小的卧室以及一片巨大的公共区域——每处角落都是为我们一起居住、一起生活而设计的。我们以一种令局外人感到不安的凶猛方式彼此相爱。有一天晚上我和一个朋友约会，他告诉我在他看来，我的朋友圈就像个邪教。当我告诉香农、凯蒂和哈桑这件事时，他们都认为我需要与这位朋友立即断绝关系。

"但如果我们是一个邪教，我们会这么说。"凯蒂说。

哈桑点点头，面无表情地说："哦，见鬼，伙计们，我们是邪教。"

我知道我把过去浪漫化了，我们也有过激烈的争吵，有时候我们也会心碎，我们喝得酩酊大醉，为了抢厕所呕吐权而争吵，等等。但那是我成年后的第一个稳定期，有些时候我甚至感觉那时很好，所以我才能如此深情地回忆这段往事，你一定会原谅我的。

那年8月，我26岁，我们举办了一个晚宴，被称为"约翰·格林比约翰·济慈（John Keats）活得更久"。每个人都读过一些诗，而且每个喜欢读诗的人，大都读过文森特·米莱（Vincent Millay）的《埃德娜街》(*Edna St*)：

我的蜡烛两头燃烧；
它不会持续一整夜；
但是啊，我的敌人，哦，我的朋友们——
它发出了可爱的光芒！

几天后，大楼的业主告诉我们，他们要卖掉公寓。但即使他们没有卖掉，这栋公寓最终也会分崩离析。人类生活的巨大力量——婚姻、职业、移民政策——将我们引向了不同的方向，但我们的蜡烛发出了可爱的光芒。

2003年美国入侵伊拉克（Iraq）时，我们住在那套公寓里。哈桑在科威特长大，当时他的家人住在伊拉克。在美国入侵伊拉克后的几个星期里，他没有收到来自家人的任何消息。即使最终他会知道他们没事，但那也是一段可怕的时期，他唯一能做的就是一直看有线电视新闻。但我们只有一台电视，而且我们经常在一起，这意味着我们其他人也看了很多有线电视新闻。

尽管这场战争得到了 24 小时的不间断报道，但提及的背景信息却是少之又少。例如，有一则新闻报道大量谈论了伊拉克什叶派（Shia）和逊尼派（Sunni）之间的关系，但从未停下来解释什叶派和逊尼派之间的差异，或者伊拉克历史以及复兴党运动的政治意识形态。太多的新闻永远都在爆料，以至于没有时间去了解背景。

一天晚上，就在以美国为首的部队进入巴格达（Baghdad）市区之后，我们坐在沙发上一起看新闻。未经编辑的视频正在从该市向全世界播出，我们看到一个摄影师在一栋房子的墙上画了一个大洞，墙的大部分地方被一块胶合板覆盖着。胶合板上有用黑色喷漆喷绘的涂鸦，新闻上的记者在谈论街上的愤怒，还有仇恨。哈桑笑了起来。我问他有什么好笑的，他说："涂鸦。"我问："这有什么好笑的？"哈桑回答说："上面写着：尽管在如此糟糕的环境里，先生，我还是祝你'生日快乐'。"

每分每秒，不管环境如何，我们每一个人都很难去思考"生日快乐"这件事。我把我的期望和恐惧投射到我遇到的每一个人和每一件事上。我相信这些都是真实的。我想象着那种格格不入的生活，我把一切过于简单化，我忘记了每个人都有生日。

好的新闻机构寻求如何纠正这些偏见，帮助我们更深入地了解宇宙和我们身处其中的什么位置。但是当我们看不到胶合板上的文字，却仍然认为我们知道上面写着什么，我们就是在传播无知和偏见，而不是特纳承诺的和平与友谊。

我给美国有线电视新闻网两颗星。

《我的朋友叫哈维》

Harvey

★★★★★

在电影《我的朋友叫哈维》(*Harvey*)中,艾尔伍德·P. 多德(Elwood P. Dowd)由影星詹姆斯·斯图尔特(Jimmy Stewart)饰演。艾尔伍德是个酒鬼,常常臆想自己最好的朋友是一只六英尺三英寸半高的兔子,名叫哈维。艾尔伍德的姐姐维塔(Veta)一直在为是否将弟弟送进疯人院而苦恼。影星约瑟芬·赫尔(Josephine Hull)因饰演维塔而获得奥斯卡金像奖。该电影根据玛丽·蔡斯(Mary Chase)获得普利策奖(Pulitzer Prize)的同名舞台剧改编而成,1950 年上映之后迅速赢得了业界认同,并取得了极大的商业成功[1]。

但我与这部电影的故事始于2001年初冬,就在我患上所谓的神经衰弱之后不久。那时我正在《书单》杂志社工作,住在芝加哥北区附近的一间小公寓里,前阵子我还和我曾经的恋人在那里合住。说实话,我曾以为我们二人会携手步入婚姻的殿堂。当时,我固执地认为是我们的分手导致了我的抑郁症,现在看来是抑郁症导致了我们分手,至少在一定程度上是这样。不管怎么说,分手之后我伶仃一人,坐在曾经属于我们两个人的公寓里,房间四处都是满载二人回忆的物品,我尝试振作起来,照顾我们之前共同抚养的小猫,那时候我和它都只剩彼此可以依靠了。

苏珊·桑塔格(Susan Sontag)曾这样写道:"抑郁症是毫无美感的忧郁。"于我而言,与抑郁共生的日子无聊至极,又痛苦得令人窒息。精神性疼痛毫不留情地压倒了我,并彻底吞噬了我的思想,我终日麻木,不再抱有任何想法,只剩下无边无际的痛苦。威廉·斯泰隆(William Styron)曾创作了一部字字泣血的抑郁症回忆录,名为《看得见的黑暗》(*Darkness Visible*)。他在书中写道:"令人无法忍受的是,我们早就明白没有任何人、任何事能够将我们从死局中拯救出来,不论再等一个月、一天、一小时,哪怕仅仅一分钟,得救的希望依旧是如此渺茫。即使在某一瞬间疼痛得到了轻微的纾解,我们也都清楚这只是一针暂时的止痛剂,当药效散去,更难以忍受的痛苦还会卷土重来。比痛苦更无解的是绝望,它能压垮人的灵魂,将人变成一具行尸走肉。"我渐渐发现,绝望即是痛苦的一种,

---

[1] 正如博斯利·克劳瑟在《纽约时报》上说的那样:"如果参观阿斯特酒店(昨天开业的地方)没有带你进入一条可以拥抱温暖阳光的最佳路径或较好的途径,那么我们怀疑,哈维的过错会比你的过错少。"

而且是最糟糕的那一种。于我而言,寻找希望并非在践行某种哲学理念,也不是感性作祟,而是我苟活于世的必要条件。

2001年冬天,我预感到没有什么能将我从抑郁中解救出来,这个预感令我痛苦不堪。我开始出现进食障碍,每天只能喝下两瓶两升的雪碧,这大概能满足人体最基本的热量需求,但肯定算不上一种理想的营养策略。

记得某天下班回家,我走进曾属于我们两个人的厨房,蜷缩在有些剥落的亚麻地板上,透过雪碧瓶看向厨房的窗户,它呈现出一种幽幽的绿色,矩形窗框也扭曲成了抛物线的形状。有几簇气泡黏在瓶底,它们拼命地想要留在那里,但很快便无计可施,最终还是浮上了瓶顶。我静静地注视着这一切,心想我怎么就不能思考了。我感到痛苦从四面八方向我逼近,就像雪碧瓶中的空气。而我只想从中解脱,我渴望挣脱这死气沉沉的一切。直到某一天,我再也无法从亚麻地板上爬起来。我花了一个漫长的星期日思索所有可行的对策。就在那个夜晚,我鼓起勇气给父母打了一通电话;幸好,他们接听了这通电话。

我的父母住在离芝加哥1500英里远的地方,他们十分忙碌,但对生活质量的要求很高。在那通电话结束的12小时之内,他们就赶到了我的公寓。

一个康复计划迅速成形。我打算辞去工作,回到佛罗里达的家中,接受日常心理咨询,也有可能住院治疗。我的父母帮我清理了公寓,我的前任也好心地同意收养那只可怜的小猫,现在唯一剩下的事情就是辞职。

我很享受《书单》杂志社的这份工作,我爱我的同事,但我很清楚我的生命摇摇欲坠,我不得不做出取舍。我含泪告诉主管我必须要辞职,他给了泪流满面的我一个临别拥抱,然后让我去找杂志的出版商比尔·奥特(Bill Ott)谈谈。

在我的想象中,比尔就像黑色悬疑小说中的人物。他拥有敏锐的头脑,常常一针见血,他那过人的智慧令人激动却又不免胆寒。当我走进他的办公室时,看到周围堆满了杂志校样,直到听见关门声他才从工作中抬起头来。我向他坦白,我说我的脑袋有些不对劲,我已经好几周吃不下固体食物了,所以打算辞职后搬回佛罗里达和我的父母一起住。

然后就是一阵良久的沉默。比尔是个掌控谈话节奏的高手,最后他开口说:"啊,那你何不回家待上几周,了解了自己的感受再做打算呢?"

我回答道:"但您需要找人来接替我的工作。"

接着又是一阵沉默。"别误会我的意思,孩子,我们总归能应付过去的。"

那天下午的某个时刻,我突然开始呕吐,可能是因为喝了太多雪碧。当我回到我的办公桌收拾物品时,发现了一张比尔的纸条,我至今仍小心翼翼地保存着。纸条上面写道:"约翰,我顺路来和你道别。希望你一切顺利,两周后能带着让码头工人感到羞愧的好胃口回到这里。另外,去看看《我的朋友叫哈维》吧,现在就是最佳时机。——比尔"

多年来,比尔一直缠着我看这部电影,但我对黑白电影有一种顽固的偏见,认为这类电影普遍很糟糕,因为它们的特效质量很差,看完感觉除了人物对话好像什么也没发生。

我回到了奥兰多,那是我长大的地方。我和父母住在一起,什么事都做不了,那种强烈的挫败感让我感觉自己不过是个负担。那段时间,我的思绪一直在兜圈子,仿佛被卷入了一个漩涡。我无法再进行简单的直线思考，杂念在脑海中无休止地翻涌，令我无法集中精力阅读或是写作。我每天都会接受治疗，并服用一种新的药物，但我确定它不会起作用，因为我认为困扰我的并不是生理问题，所以化学疗法是无效的，痛苦的根源其实是我自己。我一文不值、毫无用处，深陷无助与绝望的囹圄，一天比一天虚弱下去。

一天晚上，我和父母租来了影片《我的朋友叫哈维》。这部电影根据一部舞台剧改编而成，里面充斥着人物对话，正应了我的担忧。其中的大部分对话都发生在以下几个地点：艾尔伍德的家，他与姐姐和侄女合住在那里；一家疯人院，许多人认为这里才是艾尔伍德的归宿，因为他最好的朋友是一只臆想出来的兔子；一间艾尔伍德常去的酒吧，他喜欢去那里闲逛并小酌几杯。

玛丽·蔡斯设计的对话从始至终都很精彩，但我格外喜欢艾尔伍德的独白。他在酒吧里和陌生人聊天时说："人们会告诉我他们过去酿成的大错，以及未来将要迎接的美好之事。他们向我讲述着希望与遗憾、深爱与怨恨。在这里，所有的故事都像一部史诗，所有的感情都是天大的事，因为从来没有人会带着无足轻重的故事走进一间酒吧。"

在电影的另一幕里，艾尔伍德对他的精神科医生说："我与现实搏斗了35年，医生，我现在可以高兴地告诉您，我终于战胜了它。"

艾尔伍德有精神病，他对社会没什么贡献，人们很容易将他定性为毫无价值且毫无生气的那类人；但同时他也是心地善良的人，即使身处困境，他依然会向善而行。有一次，他的精神科医生对他说："你的姐姐是这一切的幕后黑手，她设计了一场针对你的阴谋。她试图说服我把你关起来，并且已于今日起草了承诺书，她手中还有关于你的授权委托书。"艾尔伍德却回答说:"我姐姐只用一个下午就完成了这一切,她可真能干,不是吗?"

尽管艾尔伍德并不是传统意义上的英雄,但他身上散发着一股强烈的英雄气概。在这部电影中,我最喜欢的台词就出自艾尔伍德之口:"多年之前,我母亲常常告诫我,'在这个世上,你要么聪明得人人赞叹,要么极其讨人喜欢。'好吧,我已经聪明了太多年,现在我认为讨人喜欢是更珍贵的品质。"

2001年12月,也许地球上没有人比我更需要听到这些宽慰了。

我不相信顿悟,我的觉醒时刻总是如同强光一般转瞬即逝。但此刻我要郑重地告诉你:自从看过《我的朋友叫哈维》,我再也没有像从前那般绝望。

看完电影几个月后,我的状况有所好转,于是便回到了芝加哥,再次入职《书单》杂志社。虽然我的康复进程时断时续,常常一不留神又陷入绝望之中,但总体而言我的病情有所好转。当然,这可能要归功于心理诊疗与药物作用,但艾尔伍德同样功不可没。他让我意识到你可以尽情疯狂,但你仍然是人,仍然有价值,仍然可以被爱。艾尔伍德赐予了我一种真实的希望,他使我看到满怀希望才是对奇怪事物的正确反应,并且能够带来惊人的奇迹。希望来之不易,希望珍贵无比,希望是人间真实存在的救赎。

虽然我有时仍像与世隔绝一般听不到饱含希望的曲子,虽然我仍被绝望的痛苦所笼罩,它们遮天蔽日令我收不到希望的讯号,但是希望从未停止她的哼唱,一曲复一曲,千千万万遍。我想我必须重新学习如何聆听希望的歌声。

我祝福你永远不会发现自己倒在厨房的地板上，永远不会在老板面前绝望地痛哭流涕。但如果你还是遭遇了这一切，我希望他们能给你一些时间，并且像比尔曾对我说的那样对你说：去看看《我的朋友叫哈维》吧，现在就是最佳时机。

《我的朋友叫哈维》值得五颗星。

易普症

The Yips

2000年10月3日，在美国职业棒球大联盟（Major League Baseball）季后赛的第一场比赛中，一位名叫瑞克·安奇（Rick Ankiel）的21岁投手代表圣路易红雀队（St. Louis Cardinals）走上了投手丘。说到这里我忽然想到，你可能不太清楚棒球的规则，但要想读懂本章，你需要知道职业投手的投球速度一般非常快，有时甚至超过每小时100英里，而且精准度令人叹为观止。如果投手能持续将球投进几平方英寸的空间以内，通常人们就认为他对棒球有"良好的控制力"。安奇就是这样的投手，他对棒球的控制力堪称强大，他可以把球投到他想要投的任何地方。早在他读高中时，职业球探就对他的控制力感到十分惊奇。他们啧啧赞叹，说他简直就像个投球机器。

然而，在赛程进行到三分之一时，安奇投出了一个非常低的球——实在太低了，捕手没能接住这个球，这就是所谓的"暴投"。在整个赛季中，安奇只投出了三记暴投，但在那个时刻，他对球的控制力仿佛突然失灵了一般。很快，他又投出了一记暴投，这一次球直接飞过了击球手的头顶。紧接着又是一个暴投，再一个，又一个……暴投一个接着一个，安奇很快就被换下场来。

一周之后，安奇在第二场季后赛中再次登场。本场共二十记投球，他投出了五记暴投。从此以后，安奇再也无法进入好球区（strike zone）。虽然安奇作为大联盟投手后续又赢回了几场比赛，但他的控制力却始终没有完全恢复。他四处寻医问药，甚至在比赛期间大量饮用伏特加来缓解焦虑，却再也没能投出漂亮的球。是的，安奇患上了易普症（yips）。他并不是百发百中的投球机器，孩子们从来都不是机器。

安奇并不是第一个忘记如何投球的棒球运动员。事实上，这种症状有时也被称为"史蒂夫·布拉斯病"（Steve Blass Disease）或"史蒂夫·萨克斯综合征"（Steve Sax Syndrome），这是以其他突发投球障碍的棒球运动员的姓名命名的。当然，会患上易普症的不仅是棒球运动员。2008年，一位名叫安娜·伊万诺维奇（Ana Ivanovic）的性格内向的20岁网球选手赢得了法国网球公开赛（French Open）的冠军，世界排名第一。解说员对她寄予厚望，预测她将成为新的大满贯得主，甚至可能与史上最伟大的网球运动员塞琳娜·威廉姆斯（Serena Williams）对抗，成为其最强劲的对手。

但在获得法网冠军之后不久,伊万诺维奇就开始体验到易普症带来的麻烦,易普症还不是在击球或挥动球拍的时候出现,而是在发球前抛球的时候出现。从步法到挥拍技术,网球运动需要精确的动作和极佳的身体协调能力。发球前将球直接抛向空中几乎是网球运动中最简单的动作。但当伊万诺维奇被易普症缠上之后,她的手会在抛球时痉挛,球会向右飞去,或者向前飞到身体够不到的地方。

前网球职业选手帕特·卡什(Pat Cash)称,观看伊万诺维奇发球是一种"痛苦的经历",的确如此,但如果连观赛都称得上痛苦,那么对于伊万诺维奇本人而言,该是何等的折磨啊!她5岁时在贝尔格莱德(Belgrade)第一次接触网球,在从前的职业生涯中,抛球简直易如反掌,如今却是有心无力。观众甚至能清晰地看到她眼中的痛苦,眼睁睁看着一个人与易普症作斗争,就像是注视着一个在校园剧中忘记台词的孩子一样,心情不自禁地揪着,时间就这样停滞了。任何掩饰这种痛苦的尝试——一个小小的微笑、一个抱歉的手势,只会让周围的人愈发意识到痛苦的存在。你很清楚易普症患者不希望得到你的怜悯,但无论如何你还是表露出了一丝同情,这只会让他们更加羞愧。

"她对自己失去了信心。"网球名将玛蒂娜·纳夫拉蒂洛娃(Martina Navratilova)对伊万诺维奇的评价无疑是正确的。但在这种境况下怎么可能维持信心呢?

对于易普症,认真的运动员都早有心理准备,他们知道这种病随时随地都有可能降临。但是纸上谈兵与亲身经历是完全不同的,一旦亲身体验过易普症,你就再不可能将它从生命中摘除。余下的时光里,每当抛起网球，你都能预测到接下来的窘况。当你看清人类有多么脆弱，明白了自信不过是涂在心上掩藏脆弱的一层清漆，又何谈重拾信心呢？

伊万诺维奇曾经这样描述易普症："如果你开始仔细思考应该如何下楼，思考每一块肌肉是如何工作的，那么你就下不了楼。"但是，如果你从楼梯上摔下来，你就不得不思考你是如何摔下来的。"我是一个凡事都习惯过度思考和过度分析的人，"伊万诺维奇接着说，"所以，如果我脑海中萌生了一种想法，杂念也会随之而来。"

易普症有许多名字：威士忌手指、摇摆舞、自由舞等等。但我更喜欢"yips"这个称呼，因为它是一个令人焦虑的词；我几乎能感觉到单词本身内部的肌肉抽搐。易普症在高尔夫球手中最为常见，甚至有超过三分之一的顶尖高尔夫球手在与它做斗争。高尔夫球手在做击球动作时通常会出现肌肉抽搐，人们已经尝试了各种治疗方法来阻止肌肉抽搐，比如：右撇子高尔夫球手可能会用左手推杆，或者他们可以尝试非传统的握杆方式，或者长推杆，或者短推杆，或者弯腰将球杆固定在胸前。但易普症不仅仅影响推杆，有位世界级优秀的高尔夫教练就只能在视线远离球的情况下才能有效地挥动球杆。

易普症似乎并不是因为焦虑，虽然焦虑会使症状恶化，同时这一病症还会加重许多生理问题，比如腹泻、头晕等。例如，一些高尔夫球手只在标准球场上打球时会突发易普症，但日常在小型高尔夫球场上练习时却不会犯易普症。当我打网球时，正手击球时手臂肌肉会在球拍击球前抽搐，就像那位高尔夫球手一样，我发现避免易普症的唯一方法就是在挥拍时把目光从球上移开。

但奇怪的是，当我热身或者和朋友打球时，我感觉不到易普症，只有在比赛的时候我才能感觉到它。这种情境性让一些人认为易普症可以通过心理治疗治愈，特别是通过处理运动生活中的运动创伤来治愈。我是心理治疗的忠实粉丝，而且从中受益匪浅，但我对网球运动没有痛苦的记忆；我喜欢网球，我只是眼睛看着球时不能正手击球而已。

当然，正如焦虑会导致生理问题一样，生理问题同样也会引起焦虑。对于职业运动员来说，易普症不仅对他们的职业生涯构成威胁，也对他们的身体健康构成威胁。"谁是安娜·伊万诺维奇？"这个问题的答案总是，"安娜·伊万诺维奇是一名网球运动员。"安奇是个投手，直到易普症发生。

所谓的身体和心理之间复杂的相互作用提醒着我们，身心二分法完全是胡说八道。身体总是在决定大脑想什么，而大脑一直在决定身体做什么和感觉到什么。我们的大脑是由肌肉组成的，而我们的身体却在体验思想。

当我们谈论体育运动时，我们几乎总是把胜利作为衡量成功的标准。文斯·伦巴第（Vince Lombardi）有句名言："胜利不是一切，这是唯一的事情。"但无论是在体育运动之中还是之外，我都对这种世界观持怀疑态度。我认为体育运动中的许多乐趣在于表现出色，起初胜利是你变得更好的一种标志，但随着年龄的增长，胜利会成为你最有力的证明，证明你仍然拥有出色的控制力和能力。你无法决定自己是否生病，或者你爱的人是否死亡，或者龙卷风是否会撕裂你的房子，但是你可以决定是投曲线球还是快球，你至少可以决定这一点，直到年龄增长，心力不足。

但即使在年龄或易普症夺走了你的控制权之后，你也不必放弃。在《杀死一只知更鸟》（*To Kill a Mockingbird*）一书中，阿提库斯·芬奇

（Atticus Finch）用叫喊来定义勇气，"即使你一开始就知道自己注定被打败，但不管怎样，你仍然开始了"。

安娜·伊万诺维奇再也没有恢复先前抛球的能力。但随着时间的推移，她发明了一种新的发球方式。这种方式的力量更小，也更容易预测，使她再次成了排名世界前五的球员，并且在 2014 年赢得了四次锦标赛冠军。几年后（2016），在她 29 岁的时候，她选择了退役。

安奇却一路下滑到职业棒球级别很低的小联盟。他因伤错过了 2002 赛季，然后在 2003 赛季又将手臂彻底折断了。手术康复后，他一度回到了职业棒球大联盟，但再也无法自如地控制自己。因此在 2005 年，年仅 26 岁的安奇只能放弃职业生涯，在外场打球。

对于职业棒球选手，也许最后的结局是只能在外场打球，因为这个项目的专业化程度太高了。贝比·鲁斯（Babe Ruth）是上一位在职业生涯中赢得 10 场以上投手比赛和 50 多次全垒打的球员，他于 1935 年退役。

和伊万诺维奇一样，安奇在开始之前就被打败了，但他还是开始了。他在小联盟中担任外场手，作为一名击球手，他的水平不断提高。然后在 2007 年的某一天，也就是安奇投出那几记暴投六年之后，圣路易红雀队教练将他作为外场手召回了职业棒球大联盟。当安奇第一次击球时，比赛却不得不暂停，因为观众起立鼓掌的时间太长了，声音太大了。安奇在那场比赛中打出了一个本垒打；两天后，他又打出了两个全垒打。

安奇在外场的投球非常准确，在棒球界名列前茅。他将继续在大联盟中担任外场手，并持续六年以上。作为投手，安奇已经赢得了 10 场以上的比赛，而作为击球手，他打出了 50 次以上的全垒打。

我给易普症一颗半星。

《友谊地久天长》

Auld Lang Syne

★★★★★

　　我觉得这很迷人！是的，的确如此。在这样一个如此新奇的世界里，我们唱着那首古老的歌曲《友谊地久天长》(Auld Lang Syne)，来迎接新的一年，这是一件多么令人着迷的事情。合唱这样开始："为了友谊地久天长，我亲爱的(my Jo)，为了友谊地久天长／我们还要为友谊地久天长小酌一杯。""Jo"是苏格兰语，可以直接翻译成"亲爱的"。但《友谊地久天长》更为复杂，它的字面意思是"很久很久以前"(old long since)，但在习惯用法上与"旧时代"(the old times)相似。英语中有一个短语有点类似于"为了友谊地久天长"（for auld lang syne），即"为了旧时代"（for old times'sake）。

这是我很久以前的经历：2001 年夏天，作家艾米·克鲁斯·罗森塔尔（Amy Krouse Rosenthal）通过电子邮件向《书单》杂志询问一篇评论的审核情况。我当时正担任《书单》出版助理，主要负责数据的录入，但我也回复了许多低优先级的电子邮件。我给艾米回复了最新的审核情况，我还提到，我个人非常喜欢她在《五月》杂志上的专栏。我告诉她，我经常想起她写的一个片段，"在每次的飞行中，每当机长宣布降落时，我的脑海里都会闪过同样的事情。虽然我们离城市还很高，但我想，如果飞机现在坠毁，我们肯定不会出什么事。如果再低一点，不，不会出事的。但当我们真正接近地面时，我才会真正感到放松。好啊，我们现在已经够低了，如果飞机现在坠毁，我们也许能有一线生机。"

第二天，她给我回了信，问我是否是一名作家，我说我正在努力成为作家，她问我是否有可用于收音机播放的时长两分钟的素材内容。

***

我们真的不知道《友谊地久天长》是什么时候创作的。歌词的第一节是这样写的："应该忘记 / 永远不要想起旧日的相识吗？/ 应该忘记旧日的相识 / 和美好的往昔。"这些歌词至少可以追溯到四百年前，但我们现在所听到的歌曲要归功于伟大的苏格兰诗人罗伯特·伯恩斯（Robert Burns）。1788 年 12 月，他写信给他的朋友弗朗西斯·邓洛普（Frances Dunlop），"苏格兰语'友谊地久天长'不是非常有表现力吗？有一首老歌和一首曲调经常在我的灵魂中激荡。创作这一辉煌片段的灵感，来自受上天眷顾的幸运诗人胸前的草皮。"在信的背面，伯恩斯打下了一首歌的草稿。其中至少有三节可能是他自己写的,尽管他后来会说这首歌"抄自一位老人"。

之所以确定第一节的年代是如此困难,部分原因在于这首歌的风格如此永垂不朽:歌曲记录了共同举杯畅饮、追忆过往美好时光的经历——采摘雏菊,漫步田间,祝酒 Bier。这首歌中的每一个想法可能都产生于五百年、一千年甚至三千年前。

值得一提的是,这也是一首鼓舞人心的离别颂歌,第二节有一部分是"你一定会买你的品脱杯,我也一定会买我的"。但最重要的是,这首歌只是对过去美好时光的一种无可非议的赞美,一种不加掩饰的庆祝。

我想我应该告诉你,艾米已经去世。否则,她在这篇评论中的死亡可能看起来像某种叙事手段,而我并不希望如此。所以,好吧,她去世了。罕见的现在时态的句子,一旦成为事实,就永远无可辩驳。

但事实并非如此,我想我们仿佛还停留在过去。艾米问我有没有可以在收音机上播出的内容,我给她发了三篇短文,她非常喜欢其中的一篇,让我为她在芝加哥公共广播电台的 WBEZ 录制节目。在那之后,艾米经常邀请我多多参加她的节目。不到一年,我就为 WBEZ 录制了众多评论节目,然后又为 NPR 的《综合考虑》(*All Things Considered*)录制了节目。

2002 年 4 月,艾米召集她的一些作家和音乐家朋友在芝加哥的肖邦剧院举办了一个名为"作家座谈会"的活动。她让我读一些笑话,我便读了,人们听了我的愚蠢笑话都捧腹大笑。艾米雇了个人在剧院里走来走去,向每个人致意,致意者说他们喜欢我的鞋子,那是新的阿迪达斯运动鞋,这就是为什么在过去的十九年里我几乎每天都穿阿迪达斯运动鞋的原因。

***

罗伯特·伯恩斯最初谱写的《友谊地久天长》的曲调与我们大多数人所熟知的不同，尽管他自己已经意识到旋律非常"无趣"，现在，我们偶尔还会听到最初的版本[1]。与《友谊地久天长》联系最为密切的曲调最早出现在1799年乔治·汤姆森（George Thomson）的《苏格兰原音精选集》中。

那时，罗伯特·伯恩斯已经离开了我们，他在37岁时死于心脏病（他以酒会友的爱好也许进一步加剧了病情的恶化）。他的最后一封信，他写给朋友弗朗西斯·邓洛普（Frances Dunlop）的信中说："我长期受到病痛的折磨，可能很快便会坠入行者有去无回的深渊。"即使在临终之际，伯恩斯也会喃喃这句话。

在伯恩斯去世后的几十年内，演唱《友谊地久天长》已经成为苏格兰除夕庆祝活动一项必不可少的仪式，这个被称为"除夕节"的节日的历史可以追溯到冬至仪式。到1818年，贝多芬为这首歌谱了一段曲子，这首歌才开始传遍全世界。

1945年至1948年间，韩国国歌也使用了这首曲子。在荷兰，一首著名足球歌曲的诞生也受到了这首旋律的启发。在日本，百货公司关门前经常播放《友谊地久天长》，顾客便知道是时候离开了。这首歌也成为电影配乐的热门选择：从查理·卓别林1925年的《淘金热》（*The Gold Rush*）到1946年的《生活多美好》（*It's a Wonderful Life*），再到2015年的《小黄人大眼萌》（*Minions*）。

---

[1] 例如，在2008年的电影《欲望都市》中就使用了这个曲调。

我认为《友谊地久天长》在好莱坞很受欢迎，不仅仅是因为它广为人知，需要支付的版权费低，更因为它是一首罕见的、充满渴望之情的歌曲，它承认了人类的渴望，但没有赋予其浪漫的色彩，它捕捉到了每一个新年其实都是旧年的产物的原因之所在。当我在除夕夜唱起《友谊地久天长》时，我像大多数人一样忘记了歌词，直到唱到第四节时，我才真正记得："我俩荡桨在绿波上，从早晨的太阳到晚餐／但我们之间的大海从友谊地久天长就开始咆哮。"

我想起了在我和过去之间咆哮的许多大海：忽视的大海、时间的大海和死亡的大海。我将永远无法再与一直爱我的人说话了，正如你一样。所以我们为他们举杯，希望他们同样在某个地方正在为我们举杯。

2005年，艾米出版了一本百科全书式的回忆录，称为《普通生活百科全书》(*Encyclopedia of an Ordinary Life*)。她在这本书的结尾说："我曾经在这里，你看。我曾经在。"另一句话是："一旦它成为真的，就永远都是真的。"她的百科全书在我的第一部小说《寻找阿拉斯加》(*Looking for Alaska*)出版前的几个月出版。此后不久，莎拉进入了哥伦比亚大学的研究生院，所以我们搬到了纽约。在接下来的十年里，艾米和我一直保持着联系，偶尔也会有合作。2008年8月8日，在芝加哥千禧公园，我在她为数百人策划的一个活动中扮演了一个角色——但再也不复从前。

在2016年出版的互动回忆录式教科书《艾米·克鲁斯·罗森塔尔》(*Amy Krouse Rosenthal*)中，她写道："如果一个人和上帝慷慨地签了80年的合同，那他就相当于在地球上活了29220天。这样算下来的话，有多少次机会去看一棵树呢？12395次？如果必须有一个确切的数字的话。那就姑且说是12395次吧。当然，这看起来是一个很大的数字，但并不是无限的，任何小于无限的数字似乎都太微不足道，也不会令人满意。"

在写作中，艾米经常试图将意识、爱和渴望的无限性与宇宙及其所居住的一切的有限性协调起来。在教科书的末尾，她给出了一道选择题："在小巷里，有一朵亮粉色的花从柏油路上探出头来。A，它看起来像是徒劳的；B，它看起来像是充满希望的。"至少对我来说，《友谊地久天长》准确地捕捉到了看到一朵鲜艳的亮粉色花朵从沥青路面上探出头来时的感觉，知道自己有 12395 次机会看一棵树时是什么感觉。

艾米在完成教科书的出版后不久，发现自己得了癌症，于是打电话给我。她知道在我的《无比美妙的痛苦》（*The Fault in Our Stars*）出版后的几年里，我认识了许多重病的年轻人，因此想知道我是否能给她一些好的建议。我告诉了她我所认同的事实：爱能战胜死亡。但她想知道年轻人对死亡的反应，自己的孩子将来会怎样，她想知道她的孩子和丈夫是否会没事，这让我很受打击。

虽然我通常都能与病人很自如地交谈，但面对我的朋友，我发现自己说话都变得磕磕绊绊，完全被自己的悲伤和担忧弄得不知所措。

当然，他们不会好起来的，但他们会继续走下去，你倾注在他们身上的爱会延续下去。这就是我要说的。但实际上，我一边哭一边说的是："怎么会发生这种事呢？你明明一直坚持练瑜伽。"

根据我的经验，濒死的人经常会遇到健康人对他们叮嘱一些智慧箴言，但是我从来没有听说过任何人会说"你一直坚持练瑜伽"这样愚蠢的话。我希望艾米至少能从中获得一些叙事上的收获。但我也知道我辜负了她，因为她曾多次支持我，我知道她会原谅我现在的口不择言，但我还是非常希望我能说些有用的话，或者可能什么也没说。当我们所爱的人在受苦时，我们想让她变得好一些，但有时候你根本无计可施。我想起了当我还是一名学生教士时，我的导师对我说的一句话："不要只是做一些什么事情，试着去感同身受吧。"

***

《友谊地久天长》是第一次世界大战期间的一首流行歌曲，其版本不仅有由英国士兵在战壕中演唱的，还有被法国人、德国人和奥地利人传唱的版本，甚至，在世界历史长河中最为奇特而美妙的一个瞬间，1914年的圣诞节休战，这首歌也扮演了重要的角色。

那一年的圣诞节前夕，平安夜，在比利时 - 西部战线的一部分地方，大约10万英军和德军纷纷从战壕中走出来，在前线之间所谓的无人地带（noman's-land）相遇。19岁的亨利·威廉姆森（Henry Williamson）写信给他的母亲说："昨天，英国人和德国人在战壕之间的无人地带上相遇并握手了，还交换了纪念品……这简直太不可思议了，不是吗？"一名德国士兵记得，一名英国士兵"从战壕里拿出了一个足球，很快一场激烈的足球比赛就开始了。多么奇妙，但又多么怪异"。在前线的其他地方，爱德华·赫斯（Edward Hulse）爵士上尉回忆起了一首圣诞歌曲，"以《友谊地久天长》结尾，我们所有人，英格兰人、苏格兰人、爱尔兰人、普鲁士人、符腾堡人等等都参与了进来，一同唱着这首歌。这番场景绝对令人震惊，如果我在电影中看到，一定会认为它是伪造的。"

赫斯当时只有25岁，但不幸的是，不到4个月，他就在西线被杀了。至少有1700万人直接死于这场战争，超过加拿大现有人口的一半。到了1916年的圣诞节，士兵们还是没有停战。战争的毁灭性损失，以及毒气的滥用，使战斗人员感到异常痛苦。但许多人都不知道他们为什么要为离家这么远的一小块土地而战,甚至牺牲。在英国的战壕里,士兵们开始用不同的词唱起《友谊地久天长》:"我们在这里,因为我们在这里,因为我们在这里,因为我们在这里。"

这是一个没有理由的世界,在那里,生活自始至终都没有意义。现代化给我们带来了战争,也带来了余生。艺术评论家罗伯特·休斯(Robert Hughes)曾提到"独特的现代主义无间地狱",事实上,第一次世界大战的战壕确实是地狱。

***

尽管艾米是一位生来顽皮、天性乐观的作家,但她并不排斥苦难,也不否认苦难在人类生活中的重要价值。在她的作品中,无论是图画书还是回忆录,她总是能找到一种承认苦难而又不向它屈服的方式。她写的最后一句话是:"死亡也许在敲我的门,但我不会走出这辉煌的浴池去回应。"

在公开露面时,艾米有时会反复吟唱英国士兵的哀歌,并在不改变曲调或歌词的情况下重新演绎。她会请观众和她一起唱这首歌:"我们在这里,因为我们在这里,因为我们在这里,因为我们在这里。"尽管这是一首深刻的虚无主义歌曲,描写的是现代主义的无间地狱,但是当和艾米一起唱这首歌时,我总能从中看到希望。它更像是一种说法,我们在这里意味着我们在一起,而个体不再孤独。这是一个声明:我们是,我们一直存在。这是一个声明:我们在这里,一系列惊人的不可能使我们成为可能,并在这里绽放光芒。我们可能永远都不知道我们为什么会在这里,但我们仍然可以满怀希望地宣布我们在这里。我不认为这样的希望是愚蠢的、理想主义的,或是被误导的。

我们生活在希望中，希望生活会变得更好，更重要的是，希望生活会继续下去，希望爱会继续存在，即使我们不会从灾难中幸免。从现在一直到永远，我们都将在这里，因为我们在这里，因为我们在这里，因为我们在这里。

我给《友谊地久天长》五颗星。

搜索陌生人

Googling Strangers

★★★★

年幼时,母亲常告诉我,每个人都有自己的天赋。你可能是一位敏锐的抒情爵士乐听众,懂得如何欣赏天籁之音;也可能是一名极佳的防守型中场球员,懂得如何利用完美的传球制造空档组织进攻。然而当我还是一个稚嫩幼童时,我总觉得自己没有任何天赋。我不是一个成绩优异的好学生,而且运动天赋为零,还常常领会不到别人的社交暗示;我的钢琴、空手道、芭蕾舞全都烂透了,而父母为我报名学习的其他才艺,通通拿不出手。我一度认为自己一无所长。

但事实证明，这是因为在那时我真正的天赋尚未被发掘出来。请原谅我的不谦虚，但我想说的是，我非常擅长用谷歌搜索陌生人。当然，我也为此投入了时间与精力。作家马尔科姆·格拉德威尔（malcolm Gladwell）有句名言：想要成为某一领域的专家，至少需要付出一万小时的努力。我在这件事上花费的时间已经达到了一万个小时（甚至更多），而且我发现了一个窍门。

我几乎每天都会用谷歌搜索陌生人的名字。比方说，如果我和我的妻子出于情分必须出席某个聚会[1]，我通常会提前调查清楚所有已知的与会者。当然我知道，如果一个陌生人告诉你他是做地毯安装生意的，而你点点头了然地回答道："哦，是的，我知道您的职业。我还知道您与您的妻子相识于1981年，当时您二位在达拉斯（Dallas）的同一家储蓄贷款机构工作。根据人口普查记录，当时您妻子与您的岳父岳母约瑟夫和玛丽琳同住在家里，而您刚从俄克拉何马浸会大学（Oklahoma Baptist University）毕业。您二位在达拉斯艺术博物馆（Dallas Museum of Art）结为夫妻，婚宴就设在戴尔·奇胡利（Dale Chihuly）著名的玻璃雕塑作品《雄鹿之窗》（Hart Window）旁边。您的妻子就职于礼来制药公司，因此婚后你们搬到了印第安纳波利斯。您近来可好？地毯生意如何？贵司是否与硬木地板商存在竞争关系？"这场面实在有些诡异。

谷歌几乎能够曝光所有人的个人信息，体量之大令人震惊。当然，互联网导致的隐私泄露也带来了一些的裨益：人们能够免费存储照片与视频，可以通过社交媒体参与大规模讨论，还能轻轻松松地与很久以前的

---

[1] 是的，直到如今我们依旧如此。

朋友保持联系。

但是，我们中的一些人对谷歌这类私人企业暴露了过多的自我，这让其他人也心无芥蒂地分享生活，从而形成了一种循环：人人都想玩脸书（Facebook），因为人人都在玩脸书。我也卷入其中随波逐流，公开了我的大部分私人生活，因此每每在新的社交媒体平台上创建账户时，我不得不绞尽脑汁，避免设置简单的密保问题，因为别人可以通过我曾用过的社交媒体账号查到答案。我在哪里读的小学？这很容易查到；我的第一条狗狗叫什么名字？在我为迷你腊肠犬 Red Green 拍摄的视频播客中能找到答案；谁是我儿时最好的朋友？脸书上有打着我们俩标签的婴儿旧照；至于我母亲的婚前姓氏是什么，拜托，你不会是认真在问吧。所以问题必须要有新意。

如今，我们的生活已不再属于我们自己，更多地属于那些将我们的浏览习惯、浏览喜好和按键次数收集并存储起来的公司。我们只需轻轻滚动鼠标，就能阅尽生者与死者的一生，如此潦草的方式令我反感，一切都像是奥威尔的小说一般……即便如此，对于搜索陌生人这一行为，我仍然无法直截了当地谴责。

***

22 岁那年，我在一家儿童医院当学生教士，每周有一到两天需要 24 小时待命，在医院陪伴我的只有两台传呼机。每当有人要找牧师时，其中一台传呼机就会响起；每当有严重创伤患者到达医院时，另一台便开始嗡嗡作响。我仍记得在最后一个随叫随到的夜晚，我六个月的牧师生涯即将画下句号，那时我正在教牧关怀办公室里呼呼大睡，第二台传呼机忽然响起，我急匆匆地赶到了急诊科，只见一个 3 岁孩子被推了进来，他严重烧伤。

我不确定是否有可能在不利用他人痛苦的情况下谈论他们的痛苦，是否有可能在不颂扬、不美化或不贬低痛苦的情况下叙述痛苦。小说家泰茹·科尔（Teju Cole）曾经说过："照片无法控制它展示的内容所产生的效果，也无法左右人们由此产生的理解。"语言恐怕也是如此。每个故事都必须有意义，而医院里经历的一切于我而言毫无意义，这也是我在写作中很少直接提及这段经历的原因之一。伤痛的记忆如同一片常年积水的沼泽地，我从来不知道安全穿越的正确方法，但此刻为了讲述这个故事，我选择模糊处理，同时改动某些细节。而重要的是，尽管已经奄奄一息，这孩子却依旧保持着清醒的意识，并因此忍受着身体的剧痛。

在急诊科工作了几个月的我，目睹过各种病痛和死亡，但从未见过创伤急救小组士气如此低落：极度的痛苦压倒了一切——烧伤的气味在诊室里弥漫，刺耳的尖叫声伴随着男孩的每一次呼气。有人喊道："牧师！剪刀在你身后！"于是我迷迷糊糊给他们递上了剪刀；又有人喊道："牧师！看好他父母！"我才意识到男孩的父母就在我旁边，他们声嘶力竭，想要靠近病床上的孩子，但医护人员需要足够的空间来施救，所以我只好劝说这对夫妇退后一步。

接下来场景转换，我坐在急诊科那间没有窗户的家属休息室里，经历了迄今为止人生最糟糕的一夜。除了我对面那对夫妇的哭声，四周一片寂静。他们分坐在一张沙发的两端，手肘放在膝盖上。

在牧师培训期间，培训人员告诉我，一半的婚姻在失去孩子几年之后就画上了句号。我勉强撑起身子，询问这对夫妇是否需要祈祷。女人摇了摇头。医生推门进来，说孩子情况危急。这对可怜的父母只问了一个问题，而医生却无从回答。"我们一定会尽力，"她说，"但您的儿子可能凶多吉少。"这对父母的世界在一瞬间轰然倒塌，但他们没有彼此搀扶，而是自顾自地崩溃。

***

如果能接受这类悲剧的必然性，我们就能畅行世界。我的牧师主管曾告诉我："总会有孩子死去，这是自然现象。"也许他说得对，但我无力接受。那一夜坐在没有窗户的家属休息室里，我无法接受这一切；现在我已为人父，仍旧无法接受这一切。

男孩终于被移送到了楼上的重症监护室，他的父母也跟过去了，我走到休息室想喝杯咖啡，恰巧医生也在里面，她的脸正对着垃圾桶，止不住地呕吐。"打扰你了。"我说。她继续干呕了一阵，然后对我说："你将他的父母照顾得很好，谢谢你如此周到，你帮了我们一个大忙。那孩子就要不行了，我听到了他的临终遗言。我知道他最后想说的话。"我没有再追问下去，她也没有再说下去。

一周后，我结束了这份牧师的工作，并决定放弃在神学院就读的机会；我向大家解释放弃的原因是我不想学习希腊语。我没有说谎，但促使我放弃的还有另一个原因，那就是关于这个孩子的记忆。我发现自己无力承受，我仍旧应付不来这样的伤痛，只能日复一日地想起。哪怕我已不再为其他事情祷告，我仍在每天为他祈祷。每当夜幕降临，我便念起他的名字，祈求怜悯。我是否有信仰无关紧要，重要的是我相信仁慈的存在，尽管只是微弱的信念。

作为一个不折不扣的"谷歌人"，我擅长使用谷歌搜索引擎，我可以直接搜索这个孩子的名字来打探他的生死，但我始终克服不了内心的恐惧。无论如何，答案早已写好，只要用谷歌搜索一下就能揭开谜底。我不禁想起罗伯特·佩恩·沃伦（Robert Penn Warren）在《国王的人马》（*All the King's Men*）中的一句名言："人类活到尽头，能够通晓宇宙大小之事，但有一件事人类永远无法预料。他料不到信息到底会拯救他还是会屠杀他。"

***

日子在恍惚中悄然流逝，几个月倏而变成了几年，然后又变成了十多年。不久前的某个早晨，我终于在搜索栏输入了那个孩子的名字，他的名字并不常见，谷歌很容易选取词条。我终于按下了回车键，出现的第一个链接是一个脸书账号。我点进去，他就出现在屏幕上；他已经18岁，离我们共度的那一夜整整过去了十五年。

他还活着。

他正在慢慢长大，在这个世上找到了属于自己的道路，他将生活记录于此处的同时也许并未意识到自己的私生活已经公开化。但我怎能不感激涕零？我为得知这一喜讯而雀跃，即使唯一的方法要以失去人类对所谓自我的自主权为代价。总而言之，他还活着。他喜欢约翰·迪尔公司（John Deere）生产的拖拉机，加入了美国未来农场主协会（Future Farmers of America），并且至今仍活在世上的某个角落。我顺藤摸瓜，通过他朋友的账号找到了他父母的资料——他们至今仍然是夫妻。他还活着，那个孩子还活着，他喜欢廉价的、用力过猛的乡村音乐；他好好地存在于世界的某个地方；他称他的女朋友为宝贝，他还活着。活着。活着。

当然，他的生命也可能于那个惊险的夜晚破碎，但他最终挺了过来。万千感动在我的喉咙中涌动，我无以言表，我要给搜索陌生人的做法打四颗星。

印第安纳波利斯

Indianapolis

★★★★

    印第安纳波利斯的人口数量和土地面积均在美国排名第十六位。它是印第安纳州的首府，而如今我终于可以承认它是我的故乡。2007年夏天，莎拉和我搬到了印第安纳波利斯。我们从U-Haul租赁公司租来了一辆卡车，载着我们所有的家当，从纽约第88街和哥伦布大街的拐角处出发，一直开到印第安纳波利斯第86街和沟渠路的拐角处，整整16个小时的车程令人倍感煎熬。抵达印第安纳波利斯之后，我们打开行李箱，睡在新家的充气床垫上，这是我和莎拉的第一个小家。那时我们都将近30岁了，在搬家的几周之前，我们花了大概半个小时考察这栋房子，随后将它买了下来。这栋房子共有三间卧室，两间浴室和一间简便淋浴室，还有一间尚未完工的地下室，房贷仅是纽约房租的三分之一。

我至今仍无法忘记搬来的第一个夜晚，漆黑的房间里一片死寂，我不停对莎拉唠叨着，也许此刻卧室窗外正藏着一个陌生人，而我们却蒙在鼓里，莎拉回答我："好吧，你说得对，但也可能根本就没人，只是你在疑神疑鬼。"我不是那种能被"可能"二字安慰到的人，所以那个晚上我起了好几次夜，将脸贴在卧室的玻璃窗上，期待有一双眼睛与我四目相对，然而却只看见无边无际浓重的夜色。

第二日早上，我坚持要买一副窗帘回来，但首先我们得把搬家车还回去。在 U-Haul 还车处，一位员工递给我们一份需要填写的文件，并询问我们从哪里开车过来的。莎拉解释说，她今后会在印第安纳波利斯艺术博物馆上班，出于工作之便，我们夫妻二人便从纽约搬到了这里。那位员工接着说，他小时候去艺术博物馆参观过一次，莎拉问道："那您觉得印第安纳波利斯这座城市怎么样呢？"

这位站在 U-Haul 柜台后面的伙计停顿了片刻，然后回答："唔，反正你总要住在某个地方。"

多年以来，印第安纳波利斯为塑造城市形象创造了许多格言和口号。比如："印第安纳波利斯代表着'更快更强''以人为本'，是'美国的十字路口'。"但我想创作一个新鲜的座右铭："印第安纳波利斯：你总得住在某个地方。"

这座城市其实有许多无法忽视的不完美之处。我们的新家坐落在怀特河边。这是一条不可通航的水道，作为一种文学象征，它能引起人们的无限共鸣，但从地理学的角度看来，这的确是个麻烦。怀特河水污浊不堪，因为城市老化，水处理系统经常溢流，并将未经处理的污水直接排入河中。这座城市的建筑物向四面八方杂乱无序地拓展，放眼望去，遍地都是小型购物中心、停车场和不伦不类的办公楼。此外，城市对艺术事业和公共交通的投资尚有不足。天啊！我们还有一条名为沟渠路的主干道。多滑稽的街道名啊，沟渠路。我们明明可以随意选取一个名字，比如库尔特·冯内古特（Kurt Vonnegut）路、C. J. 沃克夫人（Madam C. J. Walker）路、欧洲的丝绸之路（Roady McRoadface），但我们没有这样做，我们接受了沟渠路这个名字。

有人曾告诉我，印第安纳波利斯是全国新连锁餐厅试销的重点城市之一，因为这是一座非常大众化的城市。实际上，谈及所谓的"最具代表性的缩影城市"，印第安纳波利斯榜上有名，因为这座城市几乎比其他任何城市都更能展现典型的美国特色。是平凡彰显了我们的不凡，这座城市的生活平淡无味，因此得到一个昵称——"打盹小镇"，还有一个别名"印第安纳波利斯没什么地方可去"（India-no-place）。

刚刚搬来时，我常在早晨去附近的星巴克（Starbucks）写作，这家店就坐落于第 86 街和沟渠路的拐角处，每每经过这个十字路口，我都会惊叹于这里的四个街角竟然都有商业街。虽然我的新家距离这家星巴克不到半英里，但我经常开车去，因为那里根本不设人行道。这片土地上布满了汽车，城区张牙舞爪地向外扩张，四处都被死气沉沉的平顶建筑物所占据。

我对印第安纳波利斯产生了厌恶之情。还记得纽约那间拥挤的小公寓，住宿条件非常恶劣，老鼠怎么都消灭不完，那时我曾天真地幻想，拥有一个属于自己的家该是一件多么浪漫的事。如今我们如愿以偿，我却开始厌恶这个新家。印第安纳波利斯最受欢迎的文学巨匠库尔特·冯内古特（Kurt Vonnegut）曾写道，人性存在一处缺陷，"每个人都渴望筑建高楼，没有人愿意提供日常维护"。想要自置居所，必须保证平日里的悉心维护。一个家里总是有一箩筐琐事，比如窗帘要装，灯泡要换，热水器总出故障。除此之外，最让人头疼的就是草坪了，天啊，我最讨厌的事情就是修剪草坪了。印第安纳波利斯第86街和沟渠路路口的草坪与小型购物中心承受了我最多的怨怼。我迫不及待地想让莎拉在别的地方找一份工作。

冯内古特曾经在印第安纳波利斯对当地人说："人们喜欢我是因为这座城市。"反之，冯内古特也是印第安纳波利斯的骄傲，这座城市因他而备受崇敬。他在临终前曾回答过一位采访者的提问："我一直在思考，宇宙浩瀚，何以为家，然后我意识到神秘的火星并不是我苦苦寻觅的家，任何类似的地方都不是。我的家唯有9岁那年的印第安纳波利斯。那时我有一个哥哥、一个姐姐，一只猫和一条狗，还有亲爱的爸爸妈妈和叔叔阿姨，但我永远回不去了。"《第五号屠宰场》（*Slaughterhouse-Five*）是冯内古特最伟大的小说，讲述了一个人摆脱时间困境的历程，书中主人公的意识在时间隧道上跳跃与变换。这部作品讲述了战争与创伤，也讲述了往日不复返的遗憾。正如主人公再也回不到德累斯顿（Dresden）被轰炸前的美好时光，冯内古特也跟母亲自杀与妹妹早逝之前的岁月永远道别了。我相信冯内古特热爱他的故乡，但这部小说告诉我们，从他获得选择权的那个瞬间起，他就没有选择住在印第安纳波利斯。

***

搬来印第安纳波利斯第一年的晚些时候，我们与邻居玛丽娜（Marina）

和克里斯·沃特斯（Chris Waters）成了朋友。克里斯曾经是和平队（Peace Corps）志愿者，玛丽娜曾是一名人权律师。他们也是一对新婚夫妇，和我们一样，刚刚拥有了自己的第一个家。

而与我们不同的是，克里斯和玛丽娜夫妇非常喜欢印第安纳波利斯。我们经常去斯米餐馆（Smee's）共进午餐，这是一家家庭经营的小餐馆，位于第 86 街和沟渠路路口的一个小型购物中心里，每到此地我就会对修剪草坪和人行道一事大发牢骚。有一次，克里斯对我说："你知道吗，这片区域可是美国经济和种族比较多样化的邮编区之一。"

我问道："真的假的？"

他回答："当然是真的，你可以用谷歌查询一下。"

我照做了，事实证明他说得对。第 86 街和沟渠路周边的房价中值是 23.7 万美元，但这里也能找到价格高达百万美元的住宅和低至每月 700 美元的公寓。在那个街角，你能找到独立经营的泰国、中国、希腊和墨西哥餐馆。这里还开了一家书店、一家礼品交易店、两家药店、一家银行、一家二手店，以及一家以废除禁酒令的宪法修正案命名的酒类专卖店。

是的，于我而言，这里的建筑好像一场彻头彻尾的噩梦，但无论如何，印第安纳波利斯的人们还是缔造了美好。在斯米餐馆外闲坐一下午，你会听到英语和西班牙语、韩语和缅甸语、俄语和意大利语在你耳边交织共振。第 86 街和沟渠路的路口并非问题所在——事实证明这是一个伟大的十字路口，问题出在我身上。在克里斯对我的假设提出质疑之后，我开始以不同的视角看待这座城市，我渐渐将它视为人类生命中重要时刻的发生地。在我最新的两部小说《无比美妙的痛苦》和《龟背上的世界》中，剧情高潮都发生在第 86 街和沟渠路的拐角处。我认为这两本书之所以广受喜爱，是因为其中提到了印第安纳波利斯这座城市。

***

和所有杰出的科幻作家一样，冯内古特非常擅长预测未来。早在 1974 年他便写下这样一段话："今天的年轻人为了生活应该做些什么呢？很显然，有许多事情等待他们去做。但最大胆的尝试是创建稳定的人类群落，让可怕的孤独症得以痊愈。"

在我看来，这一尝试在现在比在 47 年前更重要、更需要勇气。如果人们问起我住在印第安纳波利斯而没有选择其他城市的理由，这就是我的答案。我正在努力创建一个稳定的人类群落，希望可怕的孤独症在那里得以痊愈。你总得找一座城市付诸努力，将这个愿望变为现实。无论作为一名作家或是一个人，当我被孤独症侵扰，晴空万里和闪闪发光的摩天大楼都无法安抚我的心灵，我必须回家做我该做的工作。是的，家就是那间一去不回的房屋；家存在于过去，而你居住在未来。

但家也是你今天正在建造与维护的东西。我的家就在沟渠路附近，我感到无比幸运。

我认为印第安纳波利斯值得四颗星。

肯塔基蓝草

Kentucky Bluegrass

★★

有时，我沉醉于幻想仁慈的外星人来访地球的景象。在我的白日梦中，这些外星人是银河人类学家，他们试图理解银河系各种有生命的生物的文化、仪式、关注点和神性。他们会进行细致的实地研究，对我们进行近距离的观察。他们会抛出一些开放式、非批判性的问题："在你看来，什么人或事值得你为之牺牲？""人类的共同追求应该是什么？"我希望这些外星人类学家能够喜欢我们地球人。不管怎么说，我们毕竟是一个富有魅力的物种。

随着时间的推移，外星人会逐渐了解我们的一切——我们无休止的渴望，经年累月的漂泊，阳光照射肌肤时的雀跃。最终他们只会剩下一个问题："我们注意到，你们的房前屋后都有一株绿色的'神灵'，我们也看到了你们对这些'神灵'一般的观赏植物的悉心照料与百般呵护。你们叫它肯塔基蓝草（Kentucky bluegrass），尽管它既不是蓝色的，也并非来自肯塔基州（Kentucky）。我们好奇的是你们为何如此崇拜这种植物，又为何把它看得比其他植物都重要呢？"

肯塔基蓝草又称草地早熟禾，正如科学界所研究的那样，这种植物在全世界无处不在。很多时候，当你偶遇一片柔软翠绿的草坪，你看到的草坪中至少有一部分是肯塔基蓝草。这种植物原产于欧洲、亚洲北部和非洲北部部分地区，但根据《入侵物种汇编》（*Invasive Species Compendium, ISC*），它们现已遍及世界各个大陆的土地，包括南极大陆。

通常来讲，肯塔基蓝草的幼苗有三到四片叶子，形似小独木舟，如果不加修剪，它可以长到三英尺高，并长出蓝色的花头。但人们很少放任它自由生长，至少在我居住的社区里，让住宅周围的草长到六英寸以上属于违法行为。

如果你曾经开车经过我的家乡印第安纳州，当你向车窗外眺望，会看到一片又一片一英里宽的玉米田向远方伸展，随微风摇曳起伏，仿佛连绵的琥珀色波浪。歌曲《美丽的阿美利加》（*America the Beautiful*）曾歌颂过这幅美丽的画面。然而在美国，用于种植草坪的土地和水源比用于种植玉米和小麦的总和还要多。美国的草坪面积约达16.3万平方公里，比整个俄亥俄州或整个意大利的面积还要大。美国几乎三分之一的住宅用水是草坪专用水，包括清洁水和饮用水。通常来讲，肯塔基蓝草需要肥料和杀虫剂以及复杂的灌溉系统才能茁壮生长，尽管这种植物无法食用，也没有任何其他用途，只能供人们在草坪上行走与玩耍，但人类还是一一满足了这些条件。美国产量最高的劳动密集型作物是纯粹的、百分之百的装饰物[1]。

"草坪"（lawn）一词直到16世纪才出现。那时，"草坪"指的是社区居民共享的大片草地，用于放牧和喂养牲畜，而"田地"指的是用于种植可食用植物的土地。直到18世纪，我们现在所熟知的观赏性草坪才在英国出现了。那时，人们手持长柄镰刀和剪刀来养护草坪，因此，如果没有饲养牲畜却仍能维持草坪的规整，那就表明这户人家足够富有，家中雇用了许多园丁，而且有闲情雅致，可以拥有装饰性的土地。

观赏性草坪很快风靡整个欧洲，也席卷了美国大陆。美国第三任总统托马斯·杰斐逊（Thomas Jefferson）在蒙蒂塞洛（Monticello）拥有一个庄园，佣人们悉心修剪，维持着庄园草坪的规整。

久而久之，一个社区草坪的质量开始成为该社区本身质量的代表。在《了不起的盖茨比》中，杰伊·盖茨比在黛西·布坎南（Daisy Buchanan）来访之前付钱请园丁修剪邻居的草坪。或者，我们举一个身边的例子，当我2007年第一次搬到印第安纳波利斯时，我忽然发现自己成了一片草坪的主人，于是我开始努力地养护这片草坪。虽然我们的住宅

---

[1] 如果草坪具有独特的捕获二氧化碳的能力，那人们就能证明它是人类世时代的一个案例。但是草坪养护产生的碳排放比草坪本身能捕获的还要多。从排放的角度来看，种植无须修剪的草、三叶草或常春藤，以及任何不需要持续进行资源密集型护理的草都会更好一些。

面积只有三分之一英亩[1]，但我和我的电动小割草机花了足足两个小时才修剪完整片草坪。一个星期天的下午，我的邻居在我割草时打断了我，邀请我共饮啤酒。我们一起站在修剪了一半的庭院里，他对我说："你知道吗，当年考夫曼（Kaufmann）一家住在这里的时候，这是附近最漂亮的草坪。"

"唔，"我停顿片刻回答道，"但考夫曼一家不住在这里了。"

我们为养护肯塔基蓝草所投入的共享资源数量之多令人震惊。为了抑制杂草的生长，尽可能保证草坪的单一栽培，美国每英亩草坪使用的化肥和农药是玉米和小麦的十倍之多。据美国国家航空航天局（NASA）的一项研究结果显示，要想让美国所有的草坪一年四季都保持绿色，每人每天大约需要匀出200加仑[2]的水，而且几乎所有从洒水器中喷出的水都是经过处理的饮用水。另外，剪下的草屑和其他庭院垃圾占美国垃圾填埋场的12%。还有就是直接的财政支出：政府每年还给草坪养护拨款数百亿美元。

当然，我们也收获了一些回报。肯塔基蓝草铺设而成的草坪是踢足球和玩追逐游戏的绝佳场地。草坪植物能够使地面降温，并避免草坪受到风和水的侵蚀。然而，人们其实还有更好的选择，虽然观赏性会大打折扣。比方说，人们可以腾出前院来种植一些可食用的植物。我很清楚这样做的便利之处，但我仍然选择悉心培育一片草坪。我仍然不知疲倦地照料它，或是付钱请别人帮忙修剪。我不用杀虫剂，也欢迎三叶草和野草莓来我的草坪做客，但是，我的庭院里还生长着许多肯塔基蓝草，尽管这个品

---

[1] 1英亩≈4046.85平方米。——编者注
[2] 1加仑≈3.78升。——编者注

种并不该出现在印第安纳波利斯。有趣的是，与严格意义上的园艺工作相比，草坪养护并不需要人们过多地与大自然亲身接触。你接触的大多是割草机或修整草坪的机器，而不是植物本身。如果你的草坪像盖茨比的草坪那般精致华美，令人梦寐以求，那么你会发现厚厚的草坪之下竟然没有一粒尘土。总而言之，修剪肯塔基蓝草是一次与大自然的近距离邂逅，不过别担心，它不会弄脏你的手。

我认为肯塔基蓝草值得两颗星。

印第安纳波利斯500赛车赛

The Indianapolis 500

★★★★

每年5月底左右,都有25万到35万人聚集在印第安纳州(Indiana)的斯皮德韦(Speedway)的一块小飞地上[1],观看印第安纳波利斯500赛车

---

[1] 这块小飞地是一个位于美国印第安纳波利斯的飞地斯皮德韦的赛车场。这里每年都会举办印第安纳波利斯500大赛和Brickyard 400等主要赛事。椭圆形赛车场全长2.5英里。在1998—2000年加建了场内赛道之后,在2000年至2007年期间,赛车场的场内赛道也曾经举办一级方程式赛事。从2008年起,世界摩托车锦标赛也在此举办。印第安纳波利斯赛车场是美国国家史迹名录和美国国家历史名胜中唯一和赛车历史有关的地标。自1956年,赛车场于场内设有印第安纳波利斯赛车场名人堂博物馆,馆内设有赛车名人堂。赛车场在1987年举行了泛美运动会的开幕仪式。——译者注

赛（Indianapolis500）。这是地球上规模最大的人类年度非宗教聚会。

斯皮德韦被印第安纳波利斯（Indianapolis）围绕，但从严格意义上来讲，它却是独立于印第安纳波利斯的。从根本上说，斯皮德韦通往印第安纳波利斯，就像梵蒂冈（Vatican）通往罗马（Rome）一样。梵蒂冈的比喻还不止于此，斯皮德韦和梵蒂冈都是吸引世界各地游客的文化中心，他们都有一个博物馆。而斯皮德韦的500赛车道，通常被称为"砖厂"[1]，但有时也被称为"速度大教堂"，当然，如果你深入挖掘，梵蒂冈的比喻就不成立了。无可否认，在我去梵蒂冈的几次旅行中，从未有陌生人给过我一杯冰凉的米勒淡啤，而这种情况在我去斯皮德韦的时候却经常发生。

乍一看，印第安纳波利斯500赛车赛似乎是为嘲笑而量身定做的。我是说，实际上比赛只是汽车在不停地兜圈子；赛车手们哪儿也去不了。比赛场地很拥挤，而且通常比赛很激烈。有一年，当我坐在二号弯道附近的看台上时，我的手机壳在我的口袋里都快要融化了。赛车声音也很大，每年5月我在花园里干活时，都能听到赛车的声音，尽管赛车道离我家有五英里。

作为一项观赏性很强的运动，印第安纳波利斯500赛车大赛还有很多不尽如人意的地方。无论你在哪里，你都看不到整个赛道，所以当重要的事件发生，你也无法及时了解情况。因为有些赛车比其他赛车领先几圈，所以你几乎不可能知道是谁在比赛中获胜了，除非你带着超大的耳机收听你正在观看的赛事的广播。因此，每年绝大多数观看体育赛事的人，其实都看不到大部分的比赛内容。

---

1 印第安纳波利斯赛车场建造于1909年，最初是由300多万块砖头砌成，因此"砖场"之名不胫而走，它是世界上历史悠久的赛道之一。——译者注

但根据我的经验，如果你仔细观察，几乎所有容易被嘲笑的东西都会变得有趣。印第安纳波利斯 500 赛车赛的特点是开放式赛车，也就是说，车轮没有挡泥板覆盖，驾驶员的驾驶舱也对外界开放。一些真正令人惊叹的工程技术让这些汽车在 2.5 英里的赛道上以超过 220 英里/小时的速度行驶。汽车的速度必须很快，但速度也不能太快，否则弯道上的作用力会导致驾驶员失去知觉。这些汽车必须反应灵敏、能预判危险而且安全可靠，因为当汽车以 220 英里/小时的速度行驶时，这些开轮式赛车[1]往往彼此相距只有几英寸。一百多年来，印第安纳波利斯 500 赛车赛一直在研究一个人类世里人们特别关注的问题：人与机器之间的正确关系究竟是什么？

今天，除了终点线的一码红砖外，这条赛道完全是由沥青铺就的了，但当 1911 年 5 月 30 日举行第一届印第安纳波利斯 500 赛车赛时，这条赛道全部是用砖铺成的——总计有 320 万块砖，所以那时我们称它为"砖厂"。第一届印第安纳波利斯 500 赛车大赛的获胜者是雷·哈伦（Ray Harroun），他驾驶的是一辆由他自己发明的具有自身特色——有后视镜的汽车。事实上，许多早期的汽车创新者都参与了印第安纳波利斯 500 赛车赛。创立汽车公司的路易斯·雪佛兰（Louis Chevrolet）更是拥有一支车队。他的兄弟加斯顿（Gaston）在 1920 年赢得了印第安纳波利斯 500 赛车赛的冠军，但在那年晚些时候却死于比佛利山（Beverly Hills）高速赛道上的一场比赛中。

事实证明，赛车是一项非常危险的运动，在印第安纳波利斯高速公

---

[1] 是赛车的一种款式，指轮胎位于赛车外部，而且通常只有一个席位的赛车。——译者注

路的赛车历史上,已有42名车手丧生,此外还有更多的人受伤,而且有些人的伤势非常严重。2015年,驾驶员詹姆斯·辛奇克利夫(James Hinchcliffe)在高速赛道上发生车祸,车祸导致他的一条股动脉被切断,他差一点为此而殒命。但我们无法逃避一个令人不安的事实:赛车的刺激之一就是车手离灾难的边缘有多近。正如传奇车手马里奥·安德雷蒂(Mario Andretti)所说:"如果一切似乎都在控制之中,那就是你的速度还不够快。"

但是我确实认为赛车可以完成一些事情,它把人和机器都带到了可能的边缘,在这个过程中,我们作为一个物种会变得更快。在1911年的印第安纳波利斯高速赛道上,雷·哈伦花了6小时42分钟才跑完500英里;而在2018年,优胜者威尔·鲍尔在不到3小时的时间内就完成了比赛。

顺便说一句,那是他的真名,威尔·鲍尔(Will Power),一个好小伙。有一次,我站在威尔·鲍尔旁边的一个代客泊车处,当贴身男仆带着我的雪佛兰2011 Volt出现时,威尔·鲍尔对我说:"你知道的,我也是雪佛兰驾驶员。"

但印第安纳波利斯500赛车大赛指数并不是真的要跑得快,而是要比其他人跑得更快,这反映了我对人性的最高关注:我们似乎无法抗拒获胜的冲动。无论是攀登埃尔卡皮坦(El Capitan),还是去太空,我们都想这样做,但我们也希望比任何人都先这样做,或者比任何人都快。这种动力推动我们作为一个物种向前发展,但我担心它也将我们推向其他方向。

***

不过,印第安纳波利斯500大赛那天,我不想知道这场比赛意味着什么。我没有考虑人类和机器之间日益缩小的区别,也没有考虑人类世不断加快的变化速度。相反，我只是高兴而已。

我最好的朋友克里斯·沃特斯（Chris Waters）把印第安纳波利斯500赛车大赛称为成年人的圣诞节。我的比赛日从早上五点半开始，我泡了一杯咖啡，看了看天气，然后在背包里装满了冰、水、啤酒和三明治。六点的时候，我正在检查我的自行车，以确保轮胎充好气，我的修补工具也准备好了。然后我骑自行车去鲍勃的食品超市和我的朋友会和，开始沿着印第安纳波利斯的中央运河拖道进行美丽的清晨自行车之旅。有的年份，下雨寒冷；而其他年份，则酷热难耐。但它总是美丽的，与我的朋友和他们的朋友一起骑着车、开着玩笑，我和他们中的许多人一年只能见一次面。

我们骑车去巴特勒大学（Butler University's）附近的赛道，每年这一天的早上七点，我们的两个朋友会在那里进行一英里的比赛。印第赛车一年比一年跑得快，但他俩短跑的速度变慢了。我们下注，赌他们中的谁会赢，然后我们骑上自行车再走几英里，在印第安纳波利斯艺术博物馆外再次停下来，在那里我们遇到了更多的人，直到我们成为一个大约有一百辆自行车的旅行团。我们骑车经过时，每个人都向我们挥手致意。"祝你比赛顺利，"我们彼此说道，你看，我们始终都在一起。我们骑自行车直到第十六街的小道尽头，接下来开始向西做长途旅行，尽管距离比赛开始还有五个小时，但到这里时我们已经与逐渐拥堵的车流汇合了。我们一路骑自行车，紧张地走了十个街区，然后拐进了斯皮德韦小镇。人们坐在外面的门廊上，偶尔传来一阵不知来源的欢呼声。每个人都把自己的前院当作停车场出售，大声叫卖价格。现在噪音的等级正在不断上升，我虽然不喜欢人群，但我喜欢这群人，因为现在这里称"我们"，不需要说"他们"了。

我们到了高速赛道之后，就把自行车拴在 2 号弯道附近的栅栏上，然后各自分散而去。一些人喜欢从 2 号弯道开始观看比赛；也有一些人喜欢在起点或者终点线观看比赛。接下来还有更多的传统活动上演：有人开始唱《回到印第安纳州的家》；一些二流名人说，"车手们，启动你的引擎"；暖胎圈；当然还有比赛本身也是传统。遵守传统是一种与人相处的方式，不仅是与现在正在遵守传统的人，而且是与所有遵守传统的人的相处方式。

我能够用现在时态写下这些，因为这些传统是一种延续——是的，它们确实曾经发生过，但它们仍然在发生，并且将继续发生。这种连续性的断裂是导致我在 2020 年 5 月艰难度日的部分原因。随着疫情的蔓延，我感觉自己似乎从自以为的现实中解放出来。最近发生了如此多的事情——戴着"面具"（口罩），使我意识到，我接触到的每一个物品的表面，或我遇到的每一个人，都将变得非常平凡。也是最近，如此多平淡无奇的事情正变得非同寻常。

在 2020 年阵亡将士纪念日之前的那个星期天，我像往常一样收拾好背包，莎拉像往常一样骑上了自行车。在鲍勃的食品市场附近，我们遇到了我们的朋友安·玛丽（Ann-Marie）和斯图尔特·凯悦（Stuart Hyatt）。我们戴着"面具"（口罩）骑车去高速赛道，那里的大门都被锁上了。我们坐在一个空旷的停车场，这里是如此安静，不可思议的安静。比赛最终在 8 月份才举行，并且是第一次在没有观众的情况下举行。我在电视上看了比赛，但觉得无聊透顶。

我想回到 2018 年。我们许多人把自行车锁在铁丝网栅栏上，分散在拥挤的看台上的各个座位。四五个小时后，我们将在栅栏前会合，解开自行车锁，在回家的路上重复这些仪式。我们将谈论这件事是怎么发生的，那件事是怎么发生的，我们是如何为威尔·鲍尔感到高兴的，他是一个很好的人，最终赢得了印第安纳波利斯500赛车赛的胜利。我要讲述威尔·鲍尔的故事，却不曾料到我的许多朋友也知道威尔·鲍尔的故事。即使在今天，斯皮德韦仍然还是一个小镇，但好在我们一直在这里。

我要给印第安纳波利斯500赛车赛四颗星。

《大富翁》

Monopoly

当我和我的家人玩《大富翁》（MONOPOLY）这款以让你的同伴破产为目标的棋盘游戏时，我有时会想到《通用回形针》，也可以叫作《环球纸夹》（*Universal Paperclips*），这是由弗兰克·兰茨（Frank Lantz）在2017年创作的一款电子游戏。在《通用回形针》中，你扮演人工智能的角色，该智能角色已被编程为创建尽可能多的回形针。随着时间的推移，你会生产越来越多的回形针，直到最终耗尽地球上所有的铁矿石，然后你会将探测器送到外层空间，从其他行星上开采回形针材料。经过几个小时的比赛，你终于赢得了胜利：你已经把宇宙中所有可用的资源都变成了回形针。你做到了，祝贺你！他们每个人都死了。

在《大富翁》游戏中，当你在一个正方形的棋盘上移动时，你会在不同的地产上着陆。在最初版本的游戏中，地产是来自新泽西州（New Jersey）大西洋城（Atlantic City）的虚构版本，但这取决于地区和版本。例如，在游戏《神奇宝贝》（Pokémon）版本中，地产包括蔓藤怪（Tangela）和雷丘（Raichu）。不管怎样，如果你停在无人认领的地产上，你就可以购买它，如果你通过购买相关地产建立起垄断，你就可以建造房屋和酒店。当其他玩家在你拥有的地盘上着陆时，他们必须向你支付租金。只要你获得足够的财产，你的队友就无法承受租金，他们就会破产。

《大富翁》游戏有很多问题，但这也许就是这款游戏能持续发展这么久的主要原因。八十多年来，它一直是世界上最畅销的棋盘游戏。它的问题也就是我们的问题：就像生活一样，垄断开始时发展得非常缓慢，随后变得非常快。就像生活一样，人们在其结果中找到了意义，即使游戏主要是针对富人和特权阶层的操纵，但只要它没有被操纵，它就是随机的。就像生活一样，如果你拿走了朋友们的钱，他们会发疯，然后不管你多富有，你内心的空虚还是会不断扩大，金钱永远也无法填补完这个空隙。但是，由于被那些疯狂的且不受监管的企业所吸引，你仍然相信，如果你再多开几家酒店，或者从朋友那里拿走他们剩下的几块钱，你最终就是完美无缺的。

对我来说，垄断最糟糕的一点是它对资本主义的复杂、自相矛盾的分析。这个游戏本质上是关于如何获得土地，实际上是一个掷骰子的游戏，以及对垄断企业的剥削本质的探索，即如何使少数人致富而使多数人贫穷。然而，游戏的重点是尽可能地致富。

垄断者对经济不平等的含沙射影也像生活一样，至少在垄断者的祖国——美国，我们中的许多人对亿万富翁的看法就像我对中学时受欢迎的孩子的看法一样。我鄙视他们，但也拼命想成为他们。在《大富翁》的案例中，游戏主题的不一致性很大程度上是其复杂起源故事的产物，这一故事比游戏本身更能说明资本主义的本质。

这是《大富翁》游戏目前的所有者孩之宝（Hasbro）告诉我们的，这是一个"创世神话"：1929 年，股市大崩盘之后，40 岁的查尔斯·达罗（Charles Darrow）失去了在费城的工作，被迫以挨家挨户做推销为生。但在 1933 年，他发明了棋盘游戏《大富翁》，最终获得了该游戏的专利，并将其授权给帕克兄弟（Parker Brothers）公司。达罗成为第一位棋盘游戏的百万富翁，这是一个白手起家的故事，讲述了一位美国发明家通过兰迪安·布朗（Randian brow）额头上的汗水获得成功的故事。

这是一个伟大的故事，事实上它是如此伟大，以至于《大富翁》的许多副本都印上了达罗的传记和规则。今天，在大西洋城甚至有一块纪念查尔斯·达罗的牌匾。可这个故事唯一的问题是，查尔斯·达罗并没有发明这款《大富翁》游戏。

大约三十年前，一位名叫伊丽莎白·麦琪（Elizabeth Magie）的女士创造了一款名为《房东的游戏》（Landlord's Game）的棋盘游戏。正如玛丽·皮隆（Mary Pilon）在其精彩的著作《垄断者》（The Monopolists）中所详述的那样，麦琪是一位作家和演员，她以速记员和打字员的职业来支持自己的艺术追求，但这是她最讨厌的工作。"我希望有建设性，"她曾说，"而不仅仅是一个机械工具，用来把一个人的口头想法传递到信纸上。"

在她有生之年，麦琪最为人所知的是一则报纸广告，在广告中她将自己出售给出价最高的人。她形容自己"不漂亮，但很有魅力"，是一个具有"强烈波希米亚特征"的女人。这则成为全国新闻的广告旨在提醒人们注意美国生活中各个方面存在的对妇女的歧视，这迫使她们离开工作岗位，在婚姻中扮演屈从的角色。她告诉记者："我们不是机器，女孩们也有思想、欲望、希望和抱负。"

麦琪还认为，如果经济体系没有更大的变化，任何女权运动都不可能成功。"在很短的时间内，"她说，"男人和女人会发现他们很穷，因为卡内基（Carnegie）和洛克菲勒（Rockefeller）拥有的东西可能比他们知道的都要多。"为了向全世界展示这一点，麦琪在1906年研发了《房东的游戏》。麦琪是经济学家亨利·乔治（Henry George）的追随者，正如安东尼娅·努里·法赞（Antonia Noori Farzan）在《华盛顿邮报》（*Washington Post*）上所说的："铁路、电报和公共事业应为公有，而不是由垄断企业控制，土地应被视为公共财产。"

麦琪设计了《房东的游戏》来说明乔治的想法，并相信当孩子们玩这款游戏时，他们会"清楚地看到我们目前土地制度的严重不公正"。《房东的游戏》在许多方面与《大富翁》非常相似：像《大富翁》一样，它有一个带有财产的方形董事会；像《大富翁》一样，如果你做得不好，你可能会坐牢。但麦琪发布的游戏有两套规则：其中一套规则的目标——像当代垄断一样，是让你的对手变得穷困潦倒，而你获得土地垄断权；在另一套规则中，正如皮隆所说，"当财富被创造出来时，所有的东西都被归还"。一套规则表明，租金制度如何使房东富裕、房客贫穷，并随着时间的推移导致资本集中在越来越少的人手中；另一组套规则则试图提出一种更好的方式，让多数人创造的财富被多数人享有。

***

事实证明，《房东的游戏》中的垄断者规则更受欢迎，大学生了解了这个游戏后玩起手游版本，之后扩展并修改了规则，使之更像我们今天所知道的《大富翁》。1932 年，印第安纳波利斯（Indianapolis）发行了一款名为《迷人的金融游戏》（Fascinating Game of Finance）的游戏，一位名叫露丝·霍斯金斯（Ruth Hoskins）的女士在印第安纳波利斯学会了这个游戏，她很快就搬到了大西洋城，并根据她的新家乡的实际情况改编了游戏。霍斯金斯教授了很多人这个游戏的玩法，包括后来搬到费城的一对夫妇，他们在费城教会了一个叫查尔斯·托德（Charles Todd）的人如何玩这款迷人的金融游戏，而这个人又教会了查尔斯·达罗。然后，达罗要了一份规则副本，修改了一些设计，并为游戏申请了专利，于是很快成了百万富翁。

以下也是查尔斯·达罗没有发明垄断游戏的原因：马尔文花园（Marven Gardens）是大西洋城附近的一个社区，在查尔斯·托德通过露丝·霍斯金斯学习的游戏版本中，该社区被拼错为马文花园（Marvin Gardens）。这种拼写错误在达罗版本的游戏中反复出现，所以说查尔斯·达罗并没有发明《大富翁》游戏。

因此，我们听到的一个因天才而得到合理奖励的人的故事，其故事原来要复杂得多，一个女人创造了一个游戏，成千上万的合作者通过玩它而改进了这个游戏。资本主义运转的故事变成了资本主义失败的故事。这么多人的成果被达罗的垄断行为抢走了，但伊丽莎白·麦琪的失败尤其令人难堪，因为垄断不仅埋葬了她的游戏，也埋葬了她努力分享的理想。麦琪对不受监管的资本主义的谴责转变为通过让他人变穷来致富的庆祝。

在《大富翁》的游戏中，权力和资源分配不公平，直到一个人最终拥有一切，只有在这种意义上才是查尔斯·达罗的游戏。尽管如此，在麦琪首次推出《房东的游戏》一百多年后，孩之宝继续将查尔斯·达罗视为《大富翁》的发明者，并且只会说伊丽莎白·麦琪，"历史上有很多流行的房地产交易游戏。伊丽莎白·麦琪——作家、发明家和女权主义者——是垄断游戏的先驱之一"。简言之，孩之宝仍然拒绝承认他们攫取的土地从来都不是他们的。

所以，我只能给《大富翁》一颗半星。

《超级马里奥卡丁车》

Super Mario Kart

★★★★

　　《超级马里奥卡丁车》[1]是一款体育竞速类游戏，1992年由任天堂游戏公司[2]首次发行，游戏中马里奥系列的角色蹲坐在卡丁车顶上，姿势很像

---

1 《超级马里奥卡丁车》：以下简称《马里奥卡丁车》。——译者注
2 任天堂游戏公司：任天堂是日本一家主要从事电子游戏软硬件开发的公司，电子游戏业三巨头之一，现代电子游戏产业的开创者。任天堂创立于1889年9月23日，以生产花札起家，20世纪70年代后期投入电子游戏产业，1983年推出了第一代家用游戏机FC。——译者注

我在骑我女儿的小三轮车。这款游戏最初设定为世界一级方程式锦标赛[1]赛车游戏，但由于技术上的限制，设计者不得不建造紧密交织的轨道，而这种轨道只有卡丁车才能行驶。该游戏由《超级马里奥兄弟》的首席设计师和电子游戏传奇人物宫本茂（Shigeru Miyamoto）共同制造，宫本茂后来提到说："我们从一开始就希望这款游戏可以为两个玩家实时显示游戏屏幕。"这种分屏模式也是初代《超级马里奥卡丁车》如此盛行的部分原因。

游戏中，玩家可以从马里奥系列的八个角色中进行选择：碧琪公主（Princess Peach）[2]、马里奥（Mario）[3]、路易基（Luigi）[4]和大金刚（Donkey Kon, Jr）[5]，每个角色都有其特定的优缺点。比如说，库巴（Bowser）[6]很强

---

[1] 一级方程式赛车（Formula One，简称 F1）是由国际汽车联盟（FIA）举办的最高等级的年度系列场地赛车比赛，全名是"一级方程式锦标赛"。F1 被很多人认为是赛车界最重要的赛事，同时也是最昂贵的体育运动，其赛车往往采用汽车界最先进的技术。每年约有 10 支车队参赛，经过 16 至 20 站的比赛来竞争年度总冠军的宝座。F1 赛车发源于欧洲，今天已风靡全球。——译者注

[2] 碧琪公主的性格温和文静，有一头金色的长发，身穿粉红色的长裙，是一个被库巴不断绑架的蘑菇王国公主，最后马里奥救回了她。在这款游戏里，她的攻击方式是拿平底锅攻击敌人。——译者注

[3] 马里奥是游戏里站在顶峰的超人气多面角色，靠吃蘑菇成长，外貌特征非常独特，长着大大的鼻子，头戴帽子，身穿背带工作服。——译者注

[4] 路易基在游戏里的设定是意大利籍美国人，是一位水管工，长相和马里奥有很多类似的地方，留着大胡子，戴着 L 标记的帽子，性格内向的他总是希望以后能过上平静的生活。——译者注

[5] 大金刚是生活在热带丛林的大猩猩，无忧无虑、力大无穷，它的性格憨憨的、笨笨的。——译者注

[6] 库巴的身躯巨大，背上有巨刺甲壳。他是游戏里的大魔王，非常邪恶凶暴，通过抢走碧琪公主向马里奥挑战。——译者注

壮，以最高速度跑起来很快，但加速很慢。而奇诺比奥（Toad）[1]速度快，操控性好，但他的最高速度较低。当你选择完角色（初玩者我推荐路易基），就会开始在越开越梦幻离奇的赛道上与其他七个车手对决。常规的卡丁车道、一艘幽灵船、一座城堡或者是著名的彩虹道，都有可能是你行驶的赛道。其中彩虹道是最刺激的，它有很多没有护栏的急弯，因此很容易就跌入深渊。

《马里奥卡丁车》发行时，我在读十年级，这款游戏为电子游戏历史添上了最为浓墨重彩的一笔。我和朋友玩了数百个小时，它陪伴我们度过了整个高中生活，以至于到现在一听到它的背景音乐，就能一下子把我拉回到那些场景中：在铺着油毡的寝室的空气中，散发着汗水和佳得乐（Gatorade）的味道，我坐在一代代学生传下来的金色超细纤维沙发上，想要在"蘑菇杯"（Mushroom Cup）的最后一场比赛中打败我的朋友奇普和肖恩。

我们在玩这个游戏的时候很少谈论游戏本身，反而会聊爱情上的失意，或者老师压迫我们的手段，抑或是在我们这种类似寄宿学校的封闭环境里的各种八卦。虽然我们不谈论《马里奥卡丁车》，但我们需要它，因为这样我们就有理由待在一起，三四个人挤在沙发上，那种和大家待在一起时亲密无间的和谐氛围，我仍记忆犹新。

自从我上高中后，《马里奥卡丁车》也进行了升级改版。在最近发布的《马里奥卡丁车8》中，你可以飞行，也可以在水下行驶，还可以倒立行驶，甚至还可以从几十个可玩的角色和车辆中选择你喜欢的那一个。但游

---

[1] 奇诺比奥拥有红点蘑菇头，性格天真开朗，喜欢帮助别人。——译者注

戏的核心并没有发生什么变化，在大多数情况下，《马里奥卡丁车8》获胜的方式与1992年的版本基本相同，那就是尽可能在最直的路线上行驶，并且能够灵活地转弯。这需要一定的技巧，比如说通过漂移更好地提高速度以通过弯道，还有一些超车策略。但在最初的版本里几乎全是直道。

与最初的版本相比，升级后的版本有一处不同，那就是游戏中增添了"问号箱"[1]。而这一改动究竟使《马里奥卡丁车》成了一个出色的游戏，还是一个有问题的游戏，这取决于你认为游戏应该肩负怎样的使命。在游戏中，当你在赛道上行驶时，你可能会经过"问号箱"，这时你会获得以下几种工具中的一种。你可能会得到一个"冲刺蘑菇"，凭此能获得一个一次性的加速机会；还可能得到一个"红色龟壳"，它是一种寻热导弹，会追击并撞倒前面的卡丁车；或者你会得到梦寐以求的"闪电"，它能够使所有的对手身体变小、速度变慢，而你仍然像平常一样身形庞大且速度迅猛。在新版《马里奥卡丁车》中，"问号箱"甚至可以让你有机会在几秒钟内变身为"炮弹比尔"——一颗超速行驶的子弹，它能以惊人的速度转弯，并摧毁途径赛道的每一辆卡丁车。

有一次我和儿子一起玩《马里奥卡丁车8》，因为我已经玩了26年的《马里奥卡丁车》了，所以我在游戏中一直领先于他。但在最后一圈时，他从一个"问号箱"中得到了"炮弹比尔"，然后就从我身边呼啸而过，赢得了比赛，并在这个过程中撞翻了我的卡丁车，最终我只获得了第四名。

这种场景在游戏中经常发生，因为"问号箱"知道你是否暂时位居第

---

[1] 问号箱是一个黄色的正方体箱子，带有"？"标志，卡丁车在经过时会获得问号箱里相应工具，例如："冲刺蘑菇""闪电""炮弹比尔""红色龟壳"。但未经过前并不知道究竟会遇到哪一种工具。——译者注

一。如果你恰巧是，你通常会遇到香蕉皮或者硬币，但这些都对提速没什么用，你不会得到加速的子弹；但如果你是最后一名，打个比方，一个8岁的孩子[1]在灰头土脸地玩《马里奥卡丁车》中的一名老手角色[2]，就更有可能得到"闪电"或"炮弹比尔"或"冲刺蘑菇"。

在游戏中，技术最好的玩家通常能获胜，但是运气也在其中发挥着重要作用，所以说《马里奥卡丁车》更像扑克，而不是象棋。

这就产生了一些不同的观点。一种观点是，因为有了"问号箱"，任何人都能赢，所以游戏更为公平；另一种观点是，因为有了"问号箱"，最有技巧的人并不总是赢家，所以游戏变得不公平。你对"问号箱"的看法取决于你的世界观。

从我自己的经历来讲，现实生活与《马里奥卡丁车》游戏恰恰相反。在现实生活中，当你领先时，你会获得更多的力量提升道具，从而取得更大的进步。我的一本书在商业上获得成功之后，我曾经办理过业务的银行打电话通知我，即使我使用另一家银行的自动取款机，也不会再向我收取跨行手续费。为什么呢？因为银行里存款多的人可以得到各种特权，只因为他在银行里存有足够的积蓄。他们今后还会获得更大的权力，如大学毕业后没有债务的特权，或作为白人的特权，或作为男性的特权。当然，这并不意味着拥有强大道具的人就会成功，也不意味着没有道具加持的人就不会成功。然而，我并不认同这些结构性道具是无关紧要的。我们的政治、社会和经济体系偏向于本就富有的人和本就强大的人，这就是美国理想民主的最大败笔。而我的整个人生都直接而深刻地受益于道具的加持。

---

1 比喻操作不娴熟的新手。——译者注
2 比喻玩家所选择的角色的系列操作相对而言较复杂。——译者注

在生活中，几乎每次遇到"问号箱"时，我至少会获得一个"红色龟壳"。这种情况经常发生，所以我们这些从道具中获益的人很容易将其视为公平。但如果我装聋作哑，不把我的成功在很大程度上归功于现实的不公平，我就会顺势获得更多的财富和机会。

有些人可能会争辩说，游戏应该奖励那些天赋异禀、技能卓越并且不懈努力的人，因为在现实生活中不会如此。但于我而言，真正的公平是每个人都享有获胜的机会，即使有些玩家手非常小以至于不适合操作游戏，或是从1992年开始就没接触过这个游戏。

在这样一个万事万物（包括游戏）都十分偏激的时代，《超级马里奥卡丁车》着实令人耳目一新，我会给它打四颗星。

博纳维尔盐滩

Bonneville Salt Flats

★★★★

2018年冬天，我和莎拉去了文多弗（Wendover），一个横跨犹他州（Utah）和内华达州（Nevada）边境的小镇。在那里时，我们几乎是在工作完成之后才想到去参观博纳维尔盐滩——一个由细密的盐颗粒结晶组成的峡谷奇迹，位于大盐湖（Great Salt Lake）西岸。

莎拉是我最喜欢的人。在诗人简·肯庸（Jane Kenyon）去世后，她的丈夫唐纳德·霍尔（Donald Hall）写道："我们并不是一天到晚都凝视着对方的眼睛。当只剩我们彼此时，抑或是我们中的一个陷入困境时，我们才会凝视对方。但大多数时候，我们的目光会在注视'第三件事'时相遇并交织在一起。'第三件事'对婚姻的维系至关重要，因为夫妻双方能够从中获得共同的喜悦和满足，物品、工作、生活习惯、艺术、风俗、游戏或者是人本身，都能算作'第三件事'。妻子和丈夫是独立的个体，两人结合在一起就形成了对世界的双重关注。"霍尔认为，"第三件事"有可能是约翰·济慈（John Keats），有可能是波士顿交响乐团（Boston Symphony Orchestra），也可能是荷兰内景画（Dutch interiors），还可能是夫妇二人的孩子。

我们的孩子是莎拉与我联结的纽带，但我们也有其他"第三件事"，比如周日《纽约时报》的填字游戏、我们一起读过的书、电视节目《美国谍梦》（*The Americans*）等。

我们的首个"第三件事"是艺术。

我和莎拉在亚拉巴马州的同一所高中就读，我们自幼相识，但直到2003年同住芝加哥时才开始真正有所接触。当时莎拉在一家美术馆工作，在我们偶遇几次并进行了一些邮件交流之后，她邀请我参加美术馆的一个展览开幕式，展出的是艺术家鲁比·奇什蒂（Ruby Chishti）的雕塑作品。

我之前没有去过美术馆，在世的艺术家的名字一个都叫不出来，但奇什蒂的雕塑作品深深地吸引了我。那天晚上，莎拉在工作之余抽出时间和我谈论奇什蒂的艺术作品，那是我第一次感受到我在这个世界上最喜欢的一种感觉——当我们一起注视着"第三件事"，我们俩的目光相遇并交织在一起的感觉。

几个月之内，我们有了几十次的邮件来往，随后决定成立一个二人读书俱乐部。莎拉选择菲利普·罗斯（Philip Roth）的《人性污点》（*The Human Stain*）作为我们共同阅读的第一本书。后来，在见面讨论这本书时，我们发现彼此都在同一段话下面划了线，"快乐并非占有一个人，而是有幸和你的某位竞争者共处一室。"

十五年后，我们在文多弗拍摄《艺术作业》（*The Art Assignment*）[1]，这是莎拉与美国公共电视网数码工作室（PBS Digital Studios）共同制作的一个系列作品。拍摄期间，我们领略了艺术家威廉·拉姆森（William Lamson）的装置艺术和美国西部不朽的大地艺术，有南希·霍尔特（Nancy Holt）的作品《太阳隧道》（*Sun Tunnels*）和罗伯特·史密森（Robert Smithson）的作品《螺旋防波堤》（*Spiral Jetty*）。晚上，我们住在小镇靠近内华达州一侧的一家赌场酒店。第二次世界大战期间，向广岛投下原子弹的机组人员就在文多弗训练，但他们很久以前就撤走了。人们现在大多是为了赌场或是附近的盐滩而来。

出于一些原因，我很喜欢待在赌场。赌场喜欢"欺负"弱势人群并使他们上瘾，那里环境吵闹、烟雾缭绕、恶心、可怕，但我无法控制自己。我喜欢坐在桌前和陌生人一起玩牌，这天晚上，我和一个来自得克萨斯州大草原区（Texas panhandle）的名叫马乔里（Marjorie）的女人玩牌，她告诉我，她已经结婚61年了。我向她请教维持婚姻的秘诀，她回答道："有独立的支票账户就行。"我又问她为什么来文多弗，她说想看看盐滩，当然还有赌场，她和她的丈夫每年都会腾出一个周末用来赌博。我问她赌得怎么样，她回答道："你的问题太多了。"

---

[1]《艺术作业》在后来激发莎拉写下《你是个艺术家》（*You Are an Artist*），该书将当代艺术家的艺术提示与艺术史、创作技巧相结合。

在赌博的时候，我会与他人攀谈。但在其他环境下，我都非常厌恶与陌生人打交道，我不会和飞机上的邻座、出租车司机聊天，因为在大多数情况下，我与别人交谈时尴尬又紧张。但是如果把我和马乔里放在21点纸牌游戏[1]的赌桌上，我便会化身为佩里·梅森（Perry Mason）——一位巧舌如簧的审判师。

我们赌桌上还有一个人，她是一位来自俄勒冈州中部的87岁老人，名叫安妮，也不太喜欢说话，所以我只好将目标转向那位发牌人，他只好遵守条款与我交谈起来，因为这是他的工作内容。他留着小胡子，戴着一个标签，上面写着他的名字——詹姆斯。我弄不清他是21岁还是41岁，我又问他是不是来自文多弗。

"土生土长。"他回答道。

我问他觉得文多弗怎么样，他告诉我这里是个好地方，很适合徒步旅行，还可以打猎和钓鱼，如果喜欢飙车的话，盐滩平地是个不错的选择。

过了一会儿，他说："不过，这儿不是一个适合孩子游玩的地方。"

"你有孩子吗？"我问道。

"我没有孩子，但我曾经是孩子。"他这样回答。

我有一套特定的说辞来避开我不想谈论的事情，也许所有人都是如此。我们掌握结束谈话的方式，这样就不会被直接问及难以回答的问题。詹姆斯说完自己曾经是个孩子之后沉默了片刻，这倒是提醒了

---

[1] 21点纸牌游戏又名黑杰克（Blackjack），起源于法国，已流传到世界各地，有着悠久的历史。现在在世界各地的赌场中都可以看到21点纸牌游戏。随着互联网的发展，21点纸牌游戏开始走向网络时代。该游戏由2到6个人玩，使用除大小王之外的52张牌，玩家的目标是使手中的牌的点数之和不超过21点且尽量大。——译者注

我，我也曾是个孩子。当然，詹姆斯有可能只是想表达文多弗没有游乐场（playground），但我不是这样想的。我开始出汗了，赌场充斥着各种噪音——老虎机的叮当声、骰子桌前的叫喊声，突然让人喘不过气来。我想到了福克纳的那句老话：过去没有消逝，甚至没有成为过去。成年人的一个奇怪之处在于，你既是现在的自己，也是所有曾经的自己；那些你已经跨越却无法完全摆脱的自己，如今都能在你身上找到痕迹。我打完了这把牌，给了发牌人小费之后便谢绝了牌桌上的交谈，然后把剩下的筹码全部兑现了。

第二天早上，我和莎拉以及她的几个同事开车去了博纳威尔盐滩。直到14500年以前，文多弗一直藏在博纳维尔湖的湖水深处，博纳维尔湖是一个巨大的咸水湖，面积达19000平方英里，几乎和现在的密歇根湖的一样大。在过去的五亿年里，博纳维尔湖先是消失，然后又重新形成，这样的过程在重复了几十次后，它的残迹就演变成现在的大盐湖，虽然这片大盐湖的面积还不到曾经的博纳维尔湖的十分之一。该湖最近的一次退潮形成了博纳维尔盐滩，这是一片三万英亩的广袤土地，只是它完全是空地（utterly empty），而且比煎饼还要平。

雪白的地面像干燥的嘴唇一样裂开，在我的脚下嘎吱作响，我闻到了盐的味道。我一直试图描述这片盐滩，但我的大脑只能找到高度形象的比喻：它就像深夜独自开车时的感觉，像你害怕大声说出来的一切，像波涛袭来之前海水从岸边退去的那一瞬间。

美国作家赫尔曼·梅尔维尔（Herman Melville）称白色为"无色却又五彩斑斓的"颜色，他写道，白色"笼罩着宇宙无情的空虚和无垠的空间"，而博纳维尔盐滩则白到了极致。

当然，地球上的一切都属于地质现象，但在盐滩，你会真实地感觉到地质现象的存在。不难相信，这片土地曾深入水下五百英尺，你能感觉到咸咸的、绿黑色的海水随时都有可能冲回来，淹没你和你曾经的创伤，淹没这个小镇，淹没艾诺拉·盖号轰炸机（Enola Gay）待装原子弹的机库。

仰望远处若隐若现的山脉，我想起了大自然一直在告诉我的一件事：人类不是地球的主角。如果有主角的话，那就是生命本身，生命使地球和星光成为比他们本身更有意义的东西。然而在人类世时代，人类更倾向于相信世界无论如何都是为了我们的利益而存在。因此，博纳维尔盐滩必须能够为人所用，不然它为什么会存在？那干燥的盐碱地上寸草未生、一片荒芜，但人类还是发现了它的用途。过去的一百年里，盐滩开采出钾盐，用于制造肥料；这里的一长段平地也成了有名的飙车街。1965年，克雷格·布瑞勒夫（Craig Breedlove）驾驶着一辆涡轮喷气式汽车，以每小时600英里的速度行驶，创下了陆地最高时速的记录。

赛车季节仍然能够吸引成千上万的人来到这里，但在大多数时候，此地的景观就是一个背景板。不管是电影《独立日》（Independence Day）和《最后的绝地武士》（The Last Jedi），还是时尚摄影和Instagram帖子，都将博纳维尔盐滩作为一处美丽的布景。我在这里参观时，也试图调整自拍角度，希望照片看上去像是我独自一人在这片空地上。

我们在盐滩上行走了一段时间，离开了那条通往平地的路，我开始感到真正的孤独。有一次，我看到远处有一个闪闪发光的水潭，但当我走近时却发现那只是一座海市蜃楼。我从前一直以为海市蜃楼是人们虚构出来的，但直到今日才亲眼所见。我继续行走，缓缓想起了那位纸牌游戏的发牌者，我还想到作为一个孩子，清楚自己无法左右大人对自己的所作所为，会感到怎样的刻骨铭心的恐怖。

莎拉大声叫我，我转过身来。但是她离得太远了，我听不清她在说什么。她向我招手，于是我往回走，直到我能听清她的话才停下。她说我妨碍了节目的无人机拍摄，问我可不可以去到她身边，我照做了。我站在莎拉身边，看着无人机飞过盐滩，我们的目光交织在一起，我感觉平静多了。我开始回忆那些曾经的自己，回忆过去的一个个我是如何拼搏、战斗和生存，并拼凑成了现在的我，让我有幸领略此刻的奇情幻景。我和莎拉并肩而立，面前的盐滩似乎有了一丝变化，不似先前那样传达着一种冷漠的威胁。

我给博纳维尔盐滩打三颗半星。

土井博之的"圆圈画"

Hiroyuki Doi's Circle Drawings

★★★★

　　我有件特别不可思议的事情，我已经签了50多万次自己的名字。这始于2011年，当时为了让我的第四部小说《无比美妙的痛苦》初印时的第一版都能有签名，我就先在纸上签名，然后装订时把签好的纸放进去。在几个月的时间内，我签了大约有15万张纸。签名的时候，我会听播客或者有声读物，但更多时候，我只是一个人坐在地下室里一张张地签着。我从来没有觉得这很无聊，因为每次我都想呈现出我脑中那个签名的理想样式，但一直都没有完全实现[1]。

专注于重复性行为呈现出的细微变化，对我始终具有难以解释的吸引力。我的大脑中有一种非常特殊的痒感，重复性的动作会让我抓狂。我意识到这可能与我的强迫症有关，但话说回来，很多人喜欢涂鸦，这也是我签名的原因。涂鸦对大脑有好处，类似于踱步或者坐立不安，涂鸦也能缓解压力，同时还有助于提高注意力。2009 年发表在《应用认知心理学》(Applied Cognitive Psychology)上的一项研究表明，涂鸦的人比不涂鸦的人能回忆起更多信息，这也许是因为涂鸦需要足够的脑力，可以防止大脑走神。

我无法肯定地说出我喜欢重复性的任务，但我确实从这些任务中受益匪浅。当我感到筋疲力尽时，不知道自己该做什么、不知道自己的工作是否重要、不知道自己是否能做一些对别人有用的事情时，我会让出版商给我寄来一两万张纸，我会在上面签名，而这只是为了在一周左右的时间里有一些具体的、可衡量的事情可以做。我甚至不知道这些纸是否最终会出现在书里，但我希望这些纸会出现，希望这能让读者高兴，但说实话，我这样做也是为了我自己，当然这并不是说它能给我带来愉悦之情，而是因为它能让我沉浸其中，全神贯注是我真正想感受的。不过，对于这样一种非常幸福的体验来说，"全神贯注"这个词不够美好。

---

[1] 但它偶尔也会实现，比如说每两三万个签名中就会出现一个我真正满意的签名。这时我会把它拿到楼上给莎拉看，指出线条是如何在适当的地方变细的，以及我是如何用一个小环暗示"约翰"中的"O"的存在的。莎拉会礼貌性地点点头，仔细看了一会儿这个近乎完美的签名，并不带恶意地说："这个签名看起来和其他的签名没什么区别。"

2006年，在美国民间艺术博物馆关于"强迫性绘画"的展览上，我第一次看到土井博之（Hiroyuki Doi）的水墨画。土井博之的画是圆圈组合的完美融合，数千万个小圆圈紧密堆积在一起组合成巨大的、复杂的抽象作品。有些人说它们看起来像大量的细胞，又像银河系的星云。其中让我印象最深刻的是2003年的那幅无题画，形状隐约像一只反过来的人眼，画作高56英寸、宽27英寸（1.42m x 0.68m）。从某些角度看，分支出来的圆圈像血管；换另一角度看，圆圈们似乎围绕着重力中心旋转。当我看这些圆圈看得久了，这幅画就呈现出一个三维空间，我感觉我走进了画中，这些圆圈不仅在我面前，还围绕在我的上面、下面、后面和里面。

土井博之并没有打算成为一名艺术家，他曾是一名优秀的厨师。在1980年，他的弟弟因脑瘤去世后，悲痛欲绝的土井博之开始画圆圈，后来他发现自己无法停止，因为圆圈能帮助他"从悲伤和难过中解脱"。

土井博之的画作让我着迷的部分原因是，这些画作使那些盘旋在脑海中的思想变得可视化。你会在土井的画中迷失自己，这也许就是重点，画作表达了土井博之想从失去的痛苦中找到解脱的愿望。在采访中，土井博之经常使用这个词——解脱，而这正是我在被悲痛击倒时急需的东西。我们时时刻刻都在失去着什么，我们对于悲伤的态度从否认到难以接受，再到接受等等。但至少对我来说，悲伤是一连串紧密相连的圆圈，经过多年的淡化，像那暴露在光线之下的墨水。

为什么我签了50万次名？为什么土井博之画了40年小圆圈？土井博之说："我画画的时候感觉很平静。"虽然我不是个艺术家，但我能懂他的意思。单调枯燥的另一面是一种流动的状态，一种存在的方式，一种真正感觉到的现在的时态。

人类也有创造的冲动，在洞穴墙壁上作画，在待办事项清单的空白处涂鸦。土井博之曾经说过："我必须继续工作，不然什么都输出不了。"有些时候，我觉得在我们拿到纸之前，它是更好的，因为那时它还只是木头。但有些时候，我又喜欢我们留下的痕迹，这些痕迹像礼物和标志，也像是荒野中的足迹标记。

我们在各处都留下了伤疤。我们对"make""have""do""say""go""get"（这是英语中最常见的七个动词中的六个）的强烈意图可能最终会偷走我们应用"be"（这是英语中最常见的动词之一）的能力。尽管我们知道，我们的印记不会永存，一切终会随着时间湮灭。我们都不能停止涂鸦，不能停止在任何可能的地方寻求解脱，不仅为了我们所有人，而且为了我们所做的一切。我很感激土井博之一直在工作，让想法变成现实。我很高兴能在这个并不算大众的圈子里、在强迫症似的渴望中相互取暖。

我给土井博之的"圆圈画"打四颗星。

耳语

Whispering

★★★★

我有个朋友叫亚历克斯（Alex），他性格非常随和、极度沉着，面对周围环境的变化，可以立即做出调整。不过偶尔有几次日程很紧的时候，亚历克斯也会明显感到压力，并说着"我们必须要开始行动了"这样的话。亚历克斯的妻子琳达称之为"赶飞机模式的亚历克斯"。

令我懊恼的是，我常常处于这样的"赶飞机模式"。例如我总是担心孩子上学可能会迟到，餐厅可能会取消我们的预约，心理医生会因为我迟到而拒绝我等等。我相信守时是一种美德，但我的极度守时完全称不上是美德，它是由恐惧所驱使，被匆忙的喊叫声所强迫的。

一天早上，莎拉外出工作，我和当时 3 岁的女儿坐在一起吃早餐，她是一个无论何时都不会进入"赶飞机模式"的人。对于小孩子来说，时间不是靠钟表来衡量的，所以我总是觉得自己有必要成为时间表的守护者，成为该领域守时的维护者。

当时是 8 点 37 分，离幼儿园早课开始还有 23 分钟。我们已经把亨利送到了学校，回家打算在送女儿去幼儿园之前吃顿早饭。早餐吃了很久，我女儿每吃一口吐司都会停下来，翻翻她那天早上带来的一本图画书，我不断催促她快点吃。"你还有 8 分钟。"我对她说，仿佛这 8 分钟必须分秒必争。

我试着把出发前的所有东西——鞋子、外套、背包都摆好，背包里除了她的午餐什么都没有。"车钥匙带了吗？带了。钱包带了吗？带了。手机带了吗？带了。"我自言自语着。时钟滴答作响，现在只剩 6 分钟了，焦虑就像不断上涨的河水漫过堤岸。时间是如此的紧迫，我女儿却仍旧细嚼慢咽，一小口一小口地咬着吐司的一角，就像一只警惕中毒的小老鼠。我要做些什么让吐司看上去更有食欲呢？于是我把面包皮切下来，涂上黄油又撒上了肉桂粉。"看在老天的份上，请快点吃吧。"我默默想着。现在还剩下 4 分钟。"行了，就这样，没时间了，现在我们得把你的鞋穿上。"而就在我极度抓狂之时，爱丽丝对我说："爸爸，我能告诉你一个秘密吗？"

我把耳朵凑过去，尽管这屋里只有我们两个人，她还是用手捂住嘴悄悄对我说。我不会告诉你她说了什么，因为这是一个秘密，虽然并不是什么大不了的秘密。真正让我放慢脚步、停止抓狂的是她向我耳语的这个动作，我没料到她会说悄悄话，甚至没想到她竟然懂得什么是秘密。其实她所言并非所想，这只是为了提醒我一切都没关系，我们不需要这种"赶飞机模式"。忙碌也是一种噪音，它是喧闹的一种来源，而我女儿需要的是安静的空间，这样一来，她小小的声音才能被听到。

耳语时，人的声带不会振动，但空气通过喉部时有足够的气流，所以在近距离内是可以听到声音的。因此耳语非常亲密，所有的谈话都是由呼吸构成的，耳语时能够听到彼此的呼吸声。有时人们小声说话是患有咽喉炎或其他咽喉病的无奈之举，但大多数时候我们窃窃私语，是因为我们只想对一个人说话，不想让所有人都听到。我们小声诉说着秘密，也诉说着谣言、残酷与恐惧。

人类可能从学会说话的那一刻起就开始说悄悄话了。事实上，我们甚至不是唯一会说悄悄话的动物，有些地鼠和猴子也会，其中就包括极度濒危的绒顶柽柳猴。

我最近倒是没怎么说悄悄话。2020年3月初，我和我的兄弟在俄亥俄州的哥伦布进行播客直播。上台之前，同事莫妮卡·加斯帕尔（Monica Gaspar）对我耳语了几句，我想她是在提醒我该拿哪个麦克风。我一直记得那个时刻，因为那是我多年来最后一次听到直系亲属以外的人对我耳语。我在疫情期间通过视频和电话聊天听到过一两句悄悄话，但不是很多，我怀念这种耳语。早在疫情之前我就有洁癖，我知道另一个人的呼吸贴着我的皮肤是呼吸道飞沫传播的途径，但我还是克制不住对耳语的怀念。

这些天来，我的孩子们对我耳语，通常是为了分享一种令他们尴尬乃至恐惧的担忧。即使是小声说出这些恐惧也是需要勇气的，他们信任我，为此我感到非常荣幸，即使我不知道该如何回答。我想告诉他们："你没有任何理由担心。"但他们确实有理由担心。我还想回答他们："没什么好害怕的。"但生活确实有许多可怕之事。当我还是个孩子时，我认为为人父母就意味着知道该说什么，该怎么说，但如今我却无能为力。我所能做的就是闭嘴倾听，否则会错过许多珍贵又令人动容的瞬间。

我给耳语打四颗星。

病毒性脑膜炎

Viral Meningitis

★

我发现病毒的大小很难界定。作为个体，它们形态微小，一个红细胞要比一个非典病毒大一千倍；但作为一个群体，病毒的数量惊人，一滴海水中大约有一千万个病毒，地球上的每一粒沙子中都有数万亿的病毒。菲利普·德特梅尔（Philipp Dettmer）在《免疫》（*Immune*）一书中提到，地球上的病毒是如此之多，"如果它们首尾相连，可以延伸到1亿光年外的距离,约等于500个银河系彼此相连"。[1]

病毒是四处散布的单股RNA(核糖核酸)或DNA(脱氧核糖核酸),只有找到宿主,病毒才能复制。病毒不是活的,但也不是不能活,一旦侵入一个细胞,病毒就会表现出生命特征——利用能量来增殖。病毒提醒了我,生命是一个连续的过程,而不是一个二元对立的过程。当然,病毒不是生命,因为它们需要宿主细胞来增殖。话说回来,许多细菌没有宿主也无法生存,更奇怪的是,许多宿主没有细菌也无法生存,比如说,如果没有消化食物的肠道微生物,牛就会死亡。所有的生命都依赖于其他生命,我们越是仔细考虑什么是生命,生命就越难定义。

***

2014年,一条叫作肠道病毒的RNA链侵入了我的脑膜,覆盖在大脑和脊髓的内膜。病毒利用我的细胞机制来增殖,新的病毒颗粒进一步侵入细胞,我很快就病得痛苦不堪。病毒性脑膜炎的症状各不相同,但通常都会出现脖子僵硬、发烧、恶心的症状,它还会令你产生一个坚定的信念——病毒不仅仅是没有生命的。此外,病毒性脑膜炎还会令人头痛欲裂。

弗吉尼亚·伍尔夫(Virginia Woolf)在《论生病》(*On Being Ill*)中写道:"疾病没有取代爱情、战争和嫉妒成为文学的主要主题,这的确很奇怪。人们可能会想,小说应该专门写流感、史诗写伤寒、颂歌写肺炎、歌词写牙痛,但是都没有。"她继续说道:"疾病作为一类文学素材,不足之

---

[1] 噬菌体,即寄生在细菌身上的病毒,是地球上最丰富的元素之一。正如尼古拉·特维尔利(Nicola Twilley)所说:"病毒和细菌之间的战斗是残酷的。科学家估计,噬菌体每秒钟能造成一万亿次感染,每四十八小时能摧毁世界上一半的细菌。"

处是语言的贫乏。英语可以表达哈姆雷特的思想和李尔王的悲剧，却找不到准确的词语来形容颤抖和头痛。"

伍尔夫患有偏头痛，所以她对这种语言的贫乏有切身体会。经历过痛苦的人都知道痛苦能让一个人感到多么孤独，不仅因为你是自身痛苦的唯一受体，还因为痛苦是骇人听闻的、难以言喻的。正如伊莱恩·斯凯瑞（Elaine Scarry）在《疼痛中的身体》（*The Body in Pain*）一书中所言，身体的痛苦不仅使人逃避语言，甚至还会破坏语言，当我们真正受伤的时候，我们不能说话，唯有呻吟和哭泣。

斯凯瑞写道："不论痛苦带来了什么，别人始终无法感同身受，而痛苦导致了语言的闪避，这又进一步造成了痛苦的不共享性。"我可以告诉你患脑膜炎会头痛，但无法传达出这种无时不有的头痛对患者意识的摧残。我只能说，患上病毒性脑膜炎之后，我难受得无力完成任何事情。如果我的头疼得没有那么厉害了，是因为它已经麻木了。

但我清楚，我无法充分地传达这种痛苦的性质和严重程度。正如斯凯瑞所言："亲身遭受的痛苦是如此真切，而他人的痛苦却令人感到模糊。"听闻他人正在经历着我们无法感同身受的痛苦，让我们意识到了同理心的局限，人们因此全盘崩溃。我只能体会我的痛苦，而你也只能体会你的痛苦。我们已经尝试了各种方法来应对这个感知的定理。我们要求病人给他们的疼痛打分，从一级到十级不等，或者让他们指出最接近他们疼痛等级的脸部表情；我们询问他们的痛觉是尖锐还是迟钝，是灼热还是刺痛，但所有描述都只是隐喻，并非痛觉本身。我们求助于无力的比喻，说疼痛就像头骨底部钻个不停的手提钻，或像灼热的针刺穿眼睛。我们可以一遍又一遍地谈论痛苦的样子，却永远无法传达痛苦本身。

与细菌引起的脑膜炎不同,病毒性脑膜炎很少致命,通常在七到十天内自行缓解。这像是合理的生病时间,但当真正置身其中时,却发现事实并非如此。生病的日子不会像健康的日子那样如水从手掌中流过,因为,生病的日子是漫长的。我头疼的时候,觉得会永远疼下去。每一刻的痛苦都很可怕,可更让我绝望的是,在下一刻、再下一刻,痛苦依然会存在。痛苦是如此深切而漫长,以至于你开始相信它永远都不会结束,也永无结束的可能。心理学家将这种心态称为"灾难化",但这个术语并没有认证疼痛是一场灾难。而在我看来,疾病带来的痛苦是一场真正的灾难。

对于包括我在内的许多人而言,在病毒性脑膜炎的初期,患者会有几个月的偶发性头痛,就像地震后的余震一样。大约一年多之后,我的头痛越来越少,到现在几乎完全消退了,我甚至不记得头痛是什么感觉了,只记得那种疼痛很恐怖,限制了我的生活,但我无法以任何直观或体验的方式再经历那种痛苦。即使我自己经历过痛苦,我也无法完全共情曾经遭受了这种痛苦的我,因为现在的我是另一个我,正被另外的痛苦和不适折磨着。我很感激我的头不再疼痛,但并非像痛苦突然消失时那样感激。也许我们应该忘记疼痛,这样才能让生活继续。

***

我记得刚从埃塞俄比亚和佛罗里达州的奥兰多回到印第安纳波利斯时,就患上了脑膜炎。我的神经科医生说,我可能是在奥兰多感染的病毒,至于原因,他的原话如下:"你知道的,佛罗里达那样的地方。"

我住院一周,医生们除了让我补充水分和为我治疗疼痛外,也无能为力。我睡了很久,而每当我清醒时就会感到极度的痛苦,整个人仿佛浸泡于疼痛之中，时刻被它萦绕着。

当然，除了通常不会致死之外，病毒性脑膜炎没有什么其他值得称颂的地方。正如苏珊·桑塔格（Susan Sontag）所写的那样"没有什么比赋予疾病意义更具惩罚性的了"。在我的脑脊液中寄生的病毒没有任何意义，它并不是为了给我上一课而不停地增殖，我从这种无处可诉的痛苦中得到的启示同样可以在其他地方学到，而且是以不那么痛苦的方式。脑膜炎就像导致这个病的病毒一样，不是一个隐喻，也不是一种叙事手段，它只是一种疾病。

但人类天生善于总结事物的模式，擅长将一颗颗恒星组成一个个星座。所有的叙事都必须有逻辑，所有的痛苦都必须有原因。当我生病时，人们会对我说："至少你可以短暂脱离工作，好好休息一下。"就好像我想要脱离工作去休息一样。他们还会说："至少通过治疗，你可以完全康复。"就好像现在不是痛苦缠身的唯一时刻。我知道他们试图给我讲述一个情节严密、主题连贯的故事，同时也讲给他们自己听，但我非常清楚这些故事不是真的，因此我也无法从中得到安慰。

当把这些故事讲给长期处于痛苦中的人，或那些身患不治之症的人听时，我们会弱化他们的遭遇，在面对一些确切的结果时，表现出不那么笃定的样子，但这只会加剧经历痛苦的人与更广泛的社会秩序分离的程度。在我看来，做人的挑战和责任是承认他人的人格，倾听他人的痛苦并认真对待，即使你自己感受不到。这种倾听的能力将人类生命与肠道病毒的准生命区分开来。

我给病毒性脑膜炎打一颗星。

瘟疫

Plague

★

如今流行病席卷了全球，前几天，我打电话给我常去的药店，请他们为我再开点米氮平（Mirtazapine）。米氮平是一种四环类抗抑郁药物，也用于治疗强迫症，它是我的救命药。总之，我给药店打了电话，却被告知那里已经关门大吉。于是我又打电话给另一家药店，一位富有同理心的女士接听了电话。在了解到我的情况之后，她安慰我一切都会好起来，但在重开处方药之前，他们必须先打个电话到我的主治医生的办公室咨询一下情况。这位女士问我什么时候可以拿药，我说："如果世界是完美的，我今天下午就可以去取药。"电话的另一端停顿了一下,最后,她忍住笑道:"好吧,这位先生,可惜这并不是一个完美的世界。"她让我不要挂线,稍等片刻,然后便和药剂师商量起来,但实际上我并没怎么等,因为她刚把听筒搁在桌上,我就听到她对同事说:"他说要拿这个药,还说如果世界是完美的,他今天就能来取药。"

最终,我在第二天下午拿到了处方药。当我去取药时,柜台后面的女士指着我说道:"这就是那个满口完美世界的家伙。"是的,就是我,一个渴望完美世界的人。而现在我想为你们讲述一个关于瘟疫的故事,这是此刻我唯一能够讲述的故事。

***

整个 2020 年,除了新冠疫情的相关报道,我几乎没有其他的阅读体验。虽然人们常常感叹我们正生活在一个前所未有的时代,但我真正忧心的是,席卷地球的大规模传染病并非史无前例。对人类而言,身处某个未知领域通常是件好事,因为在我们已知的领域里,不公、疾病与暴力随处可见。

比如,当你翻阅 19 世纪霍乱的相关记载,你会发现许多大规模传染病的先例。时过境迁,烂事依旧。当人们深陷对流行疾病的恐惧,误报现象变得十分普遍,利物浦暴发霍乱暴动就是因为有谣言说住院的病人被蓄意杀害,以便医生解剖尸体。

那时的状况与 2020 年无异,反对公共卫生措施的呼声十分高涨。一位美国观察家曾在 19 世纪写道,隔离措施"设立了不必要的限制,使该国的商业和工业陷入了难堪的境地"。

同样与现在无异的是,富人们集体放弃了城市:1832 年霍乱暴发之后,富人们蜂拥般地逃离纽约,一家报纸描述道:"四面八方的道路上全是人满为患的公共马车……所有人都惊慌失措,纷纷逃离这座城市。"

那时,外来居民和边缘人群同样背负着传播疾病的污名,遭受了大量无端指责。一篇英文报道曾写道:"来自桑德兰(Sunderland)的爱尔兰流浪汉已经两次将霍乱传入我们这里。"

不论过去还是现在,穷人病亡的可能性都要远远高于富人。在19世纪的汉堡(Hamburg),最贫穷的人死于霍乱的可能性是最富有的人的19倍。而这种情况只会不断恶化,到21世纪,穷人死于霍乱的可能性已经比富人高了数千倍。人类已经研发出安全有效的疫苗,而且只要适当补充液体,人类几乎就能在霍乱中存活下来,尽管如此,每年依然有至少九万人死于这种传染病。霍乱之所以持续蔓延并致人死亡,并不是因为人类还在原地踏步,像两百年前一样缺少了解霍乱、治疗霍乱的工具,而是因为人类社会总是将贫困人群的健康问题放在次要的位置上考虑。

就像结核病[1]、疟疾和许多其他传染病一样,霍乱只有在21世纪才能肆意掠夺人类的生命,因为发达国家没有感受到它的威胁。正如作家蒂娜·罗森伯格(Tina Rosenberg)所写的:"贫穷国家发生疟疾时,最糟糕的情况可能就是这类传染病已经在富裕国家被根除。"

只有当我们的社会秩序对人类一视同仁,疾病才有可能对人类一视同仁。这一点在历史上也能找到先例。在14世纪,由鼠疫耶尔森氏菌

---

[1] 结核病是2020年人类的第二大致命传染病,仅次于2019-nCoV。2020年,有130多万人死于结核病。结核病和Covid的区别在于,在2019年、2018年和2017年有100多万人死于结核病,以此类推可以追溯到几百年前。与霍乱一样,在拥有了强大的卫生保健系统之后,结核病几乎是可以治愈的。

（Yersinia pestis）引起的瘟疫席卷了英格兰，一位编年史家指出："实际上，没有一位贵族和伟人死于这场瘟疫。"

在1347年至1351年间，欧洲大约有一半的人死于那场瘟疫。当时人们通常将这场灾难称为"鼠疫"或"夺命杀手"，而现在我们统一称之为"黑死病"（Black Death）。亚洲、北非和中东地区的人们也未能幸免于难。正如埃及历史学家厄尔·麦格里齐（Al Maqrizi）所言，瘟疫"无法区分地区与地区，它平等地破坏每一个角落"。

在1340年，厄尔·麦格里齐的家乡开罗是世界上较大的城市之一，人口数量约60万。但从1348年的夏天开始，至少有三分之一的开罗居民在8个月内死亡。世界著名旅行家伊本·白图泰（Ibn Battuta）在报告中写道：在叙利亚大马士革（Damascus）瘟疫肆虐最疯狂的时期，每天的死亡病例达到2400人。

对许多人而言，世界末日仿佛已拉开了大幕。历史学家伊本·卡尔敦（Ibn Khaldūn）曾将这种感受描述为"人间的万事万物正呼唤着毁灭"。基督教社区则认为此次劫难比奥卡万戈大洪水（the Great Flood）造成的破坏更为彻底、终结的意味更加强烈。意大利城市帕多瓦（Padua）的编年史学家们写道："在诺亚时代，上帝至少没有将所有生命付之一炬，人类才得以抓住一线生机逐渐恢复。"而在这场瘟疫中，人类伤亡之惨痛、损失之巨大是难以估量的。从法国的巴黎，到英国的伦敦，再到德国的汉堡，这些城市眼睁睁看着自己的居民被瘟疫无情地掳去了生命，城市系统也因此崩溃。在克罗地亚的杜布罗夫尼克（Dubrovnik），死亡的召唤是如此强硬，政府被迫命令每个公民填写遗嘱。而在人口超过10万的佛罗伦萨（Florence），最近的一项评估得出的结论是，在瘟疫暴发后的短短4个月内，大约有80%的城市居民不幸死亡。爱尔兰（Ireland）一位名叫约翰·克林（John Clyn）的方济会修士这样描述当时的悲惨景象，"生命就是在遍野横尸中等待自己的死亡"。

在瘟疫日记接近尾声时，克林写道："为了保证作品不随作者的逝去而消亡，建造工作不因工人殒命而中断，我在此附上羊皮纸，万一我们之中真的有人能活下来抵达未来，这张纸能够方便后续工作的开展。"一个截然不同的笔迹出现在下方，给了这段话一个简短的结尾："看来，作者死了。"

在佛罗伦萨，乔瓦尼·维拉尼（Giovanni Villani）谈到瘟疫时写道："许多土地和城市已然是一片荒芜，然而瘟疫仍在不停肆虐，直到……"后面便是一段再无人填补的空白，因为他死在了瘟疫结束之前。

我们阅读关于黑死病的记载，是为了窥探它将如何在人类的憧憬、绝望、恐慌和不可磨灭的希望中走向灭亡。人类在任何境遇之下都怀揣着希望，这种希望驱使着我们在书中留下未完成的句子和多余的羊皮纸，为幸存者做好今后的打算。正如威廉·福克纳（William Faulkner）所言："很容易下结论，人类之所以不朽，仅仅是因为他能够长久地忍耐。当最后一块毫无价值的岩石毫无生气地悬挂在猩红垂死的夜，当末日的最后一次叮当声在这块岩石上响起并消逝，即使人间已走到尽头，仍然会有一种微弱的声音在不知疲倦地呼喊着。"福克纳接着说，人类不仅擅长蛰伏，最终还能够战胜一切。在我看来，这样的预言有些难以实现；就我而言，仅仅忍耐已然足够。

历史学家罗斯玛丽·霍罗克斯（Rosemary Horrox）在谈及黑死病时写道："灾难的严重性迫使编年史工作者投靠于陈词滥调。相同的评论出现在一部又一部编年史中。"实际上，在一个被瘟疫攻陷的世界里，连凄惨的故事都变成了千篇一律。比如我们会读到相似的场景：世界各处死尸遍地，堆满了佛罗伦萨的街道，淹没了法国的墓地，又阻塞了埃及的尼罗河。编年史还关注到灾难的突发性。有一天，一个单身修女病倒了；不到一个星期，她居住的整个社区的居民全部遇难。同时，死亡仪式也必须有所变化。丧钟不再为亡者而鸣，否则钟声会终日响彻大地。正如一位作家所说："病人讨厌听到钟鸣，这让他们感到危机；健康的人也会因为钟鸣声而心灰意冷、垂头丧气。"

瘟疫报道中相似的故事还有许多，但最令我痛心的是对病人一遍又一遍的遗弃。由于其他人害怕被传染，病人们常常孤零零地走完生命的最后一程，这种现象在欧洲尤甚。诗人乔伊·戴维曼（Joy Davidman）于1960年逝世，她的鳏夫克利夫·史戴普·路易斯（Clive Staples Lewis）悲痛地写道："从来没有人告诉我，悲伤与恐惧是如此相像。"然而在这样一场瘟疫大流行中，悲伤已然包含了恐惧的意味。一位作家指出："由于害怕被感染，医生不会去慰问病人，父亲也不会探望母亲、儿女或兄弟姊妹。因此，不知有多少人尚未感受到任何亲情的羁绊、虔诚的孝心或是仁慈的关怀，就这样草草离开了人世。"在拜占庭帝国（Byzantine）的首都君士坦丁堡（Constantinople），季米特里奥斯·基多尼斯（Demetrios Kydones）记录道："父亲甚至不敢埋葬自己病逝的儿子。"

怀揣着对死亡的恐惧与对生存的希望，许多人留下病人，任其孤独地死去。

如若不肯，你就只能赌上自己的性命和你所爱之人的性命。黑死病与我们目前所经历的新冠疫情有所不同，这种不同是巨大且无可估量的，它的致命性要高出几个数量级，而且人们对它知之甚少，远不及如今对新冠病毒的了解。然而，在人类最脆弱的时刻，传染病却仍旧无情地将我们分离。我们之中有太多的人，无论健康还是患病，都被迫隔离起来。太多的人与所爱之人遥遥相望孤独死去，只能通过视频聊天或语音电话道声再见。一位内科医生在《新英格兰医学杂志》(*New England Journal of Medicine*) 中提到，曾有一位妻子通过 FaceTime 送走了她亲爱的丈夫。我想，也许这就是我无法停止阅读流行病相关报道的原因，我被这些无奈的分离困住了。曾有一位朋友在我 16 岁时去世了，那时的无力感此刻再度吞噬了我。成千上万的病人孤独地死去，这让我无力承受。我无法停止在脑海中刻画那些最后的时刻，那些被孤独与无助包围的时刻。我仍然常做这样的噩梦，梦中我与病人面面相觑，他们眼中的恐惧如此真切，而我却无法在他们被死神掳走之前赶到他们身边。

我知道在一个人奄奄一息时陪在他身边并不能缓解痛苦，有时也许还会加剧痛苦，但我的思想却仍旧如秃鹫一般，围绕着一场场重蹈覆辙的悲剧——无法握紧心爱之人的手告别——不停地盘旋。

当年在儿童医院工作时，我自己也还是个骨瘦如柴的孩子，穿着浅灰蓝的牧师服，看上去就像一个穿着父亲西装外套的小男孩。那短短几个月的牧师生涯成为我今后生活的轴心。我热爱这份工作，但逐渐意识到我并不适合这项工作——太多的痛苦令我无从纾解，太多的苦难令我无能为力。

但如今回想起来，我尽量不去评判那个 22 岁的年轻人是否是一个差劲儿的牧师，而且我意识到我有时确实帮上了忙，哪怕只是握住一个人的手，否则他就会感到孤独。这份工作让我心生感激，我会永远感激那些在确信濒死者时日无多时倾尽全力、尽可能长时间地陪伴他们走完人生最后一段旅程的人们。

在黑死病肆虐期间有许多这样的人——僧侣、尼姑、医生和护士,他们都选择留下来,为病人祈祷,给予病人关怀,即使他们深知这份工作可能会招致生命危险。19世纪的霍乱大流行时期也是如此,查尔斯·罗森博格(Charles Rosenberg)曾在《霍乱年代》(The Cholera Years)一书中写道:"1832年,在纽约格林威治医院(Greenwich Hospital),16名护士中有14名在护理病人时死于霍乱。"当时的情况与现在相同,医护人员的英勇行为常常受到赞扬,但人们又总是期望他们赤手空拳与疾病搏斗,期待他们在缺乏医疗支持的情况下开展工作,包括缺乏干净的防护服和手套。

这些陪护者的名字大多数已被历史遗忘,但有一个名字留了下来——基·德·肖里雅克(Guy de Chauliac)。在瘟疫肆虐期间,他选择留在法国的阿维尼翁(Avignon),继续为患者治疗,尽管他后来坦白道,"我一直处于持续的恐惧中"。的确,今时与往日并无不同,恐惧就像昔日死敌,卷土重来,令我们重蹈覆辙。但同样未变的是我们对病人的护理能力,还有面对灾难的英勇之心。

18世纪历史学家巴尔托德·乔治·尼布尔(Barthold Georg Niebuhr)曾写道:"在瘟疫时代,人性中兽性与恶魔的一面往往占据上风。"黑死病流行期间,欧洲人普遍将瘟疫的传播归咎于犹太人。于是,疯狂的阴谋论诞生了,他们污蔑犹太人在水井或河里投毒。经过刑讯逼供,成千上万的犹太人被谋杀。整个社区焚烧殆尽,如同一片空寂的死地。令人不寒而栗的是,相关记载对这些残忍的谋杀无动于衷,满纸都是实事求是的冰冷描述。海因里希·特鲁赫塞斯(Heinrich Truchsess)这样写道:"11月份,第一批犹太人在奥地利索尔登(Tyrol)被杀害或烧死,剩下的在瑞士佐芬根(Zofingen)被抓获,其中一些被迫坐上驾驶座一路开至德国的斯图加特(Stuttgart),在那里他们全部被焚烧至死。同一个月,相同的事件也在德国的兰茨贝格(Lansberg)上演着……"整篇记载的文风大抵如此。

许多人(包括基·德·肖里雅克)都承认,这一庞大的阴谋论完全是空穴来风,犹太人不可能通过水井投毒来传播瘟疫。但真相仍然无法阻止阴谋论的发展,欧洲漫长的反犹太主义历史使人们倾向于相信谣言,甚至是最荒谬的投毒故事。教皇克雷芒六世(Pope Clement VI)指出:"犹太人不可能是瘟疫的罪魁祸首……因为在世界上其他地方,犹太人自己也饱受瘟疫的折磨……许多从未与犹太人生活在一起的族群也发生了瘟疫。"然而,在许多社区,针对犹太人的酷刑和谋杀仍在继续,关于秘密国际阴谋的反犹太主义思想也在扩散。

这是一个关于人性的故事。在危机之中,我们不仅会指责边缘化群体,还会残害他们的性命,人性的弱点在生死关头展现得淋漓尽致。

但是,如果说瘟疫时代只会唤醒人性中的兽性与邪恶,那就有些以偏概全了。在我看来,我们正在前进的道路上不断地创造"人性"。加拿大女诗人玛格丽特·阿特伍德(Margaret Atwood)写道:"历史上几乎没有什么是不可避免的。"认为边缘化群体被妖魔化是必然事件,就等同于放弃了整个人类事业。斯图加特、兰茨贝格和许多地方的犹太居民所遭遇的一切并非不可避免。这是个选择,只是人类所有选择的其中一个。

在黑死病恐怖气氛的笼罩下,伊本·白图泰向我们讲述了人们在大马士革集会的故事。他说,人们连续三天禁食,然后"在麦加大清真寺

（the Great Mosque）聚集起来，直到寺里人满为患……人们在那里过夜祈祷……第二天早晨做完黎明祷告之后，大家一起步行出去，手里捧着《古兰经》（Qurans），酋长们则赤着双脚。小镇的居民无论男女老少都加入了游行；犹太人带来了律法书，基督徒带来了福音书，妇女和孩童跟在他们身边。所有的人都在哭泣，借着真主的书籍和先知寻求真主的恩惠，他们来到足迹清真寺（Mosque of the Footprints），在那里虔诚地祈祷，直到正午即将来临。然后他们回到城里，举行了星期五的礼拜仪式，真主减轻了他们的苦难。"

在伊本·白图泰的故事中，即使是有权有势之人也赤足而行，以示众生平等，所有的人不论宗教背景都聚集在一起祈祷。当然，我们尚不清楚这种大规模集会是否能真正缓解瘟疫在大马士革的蔓延，但这个故事清楚地告诉我们，危机并不总是会暴露人心的残忍，它还可以促使我们彼此分享痛苦、希望与虔诚的祈祷，并且平等地对待彼此。当我们以这种方式回击疾病时，也许苦痛才真正得到了缓解。在悲惨时代对他人横加指责并将其妖魔化是人类的天性，但领导者和追随者赤足而立、并肩而行，这同样是人类的天性。

我高度怀疑对人类苦难的美化行为，尤其是那些分配不公的苦难，就像所有传染病一样。此处我无意贬低他人的希望，但就个人而言，每当听到有人为乌云背后的一线希望写诗作赋时，我便会想起作家克林特·史密斯（Clint Smith）创作的一首绝妙的诗，诗名为《当人们说：我们曾度过多灾岁月》（*When people say, we have made it through worse before*）。这首诗开头写道："我只听到疾风拍打墓碑的呼啸 / 那里葬着我没能渡河的同胞。"正如伊本·白图泰笔下的大马士革一样，前方唯一的出路是人类真正的团结——不仅在希望中并肩，也要在哀痛中携手。

我的女儿最近观察到，当冬天来临时，人们以为天气再也不会转暖；而当夏天来临时，人们以为天气永远不会再寒冷。但无论如何四季总是流转，在我们已知的世界中，没有什么能够亘古永恒，甚至连这一点都不敢保证。

当然，瘟疫只配获得一颗星，但人类面对瘟疫的坚韧与勇气却远远不止于此。

雨雪交加

Wintry Mix

★★★★

有一首凯夫·阿克巴尔（KAVEH AKBAR）的诗，开头是这样写的："距离一月已经过去好久了。"事实上，真的是一月了。抽象地说，我记得当我在花园里拔草时，穿上T恤衫，感觉汗水从鼻梁上滴落下来，但我现在想不起太阳照在我皮肤上的感觉了，因为当我拔起枯萎的辣椒和西红柿植株时，一直试图背对着那吹拂的狂风。我本应该在几个月前就做完这些事，那时气温比较适宜，植物也都枯萎了。但我把一切都推迟了，包括这些园艺活动。

在印第安纳波利斯，很长一段时间以来我一直在思考一个问题："为什么天空是蓝色的？"唯一的答案就是它不是蓝色的。我脑海中反复播放着山羊乐队（Mountain Goats）的一首歌中的一句词："天空灰暗，悬于头顶，如此广阔，如此神秘。"

在文学分析中，有一句话可以解释我们将人类情感归因于非人类的习惯：可悲的谬论，经常被用来通过外部世界反映人物的内心生活。就像济慈（Keats）在《忧郁颂》（*Ode on Melancholy*）中写的"哭泣的云"，或者莎士比亚（Shakespeare）在《恺撒大帝》（*Julius Caesar*）中提到的"具有威胁的云"。华兹华斯（Wordsworth）将流浪称为"孤独如云"。在艾米丽·狄金森（Emily Dickinson's）的诗中，云彩有时是可爱的，有时又是卑鄙的。当我们需要遮阴时，云将我们与太阳隔开，但当我们需要光线时，云仍将我们与太阳隔开。我们也和文学作品中的云一样，情绪会随着环境的变化而改变。

我开始学习园艺是因为我的治疗师推荐了它。她说这可能对我有帮助，而且情况确实如此，虽然我不是一个特别好的园丁（我成功收获一个西红柿平均要花17美元左右），我喜欢把手伸进泥土里，喜欢看着种子发芽。但园艺对我来说最有价值的是，在我开始种植蔬菜之前，我一直梦想有一位真正的复仇女神，而现在我有了，她是一只土拨鼠——一只圆得惊人的土拨鼠。只要她高兴，就大摇大摆地走进我的花园，吃各种各样的作物，如大豆、甜椒。维基百科（Wikipedia）告诉我，野生土拨鼠最多可以活六年，但我的复仇女神至少活了八年，她一直在吞噬我培育的花园。

她住在离花园边缘大约25英尺（约7.62米）的地方，在我存放园艺工具的一个小木屋下面。有时，我会在办公室后面的阳台上看着她在我爸爸和我为防止土拨鼠进入而建的篱笆下挖掘。我会在我写作的灰绿色阿迪朗达克椅子上对着土拨鼠大叫。我会从椅子上站起来，开始向她走去，这时她会抬起头，以绝对蔑视的神情看着我，然后从篱笆下溜回她的家里。

五到十分钟后，当我再次抬起头时，就看到她正在享用大豆。她知道我不愿意消灭她，也知道我没有足够的智慧来守护花园，所以她活到了不可思议的高龄，每时每刻都享用着各种新鲜的有机水果和蔬菜。

我需要一种目标感来度过我的人生，恰巧土拨鼠给了我一个。但现在是冬天，在 2020 年年初，她正在冬眠。几个月来，仍旧保留着一月的凛凛寒意，当然，我不知道在接下来会发生什么。

当我拖拖拉拉地把装西红柿的筐和豆角从花园里拖出来，放到棚子里时，我一定要非常大声地跺跺脚，希望能打扰土拨鼠的睡眠。我用我半麻木的手指，花了很长时间才把装西红柿的筐堆起来，我一边咒骂一边不住地嘀咕，如果我在 11 月份就这么做，现在就不会在这里耗时间了。我问自己："那为什么不把它推迟得更久呢？为什么不回家煮点咖啡，观看一些夸夸其谈又不失精彩的电视节目，看着孩子们在家里笨手笨脚地跑来跑去呢？"因为我想给自己留点独处的时间，在我这个年纪，这是唯一的办法。

当我把装西红柿的筐叠好后，我走回花园。天空开始下冻雨或半冻雨。在印第安纳波利斯，有一种常见的天气现象"雨夹雪"，我想称作"雨雪交加"应该更加富有诗意。降水将从雨夹雪慢慢转变为降雪，再转变为降雨，然后循环往复。有时我们也会看到一些奇怪的小颗粒雪，叫作霰

(软雹)[1]。

雪是美丽的,当它飘落下来覆盖在地面上时,形成了一幅如画般的美景,给我们带来了幸福的宁静。"雨雪交加"跟浪漫完全不沾边,"霰"这个词很好地捕捉到了这一点。雨雪交加是一种彻底的、中西部形式的降水,它如此实用,并不可爱,朴实无华。

当我把已经枯萎的豆子的枝干塞进手推车时,我感觉天空仿佛在向我吐唾沫。我想起了威尔逊·本特利(Wilson Bentley),一位来自佛蒙特州的业余摄影师,他在1885年成为第一个拍摄雪花特写照片的人。本特利拍摄了五千多幅雪花特写照片,他将其称为"冰花"和"美丽的小奇迹"。

从来没有人把霰称为美丽的小奇迹,很明显,我不喜欢被冻雨的小球砸到,也不喜欢在印第安纳州平坦的球场上被冰雹从看似不可能的角度打击,因而不得不忍受绵长而不间断的痛苦。然而我确实有点喜欢"雨雪交加",它能让我感受到一种人在故乡的安定感。

***

我爱印第安纳波利斯正是因为它不容易被爱。你必须在这里待一段时间才能领略到它的美丽。你必须学会把乌云理解为威胁或沉闷之外的东西。"可悲的谬论"这个词听起来有些贬义,这个短语最初是由批评家约翰·罗斯金(John Ruskin)创造的。对于斯科特和华兹华斯这样的浪漫主义诗人,罗斯金写道:"对自然的热爱或多或少与他们的弱点有关。"并且他还赋予自然情感"始终是一种病态心理状态的标志,而且相对而言是

---

[1] 霰这个词取自德语中的雨夹雪,使用英语的气象学家过去把这种降水称为"软雹",但最终放弃了这个词,因为霰既不软也不像冰雹。

一种脆弱的状态"。[1]

也许是因为我有着相对虚弱和病态的心态,这种可悲的谬论通常对我有效。我喜欢华兹华斯像一朵云一样孤独地漫游,或者斯科特写到大自然有一种"和蔼可亲的光辉"。我们中的许多人确实会受到天气的影响,尤其是在光线稀薄的冬天。天气可能没有人类的情感,但它确实引发了人类的情感。此外,我们不得不从自身的角度来看待周围的世界,尤其是我们的情感自我。这不是人类意识的缺陷,而是它的一个特征。

所以,对我们来说,顺理成章地降水成了一件完全无关紧要的事。正如 E.E. 卡明斯(e.e.cummings)所说:"雪不会有温柔的情感,且不会主动去触碰人类。"是的,我们是多么感激这些现代主义者"敲开我们的大门",告诉我们其实云也一样,它并没有情感,不会威胁我们,更不会哭泣,它只是存在于此。但还是有人赋予了雪温柔的情感,描写了它触碰人类的行为。

当我推着装满枯死的被连根拔起的植物的手推车,朝着我们的堆肥堆走去时,我记起了安妮·卡森(Anne Carson)的一首诗的片段:"冬天的第一场雪/漂浮在他的睫毛上,覆盖着他周围的树枝,世界沉默了下来/所有的痕迹都消失了。"但在这片冬日纷飞的土地上,不是一片寂静,还有霰弹轰击地面时发出的刺耳的、不和谐的白噪音。

整个冬天,土拨鼠都处于冬眠状态。当它三月底醒来走出洞时,也不会发现有什么不同,而我在这个冬天却经历了不同的情感变化。就在土拨

---

[1] 罗斯金对诗歌中的强与弱的痴迷(以及强在本质上优于弱的假设,在我看来,这是对人类处境的根本误解)清楚地提醒我们:英国文学中的殖民主义思想的力量已深入一切,以至于无论在何处,艺术与意识形态都无法分割。

雨雪交加

鼠醒来时，莎拉的新书巡演被取消了。孩子们的学校也逐渐关闭。我们与朋友和家人分开，我记得分开的时间可能是四周，甚至是八周。

我会突然对花园产生前所未有的兴趣，那一年春天，我通过观看YouTube视频，了解到解决土拨鼠的方法。原来我不是唯一一个和土拨鼠发生冲突的人，另一位园丁提出了一个彻底的解决方案，效果非常好。我在放置工具的棚子旁边耕耘了一小块土地，也一样种植辣椒和豆子。

从三月份开始，我将一直待在户外，每天都过着亲近自然的生活，在那里感受四时变迁、云卷云舒。在有生之年，我将第一次明白，我不仅是为地球而生，也是由地球创造的。

但我们还没有做到，来势汹汹的春天尚未萌芽。我把枯死的植物倒进堆肥堆里，然后把手推车放回工具棚子里。那天晚上，我和莎拉将去听诗人佩吉·刘易斯（Paige Lewis）的朗读。我喜欢刘易斯的书《空间冲击》（*Space Struck*）的原因很多，但最特别的是因为这些诗表达了我在生活中根深蒂固的焦虑，对危险云层和轻蔑的土拨鼠的恐慌。在其中一首诗中，刘易斯描写了一个叙述者：

好像我在月球上听空气的嘶嘶声，
从我的宇航服里，我找不到那个洞。
我是恐慌的副总统，总统失踪了。

1965年3月，宇航员阿列克谢·列昂诺夫（Alexei Leonov）走出和平号太空舱，成为第一个在太空中自由漂浮的人[1]。在第一次太空行走结束时，列昂诺夫发现他的宇航服在太空的真空中膨胀了，这让他根本无法挤回太空舱。他唯一的选择是打开宇航服上的一个阀门，让里面的空气流入太空，使宇航服收缩到足以让他在氧气耗尽之前挤回飞船的程度。大自然对我们漠不关心，但阿列克谢·列昂诺夫肯定没有这种感觉，因为他只能感觉到空气泄漏，虚空涌入。

我认为，在我们是否赋予这个世界意义的问题上，我们没有选择的余地。我们都是小精灵，所到之处都撒满了尘土。这座山也许意味着上帝，而降水也许意味着麻烦。空间的真空意味着空虚，土拨鼠意味着大自然对人类荒谬行为的蔑视。无论我们走到哪里，无论遇到什么，我们都会创造意义。但对我个人来说，虽然创造意义不是一种选择，但意义的种类可以是一种选择。

从花园里回来后我冲了个澡，水刺痛了我冻僵的皮肤。我穿好衣服，用梳子把头发梳到一边，和莎拉一起驱车去诵读诗歌，度过一个危险的冬日夜晚。我们谈论了她的书，还有我们的孩子。过了一会儿，她打开了收音机。也许在另一个夜晚，同样的天气会是一种威胁或不快乐的因素，但今晚不是。你在看什么很重要，但没有你在看什么并且和谁在一起重要。那个夜晚，我和一个合适的人在一个合适的地方，当然，如果那场霰不够漂亮，我就会遭遇严酷的惩罚。

因此，我给雨雪交加四颗星。

---

[1] 人人渴望自由，直到你漂浮在绝对自由的外太空，太空服内的空气仅足够你呼吸45分钟。

雷克雅未克的热狗

The Hot Dogs of Bæjarins Beztu Pylsur

★★★★★

2008年夏天，我和莎拉与另一对夫妇，就是我们的朋友劳拉和瑞安，一起去欧洲旅行。我很喜欢劳拉和瑞安，但有一件事你需要知道，他们是那种常常灵感迸发，并善于从生活中捕捉点滴趣味的尽兴玩家。这与我的旅行方式大不相同，在一天中，我的大部分时间都在为一件事——参观博物馆做准备，剩下的时间则是用来让我从参观博物馆这唯一的活动中恢复过来。

我们从丹麦到了瑞典，然后去了冰岛。冰岛是北大西洋中的一个多岩石的小岛国，主要是靠向乘坐冰岛国家航空的乘客提供免费的中途停留服务来吸引游客。我对冰岛感兴趣，首先是因为我一直对小国及其体制着迷，冰岛就是个小国，人口不到40万；其次是因为与我长期合作的出版人朱莉·施特劳斯·加贝尔（Julie Strauss-Gabel）是冰岛的常客，她曾大力推荐雷克雅未克（Reykjavík）的一个热狗店[1]。

去瑞典和丹麦的旅行很愉快。那里有自助餐和博物馆，但最精彩的是与瑞安的瑞典亲戚一起度过的一个晚上，他们住在荒野中一个无边无际的湖边。他们欢迎我们到他们家，然后给我们喝了我们之前从未喝过的瑞典国酒白兰地。我不常喝酒，因为我非常害怕宿醉，但那天晚上我却喝得烂醉如泥。瑞安的亲戚还教我们唱瑞典的祝酒歌，教我们如何吃腌鲱鱼。我们觥筹交错，喝个不停，直到最后80岁高龄的家族族长站起来说了他当晚的第一句英语："现在我们来水上蒸桑拿吧！"

于是我们进了桑拿房，我喝得酩酊大醉，往头上倒冰凉的啤酒，想在桑拿房里凉快凉快。过了一会儿，我和莎拉走到外面及膝深的湖里。这位80岁的族长（我猜名字叫劳西）加入了我们。他一丝不挂地站在那里，显得旁边那些穿着泳衣的美国人虚伪得可笑。劳西拍了拍我的后背，这是一种表示坚定友情的举动。但我没想到他的力气有这么大，因此我毫无防备，一头扎到湖里。虽然没受伤，但我的眼镜碰到湖床上的岩石，完完全全坏掉了。第二天早上醒来时，我才意识到我对宿醉的恐惧是完全有道理

---

[1] 朱莉做我的编辑已经将近20年了，她编辑了我所有的书，也包括这本，她也是我较为亲密的朋友之一。她之所以有机会经常访问冰岛，是因为她的丈夫——木偶师大卫·费尔德曼（David Feldman）出演的儿童电视节目《懒惰镇》（LazyTown）在冰岛拍摄。

的，戴着没有镜片的眼镜，我什么都看不见。

两天后，当我们到达冰岛首都雷克雅未克时，我还是醉意未消，左腹部一直有胃酸翻涌，同时我又特别想融入这片土地。我害怕宿醉的真正症结是饮酒会让我更容易陷入绝望之中。我明白这么说是因为我还醉着，但醉着的时候确实是这样。

宿醉也让我对光线非常敏感，这本来是个问题，但当我们抵达雷克雅未克时，天空阴沉沉、雾蒙蒙的。在那些日子里，我感觉"天空"是人类造出来的，天空和地面的尽头相连。天空不仅在高处，也在脑海里翻涌不息。

我们从机场乘出租车进入雷克雅未克，它是冰岛最大的（也是唯一的）城市。出租车司机正在听一个冰岛广播，声音开得太大了，我在后座，被挤在莎拉和劳拉之间。当我们进入这座城市时，我为它那可怕的寂静所震撼。天气没有那么糟糕，街上却没有一个人。那是一个夏天的星期五，我想象的是，在一个小城市里，人们整天走着去肉店、面包店和烛台匠那里，或者其他什么地方。可事实相反，镇上一片寂静。

在离我们酒店大约还有四个街区的地方，出租车司机说："停在这里挺好的。"他停下车，等待我们付钱。我们表示需要他开车送我们到酒店门口，但他说："不，太远了。怎么说呢，车不太好开了。"

我觉得在这么空旷的街道上开车没有什么不好开的，但不管怎么说，我不是在冰岛驾驶方面的专家。我们下了出租车，拖着行李箱在雷克雅未克市中心一条宽阔的废弃人行道上行走。令我印象最深刻的是我们行李箱的轮子在人行道上的石砖上滚动时发出的声音，与四周的寂静形成鲜明的对比。

然后，不知从哪里传来了一声喊叫，接着是一声呻吟。整个城市，以及隐藏在我们周围建筑物的某个地方的什么东西，似乎在同一时刻发出了完全相同的噪音。

瑞安说："这好奇怪。"我们开始猜测为什么这座城市如同被封锁了一般。也许有某种游客尚未察觉的天气威胁，也许这是一个全国性的"室内假日"。

"也许吧，"劳拉说，"或许他们都在看同样的电视节目？"

就在那一刻，整个城市的寂静被打破了。我们周围爆发出一声巨响。家家户户、商店里、酒吧里的人们蜂拥而出，涌向街头。他们兴奋地欢呼着："啊啊啊啊啊啊！"许多人的脸上都画着冰岛国旗，还有很多人在哇哇大哭。一个和我年龄相仿的高个子把我抱起来，举向天空，我就像《狮子王》里的辛巴一样，然后他哭着拥抱了我。有人在瑞恩的脖子上披上了一条围巾。

"到底发生了什么事？"莎拉直接问道。

有人发了啤酒，我们喝了一些。最初混乱的尖叫声很快变成了歌声，这些歌曲显然非常能带动情绪，因为除了我们之外，街上的每个人都一边唱一边哭泣。有些人哭到不行，不得不坐在路边。人群继续涌动，雷克雅未克有12万人，他们似乎都挤在这条街上。现在回我们的酒店是不可能了，我们在人群中挤来挤去，所能希望的就是抓好行李箱。当一首歌结束，大家又开始叫喊时，我也决定试试。我把我那罐未开封的啤酒举到空中，高喊着："啊啊啊啊啊啊！"虽然我不知道我们在庆祝什么，但我感到非常高兴。我喜爱冰岛，我爱雷克雅未克，我爱这些人，他们的眼泪和汗水弄花了他们绘制在脸上的红、白、蓝相间的国旗。

雷克雅未克的热狗

最终，我们知道了这是因为冰岛刚刚在男子手球项目中获得了它有史以来的第一枚奥运会奖牌。我在想，在我的祖国发生什么样的事情会带来如此一致的狂欢。整座城市在庆祝他们的球队赢得世界杯或超级碗，但我唯一一次看到国家赛事的公开庆祝是在 1999 年，当时美国队女足赢得了世界杯。那年夏天，我住在阿拉斯加的一个名为穆斯帕斯的小镇上，在一家咖啡馆工作。我和我的同事在商店角落的一台小电视上观看着比赛，在布兰迪·查斯坦射入制胜的关键点球后，我听到了喇叭声，几分钟后，穆斯帕斯山口某处有个声音喊道："美国队厉害！"

我对男子团体手球的了解不多[1]，但我几乎对所有有关体育运动的事情都感到兴奋。几小时后，我们到达酒店，我觉得自己是冰岛男子团体手球的铁杆球迷了。我想在酒店休息一下，也出于还想看一些精彩的节目——我钟爱的球队赢得奥运会奖牌的兴奋让我筋疲力尽，但我的同伴坚持要我们出去感受一下冰岛的文化。

当时大批人群已经散去，再加上时间还早，所以我们参观了一家博物馆，在那里我们了解到，冰岛语在过去几个世纪里几乎没有发生什么变化，他们的经典传奇读起来就像当代文学。我们看到了鲍比·费舍尔在 1972 年击败鲍里斯·斯帕斯基的那张国际象棋桌。后来，我们乘观光巴士前往岛上内陆地区，在那里，一望无际的火山岩平原让人感觉置身于另一个星球上。我们的导游称赞了冰岛的许多优点，"格陵兰岛总是结冰，"她说，"但冰岛这里的天气相当温和。他们应该称冰岛为格陵兰岛，称格陵兰岛为冰岛。"然后我们都下车去看瀑布。8 月的气温在 50 华氏度，冷

---

[1] 这是美国唯一不经常参加的奥运会项目之一（自 1996 年以来，我们从未派队参加），因此它的相关比赛在美国电视上也很少播出。

冷的雨伴着风呼呼地向我们刮来，雨伞完全失去了作用。

导游在风中大声喊道："在冰岛能看到许多自然奇观，其中瀑布是非常有历史意义的。"即使是现在，我每次看到瀑布都会想："它是非常有历史意义的。"

当我们6点左右回到旅馆时，已经浑身湿透，冻得直打哆嗦，我恳求我的朋友们在房间里安静一晚。这一天发生了太多。我们就不能点客房服务，看看手球比赛然后上床睡觉吗？但是没有。本着必须把生命的精力全部耗尽的原则，我不情愿地跟着我的妻子和朋友去了夜晚的雷克雅未克，除了夏季，雷克雅未克的太阳要到10点以后才会落山。

我们走到朱莉推荐的雷克雅未克的热狗店，那是一幢画着一个戴着厨师帽的法兰克福香肠的小建筑，外面竟然只排了很短的队。有人推荐我点"全家福"，我照做了，搭配蛋黄酱、甜芥末和炸洋葱。雷克雅未克的热狗很有名，在旅游指南和电视节目中都有出现，并且被成千上万的谷歌用户评为五星级，不过和任何一个变得非常受欢迎的东西一样，它也遭受了广泛的差评。许多评论指出，这毕竟只是一个热狗。"没什么特别的。"其中一位写道。"没那么好，最好的热狗在加油站里。"一位名叫道格的游客说。

像道格一样，我经常对大肆宣传的美食感到失望，也许是因为期望太高，也许是因为我不太喜欢美食。然而，我发现雷克雅未克的热狗不仅值得大肆宣传，甚至还被低估了。其实我还不是特别喜欢热狗，但那是我一生中打卡过的较为喜欢的美食之一。

几个月后，也就是2008年秋天，经济衰退席卷全球，冰岛是受严重打击的国家之一，其货币在短短几个月内贬值了35%。

随着经济的持续衰退和信贷市场的冻结，专家们表示我们正在经历一次千年一遇的经济收缩，实际上一次千年一遇的经济收缩距离我们只有 12 年的时间。我们应该改掉说任何事情都是一生只有一次的习惯，我们不应该再假装我们知道一辈子有多长，或者一辈子会发生什么。

然而，我非常怀疑我们在冰岛度过的那漫长的一天真的是一生中仅有的一天。在那个寒冷的夏日，冰岛队获得了历史上第一枚夏季奥运会团体奖牌。我和朋友们挤在一起吃着热狗，这是我吃过的最好吃的热狗，它治愈了我多日的宿醉，让我眼里的画面变得模糊。在雷克雅未克的暮色中，我感受到内心的愉悦，虽只有短短一刻，却意义非凡。

我给雷克雅未克的热狗五颗星。

备忘录应用程序

The Notes App

★★★☆

IOS 备忘录应用程序于 2007 年随着初代 iPhone 首次亮相。当时，这款应用程序的默认字体看起来有点像手写字体，它的背景是黄色的，文本每行之间都有一条水平线，会让人们想起以前的黄色便笺簿。即使是现在，备忘录的行与行之间也用浅浅的条格来模仿纸张，这就是所谓的拟物化设计的一个例子，也就是说，这款应用程序是一个衍生对象，保留了原来物体的设计中已经被淘汰的元素。这就好比赌场里的老虎机其实不再需要可拉臂，但大多数老虎机仍然保留了这个设计。许多移动设备应用程序都使用拟物化设计，如计算器应用程序是计算器形状的，钟表应用程序有分针和时针，等等。这一切或许都是希望我们不会注意到这个世界在迅速变化着。

在我阅读的大部分时间里，我会在读的那本书的空白处做笔记。我不是会随身携带笔记本的人。我想成为一个写日记的人，一个坐在公园长椅上的人，一个拥有美妙想法的人，一个能立即捕捉这些想法的人。可我发现，也不必立刻就捕捉这些想法，如果出于某种原因，我需要写下一些东西，我总是随身携带一本书，还有一支笔。

在我的《所罗门之歌》（Song of Solomon）的副本中，有一张购物清单；在《卡瓦利与克雷的神奇冒险》（The Amazing Adventures of Kavalier and Clay）中，有一份去我姑姥姥家的路线图；在《国王的人马》（All the King's Men）第241页的底部，我写道："连续下了两天雨。"这是我第一部小说《寻找阿拉斯加》构思的情节。我还参考了许多我读过的书。有时，仅仅是几个字"野猪狩猎"，它潦草地写在《我们的南方高地人》（Our Southern Highlanders）的页边，成为我写的《多面的凯瑟琳》（An Abundance of Katherines）中的高潮部分。

但我的旁注通常让我感到困惑。在我那本《简·爱》（Jane Eyre）的第84页上，我为什么要写"你从未如此孤独过"？我是那句话里的你吗？这个旁注取决于我现在丢失的记忆。当我回想起在大学里第一次读《简·爱》时的时光，我不记得自己是孤独的，也不记得日常生活中发生了什么。我主要记得简本人，罗切斯特如何称她为"我的知己"，简如何说避免下地狱的方法是"保持健康，就不会死亡"。

我在2018年买了第一支iPhone手机，但我迟迟没改掉在书上空白处做笔记的习惯。直到 2010 年，我才在备忘录中写作。但不久之后，我发现我经常出门不带笔，慢慢地我出门也不拿书了。不再携带纸和笔是因 iPhone 出现了，而这个问题最终也是由它解决的[1]。

一直以来，口袋里装着电子书和一个记笔记的设备并不能让我的笔记变得更容易理解。比如，为什么我在 2011 年写道："他们正在粉刷阿姆斯特丹国家博物馆的天花板。"他们是在粉刷阿姆斯特丹国家博物馆的天花板吗？还是说我觉得这句话很适合变成一个好的故事情节？我不知道。虽然我仍然可以分析出一些注释，但它们放在一起就成了让我自己都云里雾里的自传，这也是通过叙述我所关心的事情来了解自身的一种方式。从 2020 年开始，我用另一款应用程序来记笔记，不再使用苹果自带的备忘录。备忘录现在就像《简·爱》那本旧书中的空白地方一样，被我抛弃掉了。以下是每一年我在备忘录中写下的信息。

2019 年："将曼格索的话发送给莎拉。"我的十几条笔记都在提醒自己给莎拉发送一些东西——唐纳德·霍尔（Donald Hall）的文章、当代艺术博物馆克里·詹姆斯·马歇尔（Kerry James Marshall）展览的目录，或者亨利·詹姆斯（Henry James）写的关于副词的笑话。我不知道我到底和她分享过多少这样的东西，因为备忘录里总是会有。我也不知道我指的是莎拉·曼格索（Sarah Manguso）的哪句话，但这可能是曼格索在《两种衰败》（*Two Kinds of Decay*）一书中关于精神病院生活的一段话："病房是我生活过的唯一真正平等的社区。我的意思是，我们都知道我们经历了地狱，我们的生命已经结束，我们所拥有的只是最后的沦落。在沦落的过程

---

[1] 我突然想到，技术常常吹嘘自己能解决自己带来的问题。

中，我们唯一能做的就是发发慈悲。"

2018 年："时态和视角的不连续性是你所处时代的标志。"我不知道这些词是什么意思，但这是我在 2018 年 3 月输入的，而且没有更多的上下文线索了。

2017 年："独自在晚上开车是一种没有痛苦的心碎。"我在晚上独自开车的时候有了这个想法，然后我靠边停下车，在备忘录中写了下来，之后这种感觉就消失了。

2016 年："想象和记忆之间没有清晰的界限。"根据我的谷歌日历，我写这篇文章的时候，我在我最好的朋友克里斯和玛丽娜·沃特斯的家里。我想是莎拉在谈话中说了类似的话，然后我就记住了。但不管怎么说，这句话最后出现在我的《龟背上的世界》一书中。这本书讲述的是一个孩子不断回忆自己所想象的东西的故事。

2015 年："这家酒吧到处都是灯光，却看不到任何人的脸。"我有时觉得自己不能正常参与谈话，是因为我得保证我所说的和听到的一切都不能让我焦虑，所以当我反应过来有人刚才对我说了什么以及我应该如何回应时，我的笑声或是其他反应都有延迟，这看起来很奇怪。在知道这点之后，我会变得更焦虑，然后情况就会更糟。我有时会把自己想象成一个对话的记录者，而不是正在进行对话的人，这样我就会拿出手机做些笔记。"这个酒吧到处都是灯光，却看不到任何人的脸。"这是当我们都在俄亥俄州克利夫兰的一家酒店酒吧时，一位电影明星的公关对我的同事爱丽丝·马歇尔说的话。我非常喜欢这句话，也许有一天我会在自己小说中用到它。

2014 年："草莓山喝着不是我记忆中那种奢侈的味道了。"我在喝了一瓶"草莓山"的酒后写下了这句话。"草莓山"是布恩农场公司生产的一种亮粉色的类似于葡萄酒的饮料，售价 4 美元。高中时我经常喝草莓山，当时喜欢得不得了，但在接下来的几年里，要么是它变了，要么是我变了，我不再痴迷于它[1]。

2013 年："用火来灭火。"这句话肯定对我很重要，因为在 2013 年的备忘录中，这句话出现过 3 次，但我完全不知道它的意思了。这是一个小小的提醒，记忆与其说是一个照相机，不如说是一个过滤器。留下的与漏出的相比，根本算不得什么。

2012 年："只有这句话要逐字理解。"有一天我在教堂，读到了《马太福音》19:24，其中写道："我再次告诉你们，骆驼穿过针眼比富人进入上帝的王国更容易。"牧师说，这是唯一一行需要逐字理解的话，除此之外，人们都可以按字面意思来解读《圣经》。

2011 年："这是一个美好的日子，只有这句还有的救。"这句我记得很清楚。我花了将近一年的时间写了一本小说，讲述了 6 名高中生最终被困在荒岛上的故事。当时我陷进去了，所以决定先放放，过几个星期再读一遍。当我头脑清晰地再读这本书时，我发现书里没有心，没有智慧，没有快乐，什么都没了。我不得不放弃这本书，除了其中那句："这是一个美好的日子。"尽管如此，我依然喜欢那句话。最终它出现在我写的《无比美妙的痛苦》里。

2010 年："她的眼睛盯着他的眼睛。"这是在我的手机备忘录中写的第一条笔记。我想，这是我第一次注意到我最喜欢的山羊乐队歌词中有个双

---

[1] 英语中我最喜欢的一个句子是粉丝网站 boonesfarm.net 上对"草莓山"的评论："'草莓山'有着浓郁又充满活力的草莓味，只略带了一丝山的味道。"

关语时写的。他们的歌《珍妮》(Jenny)描绘了一个刚买了一辆黄黑相间的川崎摩托车的女孩和爱她的一个解说员的故事。里面有一句是这样唱的，"你把头灯打向地平线，我们是银河系中唯一没有被上帝注意到的。"这句歌词总让我想起在 11 年级时，我和 3 个关系非常好的朋友一起躺在一块开阔的田野里，喝着热乎乎的麦芽白酒，凝视着夜空。

对于银河系中上帝唯一没有注意到的东西，我必须给它五颗星，但对于备忘录这个应用程序，我只给它三颗半星。

山羊乐队

The Mountain Goats

★★★★★

　　我不知道该如何表达我对山羊乐队的爱，只能说我对他们的爱是真正无条件的。我无法抉择出山羊乐队的哪首歌曲或哪张专辑是我最喜欢的，因为所有的都是我的最爱。自从几十年前，我的朋友林赛·罗伯逊（Lindsay Robertson）为我演奏了一首名叫《丹顿有史以来最好的死亡金属乐队》（*The Best Ever Death Metal Band Out of Denton*）的歌曲以后，他们的歌曲一直陪伴着我。林赛是我见过最有音乐品味的人，她建议我从听他们当时的新专辑《塔拉哈西》（*Tallahassee*）（这也是美国佛罗里达州州府）

开始，踏上我的"山羊之旅"。（和我一样，林赛也在佛罗里达长大。）

几周之内，我就记住了《塔拉哈西》这张专辑里的每一首歌。正如音乐评论家萨莎·弗雷尔·琼斯（Sasha Frere-Jones）所说的那样，乐队的领队约翰·达尼尔（John Darnielle）是"美国最好的非嘻哈作词家"。在《塔拉哈西》这张专辑里，他唱的《国际小武器贸易蓝调》（International Small Arms Traffic Blues）中的一句歌词"我们的爱就像希腊和阿尔巴尼亚之间的边界"，表达了我当时正在经历的、所感受到的那种爱。在另外一首歌中，他用"就像路易斯安那州的墓地 / 没有什么东西可以埋葬"一句歌词描绘了爱情的模样。

时光流逝，山羊乐队跟随着我一起成长。当我的孩子出生时，我听的是他们唱的"我看到他的小脸微皱 / 是因为他的眼睛遇到了光"；当我悲伤得不能自已时，我会听"我是一架翻滚的飞机 / 试着听我的乐器 / 他们什么也不说"。有时候，我需要艺术的力量来鼓舞自己，就像山羊在《今年》副歌中的著名演绎一样，达尼尔高喊着，"如果它杀了我，我会挺过今年"。但在其他时候，我只需要艺术来陪伴我。

山羊乐队彻底塑造了我的思考和聆听方式，甚至如若没有他们，我都不知道我会是谁，至少肯定不会是现在的自己。毫不夸张地说，在山羊乐队的歌曲中，某些时刻于我而言几乎是圣经般的存在，从某种意义上讲，他们指引着我，让我知道自己想要的是什么生活，以及我在长大后希望成为什么样子的人。比如说："你是一个充满光明的存在，在这个地球上，我是你生命和价值的见证者。"这两句呼吁我散发更多光芒，也更好地去发现别人身上的光芒。

我给山羊乐队五颗星。

QWERTY键盘

The QWERTY Keyboard

★★★★

在大多数的英语键盘上，三排字母键并不是按26个英文字母的顺序排列的，也不是按使用频率排列的。实际上，最常用的两个字母"E"和"T"都不在"home 键"之列——打字时你的手指可以停留在八个"home键"上。要想找到"E"和"T"得移动到第一排键上，第一排从左到右依次是字母Q、W、E、R、T、Y……这样的键盘布局得从打字机的运作方式及一位激进的素食主义者说起。威斯康星州有位政治家在八年内换了两次政党，他和这事也有关。

在看关于发明家及其发明故事时，我偏爱平铺直叙的语言风格。五年级时，我写了第一部纪实文学，讲的是托马斯·爱迪生（Thomas Edison）。开头："托马斯·爱迪生是一个非常有趣的人，他创造了许多有趣的发明，比如灯泡和趣味十足的电影摄影机。"我之所以喜欢"有趣"（interesting）这个词，是因为我的传记要通过草书手写而成，还必须凑够五页，而我的字迹可谓龙飞凤舞，单单"有趣"一词就能占满一行。

当然，爱迪生的有趣之处在于，他既不是灯泡的第一发明者，也不是电影摄影机的第一发明者。它们都是爱迪生与他人合作，站在前人的肩膀上，对已有发明进行改进的成果，这也是人类的超能力之一。最能让我兴致盎然的不是研究个人行为，而是我们共同建立和维护的种种系统。灯泡确实很酷，但更酷的还是给它供电的电网。

但谁愿意听一个经历几十年迭代变化又进展缓慢的故事呢？也没准你愿意听。

最早的打字机出现在18世纪，但生产打印机的速度太慢，价格又昂贵，因此无法大规模生产。随着时间的推移，工业革命兴起，制造精密的金属零件不用再花大价钱。19世纪60年代，威斯康星州的报纸出版商兼政治家克里斯托夫·拉森·肖尔斯（Christopher Latham Sholes）尝试发明一种可以打印页码的机器，同时他又开始琢磨着发明一种类似的机器来输入字母。

肖尔斯是威斯康星州政坛老将，他曾在威斯康星州参议院担任民主党议员，后来还加入了自由土地党（该党派致力于结束对非裔美国人的法律歧视，防止奴隶制在美国扩张）。肖尔斯后来又加入了共和党，今天最为人所熟知的是他曾公开反对死刑。在他的呼吁下，威斯康星州于1853

年废除了死刑。

肖尔斯曾在《科学美国人》(*Scientific American*)[1]杂志上读到过一篇关于打字机的介绍，这台打字机号称"文学的钢琴"。于是他与他的朋友塞缪尔·苏尔(Samuel Soule)、卡洛斯·格利登(Carlos Glidden)合作制造了一台差不多的打字机。他们最初制造的打字机有两排按键，基本上按字母顺序排列，而颜色分别是黑檀木色和象牙白色，就好似一架钢琴。

当时，许多打字机的字母布局和设计策略各有千秋，但出于大范围合作的需要，一项巨大挑战顺势而生：如何才能实现键盘布局的标准化。如果每次拿到新键盘，你都需要熟悉一遍它的布局，效率真的十分低下[2]。

肖尔斯打字机是一种所谓的"盲式打字机"，也就是说，你在打字时，看不到你所键入的内容。这样一来，如果打字机发生卡顿，你也无从知晓。而且，按字母顺序排列按键会引起许多卡顿。但目前尚不清楚是不是这些卡顿使键盘布局发生改变。安冈孝一和安冈素子(Koichi and Motoko Yasuoka)[3]在他们的论文《论QWERTY史前史》(*On the Prehistory of QWERTY*)中提出了一个令人信服的观点：键盘布局的改变并非由打字卡顿引起，而是为了满足电报操作员翻译莫尔斯电码的需要。

---

1 《科学美国人》是美国的一本科普杂志，创刊于1845年8月28日。该刊最开始是每周出版，后改为每月出版。它是美国历史出版时间最长、一直连续出版的杂志。——译者注
2 缺乏标准化往往会阻碍生产力发展。铁路轨距大小是这种现象的一个著名例子，但我们在生活中经常见到的是便携式电子设备的充电器线。我的一些设备使用USB-C充电线，其他设备使用USB-A、迷你USB或微型USB。还有就是苹果目前正在使用的所有充电标准，在过去的十年里，苹果公司已经放弃了许多标准，以至于他们还在生产带有QWERTY键盘布局的电脑，这真是个奇迹。
3 日本京都大学的两名研究者。

无论如何，电报员和速记员都影响了最终的键盘布局。还有一些人也贡献了力量，其中包括托马斯·爱迪生，他曾为打字机的设计提供了优化建议。

肖尔斯、苏尔和格利登也依赖于外部投资者，其中最著名的是肖尔斯的老朋友詹姆斯·登斯莫尔（James Densmore）。他是一个不折不扣的素食者，平日里最爱吃苹果。他最出圈的一件事就是在餐馆里和一个陌生人吵了起来，原因竟然是听到人家点了肉。他还把裤子剪短，露出脚踝，只是为了舒适。他有个兄弟叫阿莫斯（Amos），专门研究英语字母频率和组合。一些报道还称阿莫斯曾在打字机制造者设计键盘布局时出谋划策。

登斯莫尔对测试速记员和电报员说，对打字机要"好好测试一番"，才能找出它的弱点。随着测试工作的推进，肖尔斯和同事改进了机器。直到1868年11月，打字机变成了四排键，最上面一排开头是"ＡＥＩ．？"。到了1873年，键盘布局开始以字母"ＱＷＥ．Ｔ Ｙ"开头。那一年，枪支制造商雷明顿父子买下了肖尔斯和格里登打字机的所有权。随着内战结束，雷明顿公司想要扩大经营范围。于是，雷明顿公司的工程师们把字母"R"移到了打字机的第一排，形成了类似于我们今天的按键布局。

"QWERTY键盘"的诞生不属于某个个体，而是许多人通力合作的成果。顺便说一句，肖尔斯自己对键盘布局并不满意，他的余生一直在为键盘的改进而努力。在他去世前的几个月，他为一种新式"XPMCH键盘"申请了专利。

但如今最常见的还是"QWERTY键盘"，部分原因是雷明顿2号打字机风靡一时，还有一部分原因是这种键盘的布局设计十分得当。自从"QWERTY键盘"问世以来，人们曾多次尝试对其进行改进，但都收效甚微。1932 年，奥古斯特·德沃夏克（August Dvorak）改进了"QWERTY 键盘"的布局结构，他将键盘左侧主键区域的字母改为：A、O、E、U，使其更为简洁。当时一些研究表明，由德沃夏克改进的键盘不仅提高了打字速度，还降低了错误率。但最近的研究发现，当年的许多研究都是由德沃夏克资助的，而"德沃夏克键盘"之类的优化版键盘其实没什么值得称道之处。

"QWERTY 键盘"——部分是出于偶然——非常适合双手交替打字，这意味着一只手可以在另一只手打字的时候触摸按键。但是"QWERTY 键盘"并不完美，比如最常用的按键都是用左手打的，而大多数人用右手打字时速度更快，也更准确，不过对大多数人来说，"QWERTY 键盘"已经很好用了。

我也是这样认为的。我写字不怎么好看（所以写一个草体的"有趣"要占一整行），无论怎么努力平稳运笔都无济于事，所以在年纪很小的时候我就已经能熟练打字了。在"QWERTY 键盘"上打字对我来说是小事一桩，最初是因为我想玩 20 世纪 80 年代的一款打字电子游戏，但最终我爱上了那种敲击键盘的快感。到六年级时，我一分钟能打 80 个字。现在，我打字的速度和思考的速度一样快。可能由于我总是在打字时思考，我的大脑已经适应了，比如我的大脑习惯把字母 Q、W、E、R、T、Y 当作字母表的开头。

键盘是我生产思想的途径，也是我分享思想的途径。虽说我不会演奏乐器，但可以敲击这架"文学钢琴"。当演奏流利时，噼里啪啦的键盘声就像节奏明快的乐曲，从指间潺潺流出。我偶尔会萌生一种感觉，只要知道每个字母在键盘上的位置，我就能顺畅地敲出一个个单词，词连成句，句连成段，段落再成篇，如此一来，我便能妙笔生花。我喜欢听敲击键盘的声音，专业术语是"按键操作"。但我最喜爱打字的一点是，我打在屏幕上或页面上的东西与别人的看起来并无差别。当我还是个在早期互联网上冲浪的孩子时，我喜欢打字是因为没有人能看出屏幕这端的我有多瘦小，有多不安，有多么拼命地在发声。回到1991年，互联网上的我并不是个容易焦躁的软骨头，而是打字高手。当我无法忍受自己的状态，我可以化身为一串被接连敲击的按键，在手指翻飞之间演奏着文字的乐章。在某种程度上，这也是多年来我一直坚持打字的原因。

因此，即使"QWERTY键盘"并不完美，我仍然要给它四颗星。

世界最大的油漆球

The World's Largest Ball of Paint

★★★★

　　我并不会受到蛊惑而人云亦云地说什么美国堪称典范，甚至说美国卓尔不群，但是美国确实拥有很多个世界上最大的球。世界上最大的铁丝网球、最大的爆米花球、最大的贴纸球、最大的橡皮筋球等，这些统统都在美国。世界上最大的邮票球[1]在内布拉斯加州（Nebraska）的奥马哈（Omaha），它是由一家名为"孤儿乐园"（Boys Town）的孤儿院居民建

---

[1] 这个巨大的球体直径 32 英寸，重约 600 磅，估计由超过 400 万张作废的邮票组成。——译者注

造的。

在 20 年前的一次公路旅行中，我和女朋友一起遍寻全国路边景点，那时我们参观了这个邮票球。因为当时我们的关系濒临破裂，所以我们希望通过观赏美景弥合裂痕。我们参观了内布拉斯加州的汽车阵，它由废旧汽车搭建而成，完美复刻了巨石阵[1]。我们还参观了南达科他州（South Dakota's）的玉米皇宫[2]，这是一个巨大的建筑，外墙主要由玉米粒砌成。我们还参观了几个世界上最大的球，有明尼苏达州达尔文的某个市民滚出的麻线球，还有堪萨斯州考克市一个社区滚出的球[3]。虽然不久后我们就分手了，但考克市成了我们共同的回忆。

***

几年前，我曾情绪崩溃，意志消沉，每次失落低迷的状态都会让我陷入另外一个世界之中。这不是第一次了，但当你感觉自己死气沉沉时，也无法在之前的经历中找到一丝慰藉。当我努力恢复状态，或者至少稳定住情绪时，我又想起了那次公路之旅，所以我决定再尝试一次。我开车去看世界上最大的油漆球，它把我的情绪安抚了下来，至少目前是这样。

公路边，庞大系统的作品与微小个体的作品交相辉映，我渐渐陶醉其中。这样的路边景点在美国不算少，因为道路本来就多，而我们建造

---

1 欧洲著名的史前时代文化神庙遗址，位于英格兰威尔特郡索尔兹伯里平原。——译者注
2 玉米皇宫（Corn Palace）于 1892 年正式开放，原本是当地农民想要展现的丰收成果。——译者注
3 也许这说明你需要了解的是，美国并不只是世界上最令人印象深刻的麻线球称号的竞争者。美国还有世界上最大的尼龙线球，目前存放在密苏里州的布兰森，以及世界上最重的麻线球，位于威斯康星州。

州际高速公路是为了让众多乘客在广袤无垠的土地上自由穿梭[1]。一旦你上了州际公路,就很容易一路开到黑,除非你需要加油了,或者需要吃点什么。美国高速公路巡航系统会为你规划最短路线,要逃离这种出行需要一些特别的事物,它们要能标新立异或称得上是世界之最。

正是这个系统使路边景观变得必要,个人可以发散思维、随心所欲。例如,乔尔·沃尔是世界上最大的橡皮筋球的创造者。他开始制作这个球时,在聚友网[2]上写道:"首先,要有一个明确、清晰、实用的想法和目标;其次,要有能达到目的的必要手段;最后,再根据目标调整手段。——亚里士多德"[3]对沃尔来说,最明确、最实际的想法就是制造世界上最大的橡皮筋球,这个球最终将超过9000磅(约4082千克)。他也不知道为何自己如此痴迷于创造一些无关紧要的东西,但他一贯如此。

世界上最大的油漆球位于印第安纳州的亚历克斯-安德里亚小镇。早在1977年,迈克·卡迈克尔就和他3岁的儿子一起用油漆刷了一个棒球,后来他们不断刷新。迈克曾告诉《路边美国》(*Roadside America*)[4]:"我要刷上一千层,然后把它切成两半,看看它是什么样子。但后来它看起来还挺不错,我家人们都说继续刷吧。"卡迈克尔还邀请朋友和家人参与粉

---

1 这说明,在美国直到在20世纪50年代高速公路系统建成后,世界上最大的球才真正成为现实事物。
2 聚友网即MySpace.com,成立于2003年9月,是全球第二大社交网站。它为全球用户提供了一个集交友、个人信息分享、即时通信等多种功能于一体的互动平台。——译者注
3 亚里士多德实际上并没有写这篇文章,但这些思想是从《伦理学》中提炼出来的。
4《路边美国》最初是劳伦斯·吉林格在宾夕法尼亚州汉堡的一个小型展览,1935年首次向公众展出。当地报纸刊登的一篇报道引起了人们对这个小村庄的关注,从而扩大了展览范围。——译者注

刷，后来一些陌生人也加入进来。

40多年过去了，这个棒球上覆盖了超过26000层油漆，球体重达两吨半。它被放置在专门的小屋内，每年都有一千多人来给它上色。游客可以免费参观，卡迈克尔甚至还提供油漆。虽然现在他和他的儿子仍在继续添加油漆，但球体的大部分绘画都是由游客完成的。

***

当我还是个孩子的时候，我认为科技进步要归功于那些孤军奋战、具有远见卓识的英雄，我也认为艺术成就是天才的专属品。

对莎士比亚、达·芬奇，又或者是任何天赋异禀、成就斐然的人的生活和工作的研究，让我了解到了伟大的艺术成就是如何产生的。在学校里，无论是学习历史、数学还是文学，我看到的故事都是以伟大的优秀人物为中心，比如米开朗琪罗和他的天花板[1]、牛顿和落下的苹果、恺撒越过卢比孔河。

坦白来讲，我总能听到类似于"橘生淮南为橘"的说法。高中时讨论《哈克贝利·费恩历险记》(The Adventures of Huckleberry Finn)，我的一位老师指出，在战火纷飞的世纪之交，马克·吐温如果不是从小生活在密西西比河沿岸，就很难取得如此大的成就。但我更相信另一种说法，那就是优秀的作品是英雄和杰出者的成果，而非时代或合作的产物。

我仍然相信天才的存在。从约翰·弥尔顿(John Milton)到简·奥斯汀(Jane Austen)，再到托尼·莫里森(Toni Morrison)，有些艺术家只是天赋异禀，注定超凡。但如今，我认为天才是一个连续统一体，而不是

---

1 圣彼得大教堂的穹顶画。——译者注

一种简单的特质。更重要的是，我认为有些人受到了误导，对于天赋盲目崇拜。牛顿其实没有发现重力，相关的知识体系早就搭建完成。他只不过赶上信息高效传播的浪潮，与许多人一起合作增进了我们对于重力的认识。恺撒之所以成为独裁者，并不是因为他带领军队渡过了卢比孔河，而是因为几个世纪以来，罗马共和国越来越依赖将军的资助，而且士兵效忠的对象渐渐从民众变成了君主。米开朗琪罗受益于对人体解剖学的深度理解，受益于他在佛罗伦萨显赫的身份地位，还受益于几位助手的努力，他们为西斯廷教堂中部分壁画的绘制献出了自己的一份力量。

我们颂扬那些引领改革浪潮的人，但其实他们也只不过是适逢其时，从而可以研究更快的微芯片、更好的操作系统或更高效的键盘布局。即使是最卓越超群的天才，单打独斗的也不过寥寥。

我常常希望我的作品能变得更好，能达到天才的水平，能被读者所铭记。这种想法在年轻的时候尤其强烈，但现在我认为这种想法夸大了个人的作用。也许到最后，艺术和生活更像是世界上最大的油漆球。你仔细挑选颜色，精心涂抹；过了一段时间，它又被涂上了一层油漆。球被一次又一次地涂抹，直到你的颜料完全被覆盖。最终，也许除了你没人知道那层颜色。但这并不意味着你的涂层无关紧要或消失殆尽。你已经永久地改变了这个球体，它变得更美丽、更有趣。现在，我们一点也看不出来这个世界上最大的油漆球曾经是个棒球，而其中的功劳必然有你的一份。

这就是艺术对我的意义。你的选择也会影响别人的选择。会有一些想要摆脱悲伤和恐惧的人驾车前往印第安纳州的亚历克斯安德里亚，只为一睹那属于成千上万人的美丽与荒谬。他们会重获希望，这种感受难以言喻、无以分享。新的涂层很快会被覆盖，但仍然很重要。艺术不为天才所独享，正如詹姆斯·乔伊斯所说："在我的灵魂的铁匠铺里锻造着我生而为人的良知。"艺术就是你为世界上最大的油漆球涂了一层浅蓝色，你知道它很快就会被遮盖，但还是乐此不疲。

世界上最大的油漆球值得拥有四颗星。

美国梧桐

Sycamore Trees

★★★★★

我的孩子们喜欢和我玩一个名叫"为什么"的古老游戏。比如，我告诉他们要把早餐吃完，他们会问："为什么？"我说这样才能摄取足够的营养和水分。他们又问："为什么？"我解释说因为父母要对你们的健康负责。他们追问道："为什么？"我回答一方面是因为我爱你们，另一方面是因为这是我们人类生理进化的需要。他们继续发问："为什么？"我回答道，因为物种想要继续存活，繁衍生息。他们却依旧乐此不疲地刨根问底："为什么？"

我迟疑了大半天，然后回答："我也说不准，但我认为人类有其存在的价值。"

这下终于没人再问为什么了。幸福而美好的寂静气息笼罩着餐桌。我甚至看到一个孩子拿起叉子准备乖乖吃饭。然而，就当寂静的时光似乎要持续一会儿时，一个孩子的嘴里又蹦出来一句"为什么"。

***

当我十几岁的时候，我用"为什么"游戏来证明，如果你对一件事探究得足够深，你就会发现不存在为什么。我陶醉于虚无主义，更重要的是，我喜欢这种胸有成竹的感觉。那些相信生命本质意义的人都挺傻的，我们自欺欺人地说生命有意义是为了挨过无意义的痛苦。

不久前，我开始玩一个叫"意义何在"的游戏，这个游戏和"为什么"类似。

我在自己的两部小说中都引用了埃德娜·圣·文森特·米莱（Edna St. Vincent Millay）[1]的一首诗，现在我还想再引用一遍，因为我从未遇到过任何诗句能如此贴切地描述我抑郁发作时的低潮情绪。诗的开头写道："空气中弥漫着寒意，智者深知这一点，甚至学会了忍耐。这喜悦，我知道，很快就会被雪掩埋。"

2018年年末，我在机场突然感觉到阵阵寒意。四周熙熙攘攘，可这一切又有什么意义？周二下午我即将飞往密尔沃基，与其他智力水平较高的"类人猿"（也就是人类）一同进入一个管道，这条管道将向大气中排放大量二氧化碳，将我们从一个人口中心运送到另一个人口中心。但如此大

---

[1] 埃德娜·圣·文森特·米莱（1892—1950），美国诗人兼剧作家，作品有《蓟的无花果》《竖琴编织人》等。——译者注

费周章又有何意义？人们前往密尔沃基办的都是一些无关紧要之事，因为世上的一切其实都没那么重要。

当我开始思考意义的时候，我找不到艺术创作的意义，那只不过是利用地球上有限的资源来粉饰万物的行为；我找不到种植粮食的意义，那只不过是在慢吞吞地生产食物来填饱人们的肚子；我找不到坠入爱河的意义，那只不过是一种无望的尝试，它永远也无法撬开你孤独的枷锁，正如罗伯特·潘·沃伦[1]所说："你总是独自处于深深的黑暗之中，那孤独的深渊就是你本身。"

与置身黑暗相比，你面临的情况其实更糟糕。当我开始思考意义的时候，一道炫目的白光打在了我的身上。置身黑暗本身不会带来伤害，但突如其来的强光会打得你措手不及，就像目视太阳那样刺眼。米莱的那首诗提到"落入我眼睛的明亮的烦恼"。在我看来，明亮的烦恼是你出生后第一次睁开眼睛时看到的光，它让你流出第一滴眼泪，让你生出第一丝恐惧。

这有什么意义？所有这一切的波折坎坷都将很快化为乌有。坐在机场里，我厌恶自己过激的行为和失败的举动，以及企图为这个荒诞不经的世界拼凑出一些意义和希望却无计可施的状态。我一直在自欺欺人，还自认为这一切都是有理有据的，我以为意识是一种奇迹，其实它是一种负担，我以为活着是一种奇迹，其实它是一种恐惧。在不停拷问自己"意义何在"的同时，我的大脑告诉我一个简单的事实，那就是，宇宙并不在乎我的死活。

---

[1] 罗伯特·潘·沃伦，美国第一任桂冠诗人，被评论界称为"我们最杰出的文学家"以及"20世纪后半叶最重要的美国诗人"。——译者注

米莱写道:"夜幕忽然降临,一天落下帷幕。"

玩这个游戏的问题在于一旦开始便很难停下来。我的任何顽强反抗都被灼热的白光瞬间摧毁,我觉得生存的唯一方法就是培养一种讽刺的超然态度。如果我不能乐以忘忧,我至少想保持镇定与从容。当我的大脑在深究意义的时候,谈论希望是如此的无力和天真,尤其还面对着人类生活中无穷的暴行和恐怖。什么样的蠢材才会在目睹人类的惨痛经历之后还能产生除绝望以外的其他反应呢?

我不再相信未来。杰奎琳·伍德森有一本小说名为《如果你轻轻地来》(*If You Come Softly*),其中有一个人物说,他在展望未来时看到自己置身于一大片空白之中。我的未来也开始呈现出一片幽森恐怖的空白。至于现在,我也看不到色彩。一切都很伤人,疼痛感刺进皮肤,钻入骨髓。所有这些痛苦和渴望的意义是什么?为什么会这样?

绝望帮不上忙,这就是问题所在。它只是像病毒一样滋生蔓延,还繁衍出很多寄生虫。如果思考意义让我更加坚定地维护正义,倡导环保,我无怨无悔。但是绝望投下的白光反而使我变得迟钝和冷漠,我竭尽全力想要挣脱。我很难安然入睡,但也很难不昏昏欲睡。

我不想向绝望屈服,也不愿在冷嘲热讽中寻求庇护。如果"镇定从容"意味着脱离现实,那么我不想变成这样。

抑郁的别名叫作疲惫。它来势汹汹,挑起你大脑中的千般思绪,让你觉得连尝试都是徒劳。在游戏进行期间,我确信它永远不会终结。但这是一个谎言,就像大多数言之凿凿的"必然性"一样。人们总以为瞬间即永恒,但没有什么能被永久定格,时间永远不会停滞不前。在我十几岁的时候,我认为生命毫无意义,但我错了。直到现在我也没能得出关于生命的正确结论，生命不是区区"绝望"二字就能概括的。

我的朋友艾米·克鲁斯·罗森塔尔曾经告诉我，好好审视一下"believe"（相信）这个词，要对它保持敬畏之心。看看它如何将"be"和"live"结合在一起。我们一起吃午饭时她说她很喜欢"believe"（相信）这个词。我们又谈到了家庭和工作，然后她脱口而出说："Believe！To be live！（相信！活下去！）多好的一个词！"

词源词典告诉我，"believe"来自原始日耳曼语的词根，意思是"珍爱"或"关心"。这两种释义的方法我都很喜欢，我必须选择去相信生命，去关爱世界，去珍惜人生。我虽筋疲力尽，但仍在继续前行；我积极接受治疗，并尝试了另一种抗抑郁药物；虽然瞧不上冥想那一套，但我还是会定时进行冥想；我积极地锻炼身体，耐心地等待着好事的发生。我要相信生命，要珍爱生命，要步履不息，要继续前行！

有一天，气温稍稍回升，光线也不再那么炫目刺眼。我和孩子们在一个森林公园漫步，我儿子看见两只松鼠在巨大的美国梧桐树上奔跑着，他兴奋地指着它们。我看着那棵树，白色树皮成片剥落，它的叶子比餐盘还大。我心中喃喃："天哪！好美的一棵树！它一定有百年历史了，也许更久。"

我打算回到家后查阅有关美国梧桐的书籍，那时我将会了解到有一些梧桐树竟存活了三百多年，比这个国家的历史还要古老；我还会了解到乔治·华盛顿曾经测量过一棵周长约40英尺（约12.2米）的梧桐树；还会了解到18世纪时，约翰和塞缪尔·普林格尔兄弟逃离英国军队之后，曾在一棵中空的梧桐树干中生活了两年，这棵树就位于现在的西弗吉尼亚州。

我将会了解到，约2400年前希罗多德曾写道："波斯国王薛西斯率领他的军队穿越一片梧桐树林时遇到了一棵美丽无比的树，看着这棵树，国王内心深受感动,甚至用金色的饰品加以装点,并留下一名士兵在此守护。"

但此时此刻,我只是抬头看着那棵树,想着它是如何将空气、水和阳光转化为枝干、树皮和叶子的。我意识到,我正置身于这棵大树的巨大荫蔽下,我感觉到了心灵上的慰藉与身体上的解脱,我想这就是生命的意义所在。

在这时我儿子抓住了我的手腕,我的目光从那棵大树转移到他纤细的手上。我对他说"我爱你",但其实我并不擅长表达爱意。

我给美国梧桐五颗星。

《新伴侣》

New Partner

★★★★★

心碎和爱情的滋味是差不多的。它们既能让你痛不欲生，又能让你满怀憧憬。它们消磨着你，也侵蚀着你。我想这就是歌手宫廷音乐（Palace Music）的新歌《新伴侣》（*New Partner*）的内涵吧，不过我也无法确定。

二十多年来，《新伴侣》一直是我最为钟爱的歌曲（不是由山羊乐队演唱的那首），但歌词一直让人捉摸不透。其中的一段是这样唱的："沼地里的潜鸟，水流中的游鱼。我的挚友，他们向我问好，轻声细语。"我知道这段歌词意味深长，我只是百思不得其解。后面一行歌词同样意蕴优美又令人困惑："当你悟得隐士之道，便会物我两忘。"

宫廷音乐（Palace Music）是威尔·奥德哈姆[1]的众多化名之一。他有时以自己的真名发行唱片，有时又化名为时髦的 Bonnie Prince Billy。他的许多歌曲都唱进了我的心坎里；他那些关于宗教、渴望和希望的歌曲与我产生了共鸣，而且他那穿云裂石般的声音让我着迷。

但《新伴侣》对我来说，不仅仅是一首歌。它有一种魔力，能将现在的我和过去的我连接起来。在三分五十四秒里，我回到了过去，通过这首歌，我既能想起心碎的感觉，又能回味爱情的甜蜜。我仿佛站在彼岸，遥望着那些陈年旧事，恍然大悟道："原来心碎与甜蜜并不是纯粹的对立面。"在《宫殿》（*The Palace*）一书中，学者卡韦赫·阿克巴[2]写道："艺术是我们赖以生存的净土。"我认为我们不仅可以通过原创艺术作品来寻求慰藉，还可以投靠我们热爱的艺术作品。

就像观看任何魔术一样，你必须小心地对待一首神奇的歌曲，但听得太频繁也会觉得索然无味。等它的旋律熟稔于心时，你就少了一丝惊喜和震撼。如果我拿捏好分寸，这首音乐就能够发挥它的魔力，让我最真切地感受过去的记忆。

***

伴随着阵阵歌声，时光之旅就此开启，我重返 21 岁。我恋爱了，正驾车去拜访我的远房亲戚，他们住在我祖母长大的那个小镇附近。我和

---

[1] 威尔·奥德哈姆出生于 1970 年 12 月 24 日，是一位美国歌手、词曲作家和演员。他曾用了许多化名来录制唱片。——译者注

[2] 卡韦赫·阿克巴，伊朗裔美国诗人和学者。——译者注

女朋友把车停在田纳西州米兰一家麦当劳的停车场,然后我们在车里待了几分钟,一起聆听《新伴侣》的尾奏。

此时正值春季,我们一路向南。一曲结束后,我们下了车,发现穿着长袖 T 恤还有点热。我挽起袖子,让暌违了几个月的阳光再一次照射在前臂上。我拿出妈妈给的号码,用麦当劳的公用电话拨了过去,一个颤抖的声音通过听筒传来:"喂?"

我向她解释说,她的表妹比莉·格雷斯是我的祖母。对方问道:"你是罗伊的孩子?"我说是的。她又问道:"你刚才说你是比莉·格雷斯·沃克的亲戚?"我说是的。她接着又问:"那你也是我的亲戚了?"得到肯定回答后,我的这位远亲柏妮丝说:"好吧,那就过来吧!"

时间继续向前走着,我来到了22岁,此时正在一家儿童医院做学生教士。我刚分手不久,状态很糟糕。我已经连续待命48小时,这几天都过得浑浑噩噩。离开医院后,我不敢相信外面是如此明亮,空气是如此清新。我上了车,盯着进进出出的父母和孩子们看了一会儿,播放起了《新伴侣》。

前一天晚上,一个孩子无缘无故地夭折了。我们称之为婴儿猝死综合征,这样的命名方式表明我们对这种疾病一无所知且无能为力。他生得很好看,但他走了。他母亲曾让我给他施洗礼,按我的信仰传统,信徒不应该给死者洗礼,但话又说回来,婴儿本是崭新的生命,不该遭受死亡的厄运。总之,这个孩子是我第一个施予洗礼的人,名叫撒迦利(Zachary),这个词来自希伯来语,寓意是"被上帝铭记"。

歌声仍在继续,我来到了新的年纪。28 岁的我初为人夫,住在芝加哥的一个空荡荡的地下室里。前不久我遭遇了一场自行车事故,正在进行一系列的口腔修复手术。疼痛时时刻刻折磨着我，令我抓狂，我正要着手创作一部新小说，但也只能讲讲一个年轻人是如何试图用各种荒诞不经的法子来拔光他的牙齿的。

我记得我躺在那间公寓里，床还是借来的，通过听《新伴侣》来平稳情绪。陈旧的天花板瓷砖上面有茶色的水渍，看起来就像另一个世界地图上的大陆。有时，这首歌会把我带回到那段养伤的时光，我甚至能闻到抗生素和漱口水的气味，能感受到嘴里裂开的伤口。我甚至能感受到下巴隐隐的疼痛，但我十分庆幸这些经历带给我的感受。

忽然之间我32岁了，已经成为两个孩子的父亲。我当然知道成为一名合格的父亲不是一蹴而就的，但我还是无法相信我要对这两个孩子负起责任。亨利有几个月大了，但我仍然恐惧扮演父亲的角色，我害怕他极度依赖我，因为我知道自己很不靠谱。

我脑子里一直在思考"父亲"一词的含义。这个词真是一把上了膛的枪。我想要变得和蔼、耐心、从容并且稳重。我希望孩子在我怀里感到安全。但我也不知道我在瞎忙些什么。育儿书没读几本，哈姆雷特倒是看了不少。我给亨利换了尿布，喂了奶粉，可他还是哭个不停。我抱着他又哄又唱，都不管用。

他到底为什么哭？也许毫无缘由，但我真的想弄个明白。我是如此的一无是处，如此容易受挫，方方面面都准备得如此不周。婴儿尖锐刺耳的哭声仿佛能将我瞬间击穿。最后我实在无计可施，就把他放在汽车座椅上，慢慢摇晃着他。我戴上耳塞，播放《新伴侣》并把音量调大，这样我就能听到威尔·奥德哈姆的嘶吼，而不是我儿子声嘶力竭的哭号。

终于，我来到了41岁。对于我和莎拉而言，如今再听这首歌，仍能找回多年前我们相爱时的感觉,那时我们恰好是彼此的"新伴侣"。岁月流逝,这首歌依旧能诠释我们如今的爱情,它连接了过去与现在。此时此刻,我们正在为我们9岁的儿子第一次播放这首歌,我和莎拉深情对望,忍俊不禁。我们在厨房里缓缓跳起了舞,尽管我们的儿子在不停地发出捣乱的怪声,我们仍专心跟唱着曲调,莎拉唱得不错,而我却跑调了。一曲唱罢,我问儿子喜不喜欢这首歌,他回答道"还可以"。

没有关系。他终会找到自己的那首《新伴侣》,你也可能拥有一首储存着过往回忆的专属歌曲。我希望它能将你带回到往昔的时光中,自在地漫游,同时又不会将你囚禁于那些逝去的岁月里,蹉跎年华。

《新伴侣》这首歌曲值得五颗星。

《三个农民去舞会》

Three Farmers on Their Way to a Dance

★★★★☆

  2005 年时，我和莎拉在芝加哥的一个照相馆拍过四张竖向的照片，当时我们刚订婚没几周。照相馆的标配就是傻兮兮的笑脸。但那天阳光尚好，我们也是青春洋溢的样子。

  随着年岁增长，照片也变了。2005 年时我觉得我们就是照片里的样子，现在我觉得那时的我们充满孩子气。每天看到这张照片我就会想，再过 15 年，我看着照片中 2020 年的我们也许会心生感慨：趁现在去看看从未看过的风景吧。

还有一张照片（见 268 页插图）我几乎天天都看，那是摄影师奥古斯特·桑德拍摄的，起初命名为《1914 年的年轻农民》(Young Farmers, 1914)，但后来改成了《三个农民去舞会》(Three Farmers on Their Way to a Dance)。桑德拍摄了许多名为《年轻农民》(Young Farmers) 的照片，来扩充他那规模庞大、未完待续的项目。该项目名为《20 世纪的人》(People of the 20th Century)，旨在拍摄德国各行各业的人，从贵族到马戏团演员再到士兵。但最有名的还要数《三个农民去舞会》。

我在大学时读过理查德·鲍尔斯的小说《三个农民去舞会》，这是我第一次接触这个名字。鲍尔斯后来写了一本自传体小说，讲的是一位青年程序员沉迷于这张照片，并放弃了自己的职业生涯。我也对这张照片着了魔，我花了好几年的时间来打听照片中的男孩，还试图寻找他们的其他照片[1]。

这张照片耐人寻味。我喜欢年轻人扭头回望的样子，仿佛他们一心前往舞会，因而陷在自己的生活里，根本没有时间看镜头。他们的脚陷在泥里，头顶是天空，这不恰恰是 20 岁的写照吗！他们的表情捕捉得刚刚好，当你身边是挚友、身上着华服时肯定也是那副表情。

衣服本身也很时髦。正如艺术评论家约翰·伯格所写："这三个年轻人的祖父辈肯定没在欧洲农村穿过这样的衣服。因为二三十年前，农民还买不起这样的衣服。"工业化在电影和杂志等大众媒体的作用下将城市时尚带进了农村，让那里的年轻人开始为之着迷。

---

1 正如世界上那些需要人们努力去做的工作一样，最终我无法独自完成这项工作，只有通过与他人合作才能取得成功。他们是一群善良又才华横溢的网络侦探，名为 Tuataria，其中德国记者和学者莱因哈德·帕布斯特（Reinhard Pabst）的研究确定了这些男孩的身份和背景。

本页插图为《三个农民去舞会》(*Young Farmers*),由奥古斯特·桑德摄于 1914 年。图中从左到右依次为奥托·克里格、奥古斯特·克莱因和埃瓦尔德·克莱因。

画面也充满张力。农民们挥舞着香烟，摆弄着手杖，做出一副花花公子的姿势，这与背景中的田园风光格格不入。而且，地平线仿佛从头部穿过，这也暗示了某种悲剧。因为照片拍摄时，这三位农民还不知道第一次世界大战即将爆发。这张照片是在弗朗茨·斐迪南大公[1]遇刺前不久拍摄的。德国即将陷入战争，而给农村送去西服的工业化将给世界带来大量的武器，其杀伤力可谓前所未有。

所以，对我来说，这是一张关于知道和不知道的照片。你知道你在去参加舞会的路上，却不知道你将踏上前往战争的征程。这张照片提醒我们，你永远不知道你自己、你的朋友、你的国家会面临什么。菲利普·罗斯[2]称历史"冷酷无情且神秘莫测"，就是那些"曾经让人无法预测而如今却说成在所难免的事情"。看看这些年轻农民的脸，再想想即将到来的战争，一切是多么出乎意料。这也提醒我们有些事情是无法预知的。

＊＊＊

我有一张在 2020 年 1 月时拍摄的照片，我和 4 个朋友在一间房子里并肩站着，前面是我们的孩子，他们兴高采烈地抱作一团。在拍照之前，他们就打成一片了。而且照片中没有人戴口罩。当时的我乐在其中，而 6 个月以后再想起来就没那么好玩了。库尔特·冯内古特[3]曾说，历史只不过是一连串的惊喜，我们要时刻做好准备。

---

1 弗朗茨·斐迪南大公，旧时奥地利皇太子。——译者注
2 菲利普·罗斯（Philip Roth，1933 年 3 月 19 日—2018 年 5 月 22 日），美国作家，代表作品有《再见，哥伦布》《美国牧歌》等。——译者注
3 库尔特·冯内古特（Kurt Vonnegut，1922 年—2007 年），美国作家，美国黑色幽默文学的代表人物之一。——译者注

所以我一直认为，这张照片说明农民代表着历史上的不确定因素。他们也提醒着我，历史总是出其不意。一幅画虽然是静态的，但不同的欣赏者会对其有不同的解读。正如阿娜伊斯·宁所说："我们窥到的不是事物，而是自己的内心。"

***

《三个农民去舞会》不单单是一件艺术品，它也是一份历史文献，刻画了一个个鲜活的生命。左边的男孩叫奥托·克里格，生于1894年。桑德三年前曾为奥托和他的家人拍照，两人由此结识。站在中间的是奥古斯特·克莱因。桑德以前也为他拍过照片，但是这些照片的底片以及另外三万张底片在"二战"期间都毁掉了。

然而，奥托和奥古斯特在拍《三个农民去舞会》之前还拍过一张照片（见下图）。

这张照片拍摄于1913年，奥托（第一排左三）手中的鼓槌交叉着，

而奥古斯特（第一排左一）的手杖和《三个农民去舞会》照片中似乎是一样的。记者莱因哈德·帕布斯特也是这张照片的粉丝，是他发现并将其保存了下来。这张照片可能拍摄于1913年春天的"花日"庆祝活动，比桑德的那张最出名的照片还早一年。

桑德可能知道，奥托和奥古斯特不是农民，他们其实是铁矿工人。《三个农民去舞会》照片中右边的男孩是奥古斯特的表弟埃瓦尔德·克莱因，他是铁矿的一名办公室职员。他的干儿子后来说，埃瓦尔德更喜欢办公室工作，因为他不喜欢干脏活。

所以照片中的年轻农民，实际上是两个年轻的矿工和一位办公室职员。也就是说，他们是工业经济活动的一分子；他们开采的铁矿将用于制造武器，并在即将到来的战争中隆重登场。

桑德13岁起就开始在一家铁矿工作，因此他可能对这些男孩倍感亲切。摄影师麦琪·斯泰伯曾指出："拍照片时一定要心存敬畏之心。"桑德的敬畏感在照片中显而易见。埃瓦尔德后来回忆说："因为那时他在这个地区到处拍照，而且他总是来酒吧，所以我们都认识他。"

事实上，正是桑德对照片主人公的尊重最终惹怒了纳粹政权。桑德曾经拍过犹太人和罗马人（因为《20世纪的人》有一个专题是"受迫害者"）。1934年，纳粹当局销毁了桑德摄影集的影印版，并烧掉了这本书的所有副本。第二年，桑德的儿子艾力克因加入共产党而被捕入狱。十年后，他死于狱中，只差几个月就能看到"二战"胜利后的黎明。

但这篇文章还没有到谈论"一战"的时候。那时是1914年的夏天，艾力克·桑德才15岁。

德国西部的都纳布什村约有150个居民，他们住在韦斯特林山上。他们三人并不是当地的农民。当时村子里还没有通车，桑德就先开车过去，然后扛着摄影设备跋涉数英里。

奥托、奥古斯特和埃瓦尔德真的是在去参加舞会的路上，步行大约45分钟就能到达举办舞会的小镇。桑德可能事先知道他们的行程，提前做好了准备。他们在摄像机前停了下来，转过头，画面定格。

奥托头上顶着帽子，嘴里叼着香烟，看上去不过是一只纸老虎（the kind of trouble you wouldn't mind getting into）。奥古斯特睡眼惺忪，但看起来英俊自信。埃瓦尔德嘴唇紧闭，拄着一根笔直的手杖，神情略显紧张。

评价人类决不能一概而论。桑德本人在谈到他的拍摄对象时说："我定格住了他那一瞬间的动作，而那一瞬间只是他一生中的百分之五秒，可以说是一个微不足道的生命剪影。"

尽管如此，我还是情不自禁地联想他们会边走边谈些什么。我想知道他们是否玩得很开心，他们在外面待到多晚，和谁跳了舞。我们知道那是夏日的一个星期六，他们离开了矿井，沐浴着阳光。我们知道这一定是他们最后一起参加的舞会，因为还有几周战争就要爆发。

很快，三个男孩都将应征入伍，并被安排在同一个团里，被派往比利时作战。1915年1月，在《三个农民去舞会》的照片拍摄几个月后，奥古斯特从大雪纷飞的比利时寄回了一张照片：奥古斯特站在右边第五位，奥托单膝跪地在他前面（见下页图片）。

他们不再是当初的小男孩了。未来的道路逐渐明晰，但在那时，奥古斯特和奥托一无所知。他们不知道22岁的奥古斯特会死于3月的那场战争。奥托受了3次伤，1918年5月那次最严重，但他大难不死。埃瓦尔德也受了伤，但他最终回到了杜纳布什，直至终老。

艾丽斯·沃克（Alice Walker）曾经写道："所有的历史都是对当下（current）的解读。"我认为从很多角度来看，这确实说得通。历史刻进我们的脑海，塑造着当代的经验。当我们站在不同的时代会对历史有不同的解读。历史也好似电流，可以蓄电，可以流动。它从某处获取能量，又将能量传递到别处。桑德曾说，他相信摄影有助于"牢牢把握世界历史"，但没有什么能牢牢把握历史。历史总是在倒退和消逝（receding and dissolving），不仅化作虚无缥缈的过去，而且渗入变化莫测的未来。

我记不清之前看着孩子们在一起嬉笑打闹是什么样的感觉，但是全球大流行的暴发让我看到这张照片时感到心神不宁。我无法想象未来的自己会是什么样子。我所能看到的只是那张照片，它随着时间的流逝而改变。

奥古斯特·克莱因去世时年仅 22 岁。当他站在镜头前摆弄姿势时，他的生命大概只剩一年。任何事情都可能发生，只是这些偏偏发生在他生命即将终结时。

我要给《三个农民去舞会》打四颗半星。

后记

本书的德文译本名为 *Wie hat Ihnen das Anthropozän bis jetzt gefallen?* 我不懂德语，但光看这个标题就觉得这本书很精彩。有人告诉我可以译为类似这样的意思——迄今为止你是如何享受"人类世"的？的确有这个意思。

从小时候起，我就一直让汉克告诉我生命的意义。我们会谈论生活以及如何去生活，也会谈论家庭，还会谈论工作，当谈话稍有停顿时，我会发问："生命的意义到底是什么呢？"——这是我们之间的一个笑话。

汉克会根据我们谈话的内容或者他认为我可能需要听到的内容给出他的回答。有时候，他会告诉我关心他人是生命的意义；有时候，他会说我们在这里是为了见证、为了关注。汉克在多年前一首名为《宇宙很奇怪》(*The Universe Is Weird*) 的歌中唱道，最古怪的事，在于我们，"宇宙创造了一种工具，用于认识它本身"。

他喜欢提醒我，我是由宇宙中的物质组成的，我也只包含这些物质。他曾经告诉我："真的，你只是地球上的一块大石头，这块石头试图在偏离化学平衡状态时，予以纠正。"

在《凸面镜中的自画像》(*Self-Portrait in a Convex Mirror*) 中，约翰·阿什贝利 (John Ashbery) 写道：

这秘密太过明显。他痛苦的怜悯使

热泪涌出：灵魂不是一个灵魂，

它没有秘密，很小，小到

完美地适合它的空洞：它的房间，我们关注的时刻。

"完美地适合它的空洞：它的房间，我们关注的时刻。"我有时会对自己轻声说着这些话，想唤起自己的注意，注意到周围那些完美契合的空洞。

我突然想到这本书中有很多引文，也许有点泛滥，但我的文字也被其他人大量引用。对我来说，阅读和重读是永恒的学徒生涯。我想学习阿什贝利似乎知道的东西：如何打开包含灵魂的注意力空间。我想学习汉克知道的东西：如何产生意义以及产生什么意义。我想学习如何对待我那小小世界中最大的油漆球。

终于到了春天，我种下一长排的胡萝卜种子。这些种子太小了，我忍不住在每寸土地上撒十颗或十二颗。我觉得我把胡萝卜种子种到了大地上，但就像我弟弟会告诉我的那样，我是在把地球种到大地上。

《创世纪》的第一章中写道："充满这个世界，征服这个世界。"我们也是，我们正在填充和征服整个世界。

迄今为止，我是怎么享受"人类世"的呢？太奇妙了！高中时我最好的朋友托德和我每周三都会去一元电影院。在寒冷的影院里，我们看着在屏幕上播放的唯一电影。有一次，一部由杰克·尼科尔森（Jack Nicholson）和米歇尔·菲佛（Michelle Pfeiffer）主演的狼人电影连续八周的星期三都在电影院播放，所以我们看了足足有八遍。这部电影很恐怖，但是越看越引人入胜，越看越有味道。到了第八次观看时，影院里只有我们两个人，我们和屏幕里的杰克·尼科尔森一起号叫，喝着掺了波旁威士忌的山露酒。

迄今为止我是怎么享受"人类世"的呢？太糟糕了！我觉得我还差得

远呢。我只活了一段时间，但在这段时间里，我已经看到我的同类使许多濒危物种灭绝了，比如奥亚吸蜜鸟，最后一次看到它是在我10岁的时候；再比如圣赫勒拿橄榄树，最后一棵在我26岁的时候枯萎。特里·坦佩斯特·威廉姆斯（St. Helena olive）在《侵蚀》（Erosion）中写道："我闻到了伤口的味道，它闻起来就像我。"我生活在一个满是伤痕的世界，我知道我也是那个伤口：人类和世界一起摧毁了世界。

在这个世界里，你有能力消灭成千上万的物种，但你也可能会被一串RNA终结生命，生活在这样一个世界意味着什么呢？在这里，我想记录一些我小小的生命与塑造当代人类历史的巨大力量擦肩而过的事情，但能得出的唯一结论却很简单：我们是如此渺小、如此脆弱、如此光荣而可怕的短暂。

我一思考迄今为止我是如何享受"人类世"的，就会想到了罗伯特·弗罗斯特（Robert Frost）的那句话："像熊熊炉火上的一块冰，诗歌必须驾驭它自身的融化。"[1] 诗歌如此，我们亦是如此。就像那炉火上的冰块，我们生活在"融化"的地球上，必须知道是谁在"融化"它。一个只找到了通往更多的道路的物种，现在必须知道如何才能通往更少的道路。

有时候，我想知道如何才能在这个世界上生存下去，正如玛丽·奥利弗（Mary Oliver）所说："任何事物／迟早／都是其他事物的一部分。"也有时候，我认为我肯定不会生存下去，我迟早会成为其他事物的一部分。但在那之前，我想先感受在这个会呼吸的星球上呼吸是多么令人惊奇的一件事，做一个热爱地球的地球人是多么幸福的一件事。

---

[1] 这句话出自徐淳刚的译文《弗罗斯特：一首诗的形迹》（The Figure a Poem Makes）。——译者注

注释

这些文章中有许多以不同形式首次出现在WNYC工作室和Complexly共同制作的播客《人类世评论》中。其他文章的部分内容首次出现在PBS数字系列节目《艺术任务》(the Art Assignment)中,该节目由莎拉·尤里斯特·格林(Sarah Urist Green)创办并制作,或在YouTube频道vlogbrothers上播放。下面的注释并不打算写得详尽无遗(或穷尽),而是为那些对进一步阅读和其他事物感兴趣的人提供一个参考介绍。

虽然这是一部非虚构的作品,但我确实记错了很多东西。为了保持人们的匿名性,我还在某些地方改变了细节或角色描述。

这些笔记和资料是在妮基·华(Niki Hua)和罗西安娜·哈尔斯·罗哈斯(Rosianna Halse Rojas)的帮助下汇编的,没有他们,这本书就不可能完成。若有错误,责任在我。

《你永远不会独行》

热爱利物浦足球俱乐部的众多好处之一是,随着时间的推移,关于《你永远不会独行》这首歌的知识会渗透到你的脑海中。关于莫尔纳不希望《利力姆》成为普契尼歌剧的引述来自弗雷德里克·诺兰(Frederick Nolan)的《音乐之声》,以及其他许多关于音乐剧和莫尔纳的信息。我从妮基·华那里了解到格里和带头人乐队对这首歌所做的音乐修改。格里·马斯登于2021年年初去世,他经常讲述与香克利的故事,包括在2013年《英国独立报》(Independent)对西蒙·哈特(Simon Hart)的采访。如果没有六万人一起唱着《你永远不会独行》,人类生活是不完整的,我希望这是你在某个时候可以获得的体验,也希望我很快可以再次获得这种体验。

人类的时间范围

这篇文章的想法来自和我的朋友以及长期合作者斯坦·穆勒的一次谈话。关于一年中的地球历史有很多版本类比，但我主要依靠的是肯塔基州地质勘探局制定的时间线。关于不同国家的人对我们离世界末日的距离有不同看法的民意调查，是由益普索全球事务公司（Ipsos Global Affairs）进行的。大部分关于二叠纪大灭绝的信息来自2012年《国家地理》（National Geographic）的一篇报道，作者是克里斯汀·戴尔阿莫（Christine Dell'Amore），名为《"致命的热"地球没有了生命——还会再次发生吗？》（剧透：它可以。事实上，会的）。奥克塔维亚·巴特勒的名言来自《天赋寓言》（Parable of the Talents）。看到你永远看不到的东西的想法来自艺术家大卫·布鲁克斯（David Brooks）的作品，他的艺术作品挑战印在莎拉·尤里斯特·格林的《你是一个艺术家》一书中。自工业革命以来全球平均温度上升的信息来自美国海洋及大气管理局（NOAA）。

哈雷彗星

正如评论中所指出的，了解埃德蒙·哈雷和他的彗星计算的大部分背景来自两本非常有趣的书：朱莉·韦克菲尔德的《哈雷的探索》（Halley's Quest），讲述了哈雷做船长和探险家时候的事情，以及约翰·格里宾和玛丽·格里宾的《走出巨人的影子：胡克、哈雷和科学的诞生》（Out of the Shadow of a Giant: Hooke, Halley, and the Birth of Science）。我从史密森天体物理观测站了解到弗雷德·惠普尔的彗星"脏雪球"理论。关于对1910年彗星幻影反应的更多信息可以在克里斯·里德尔（Chris Riddell）2012年《卫报》的文章《推迟的启示》中找到。（这是唯一一次被推迟的启示录）

永葆惊奇之心的人类

我感谢马修·J. 布鲁科利（Matthew J. Bruccoli）关于弗·司各特·菲茨杰拉德

的书《某种史诗般的壮丽》(Some Sort of Epic Grandeur)，也感谢南希·米特福德（Nancy Mitford）关于塞尔达·菲茨杰拉德（Zelda Fitzgerald）的《塞尔达》(Zelda)一书。我从《心理牙线》(Mental Floss) 杂志2015年的一篇文章《二战如何将〈了不起的盖茨比〉从蒙昧中拯救出来》中了解到很多关于军队版本的情况。由于福克斯2000公司的慷慨解囊，我得以住在纽约广场饭店，这是一家已经不存在的电影制作企业。《崩溃》(The Crack-Up)最初于1936年发表在《时尚先生》(Esquire)杂志上，现在可以在网上找到。普林斯顿大学图书馆在线提供了《了不起的盖茨比》的各种手稿，看到修订版中有什么变化（和没有变化）是很有趣的。大卫·登比的话来自2013年5月13日发表在《纽约客》(New Yorker)上的一篇评论。

拉斯科洞窟壁画

我在维纳·赫尔佐格的纪录片《忘梦洞》(Cave of Forgotten Dreams)中第一次了解到了这些画以及我们与它们分离的故事。我从朱迪思·瑟曼（Judith Thurman）在2008年6月16日《纽约客》杂志上发表的文章《第一印象》中了解到了更多信息。西蒙·科恩卡斯（Simon Coencas）为美国大屠杀纪念馆录制了一段口述历史，可在其网站上查阅。科恩卡斯关于"小团伙"的说法来自2016年接受法新社的采访。芭芭拉·埃伦里奇（Barbara Ehrenreich）的文章《人性污点》于2019年11月首次在《阻击者》(The Baffler)杂志上发表。拉斯科网站archeologie.culture.fr特别有用，其中有拉斯科手工模板的参考资料。我是从艾莉森·乔治（Alison George）于2016年发表在《新科学家》(New Scientist)的一篇名为《隐藏在石器时代艺术中的代码可能是人类写作的根源》的文章中了解到吉纳维夫·冯·佩辛格（Genevieve von Petzinger）的工作。最后，如果没有蒂埃里·费利克斯为保护洞穴和发现洞穴的人的故事所做的工作，我就无法写这篇评论。

刮刮嗅贴纸

海伦·凯勒（Helen Keller）关于气味的名言出自她的精彩著作《我生活的世

界》。1987 年 9 月 4 日，美联社的一篇新闻报道描述了巴尔的摩天然气和电力公司的失败的案例。

在我上中学时，有一天课后，我的一位老师把我带到一边。她知道我在学业上和社交上都很吃力，她特意告诉我她喜欢我写的东西。她还对我说："你会好起来的，你知道，虽然短期内不会……"然后她停顿了一下，接着说："我想，从长远来看，应该也不会，但是中期会好起来的。"这一刻的善意一直伴随着我，帮助我在艰难的日子里坚持下来，我不知道如果没有它，这本书会不会存在。我已经忘记了这位老师的名字，因为我几乎忘记了一切，但我依旧非常感谢她。

健怡胡椒博士饮料

在得克萨斯州韦科市的胡椒博士博物馆和自由企业研究所，胡椒博士的历史被简明扼要地讲述了出来（尽管有点自吹自擂）（福茨·克莱门茨坚持认为博物馆不仅是对胡椒博士的庆祝，也是对自由市场的庆祝）。查尔斯·奥尔德顿（Charles Alderton）是共济会的成员，据我所知，关于他的最完整的传记是由韦科共济会分会整理的，可在其网站上查阅。我还得益于两部关于胡椒博士的两段历史：杰弗里·L. 罗登根（Jeffrey L. Rodengen）的《胡椒博士 / 七喜的传说》（*The Legend of Dr Pepper/7-Up*）和凯伦·赖特（Karen Wright）的《通往得克萨斯州的胡椒博士之路》（*The Road to Dr Pepper, Texas*）。后者探讨了都柏林胡椒博士装瓶厂的惊人的故事，该厂在 2012 年之前一直生产独特的蔗糖版本的胡椒博士。

迅猛龙

在撰写《侏罗纪公园》时，迈克尔·克莱顿（Michael Crichton）咨询了古生物学家约翰·奥斯特罗姆（John Ostrom），他的研究彻底改变了我们对恐龙的认识。在 1997 年 6 月 29 日《纽约时报》对弗雷德·穆桑特（Fred Musante）的采访中，奥斯特罗姆讨论了他与克莱顿的关系，以及克莱顿为何选择了"迅猛龙"这个名字，因为它"更具戏剧性"。正如耶鲁大学 2015 年的一篇新闻文章所解释的那样，《侏罗纪公园》电影的幕后团队在决定如何刻画电影中的迅猛龙时，要求得到奥斯特罗姆所有的研究成果。我从我的儿子亨利那里了解到很多关于迅猛龙的真相，然后又去了美国自然历史博物馆，在那里我也读到了在与原生龙搏斗中死亡的迅猛龙的信息。关于雷龙的复活，我最喜欢的读物是查尔斯·蔡（Charles Choi）的《雷龙回来了》(The Brontosaurus Is Back)，它于2015年4月7日由《科学美国人》(Scientific American) 出版。

加拿大鹅

加拿大鹅虽然是一种令我非常讨厌的动物，但这篇文章读来充满乐趣。文章中的大部分信息来自康奈尔鸟类学实验室（allaboutbirds.org），其内容非常全面且人人都可访问，互联网的其他信息平台应该向它学习。哈罗德·C. 汉森（Harold C.Hanson）的《加拿大巨鹅》(The Giant Canada Goose) 是一本高度专业化的书，却非常有趣。乔·范·沃默（Joe Van Wormer）在1968年出版的《加拿大鹅的世界》(The World of the Canada Goose) 也很有趣。菲利普·哈伯曼（Philip Habermann）的名言出自罗伯特·C. 威尔金（Robert C.Willing）的《远方的历史》(History Afield) 一书。如果你想了解更多关于草坪的历史，我推荐克里斯托尔·德科斯（（Krystal D'Costa）的《科学美国人》中的《美国人对草坪的迷恋》(The American Obsession with Lawns) 一文。

泰迪熊

我第一次听到罗斯福放过那只熊的故事是在乔恩·穆阿勒姆（Jon Moallem）的TED演讲中，他的书《野生动物：一个时而令人沮丧却奇怪地令人安心的故事，一个关于在美国看人看动物的故事》(Wild Ones: A Sometimes Dismaying, Weirdly Reassuring Story About Looking at People Looking at Animals in America) 正如你从这个副标题中所期望的那样有趣。熊这个词的避讳词源在非常有用的在线词源词典（etymonline.com）中有所描述。史密森尼博物馆和史密森协会记录的泰迪熊历史对我也很有帮助。这就是我得知的1902年《华盛顿邮报》关于罗斯福放过（某种程度上？）那只熊的文章的来源。地球生物量的分布图来自文章"地球生物量分布"，由主要作者伊农·M.巴伦（Yinon M. Bar-On）首次发表于2018年5月21日《美国国家科学院院刊》（Proceedings of the National Academy of Sciences of the United States of America）。我是在尤瓦尔·诺亚·赫拉利（Yuval Noah Harari）的《人类简史》（Sapiens）一书中了解到"物种生物量"这一概念的。萨拉·德森的这句话出自她精彩的小说《再见怎么了》（What Happened to Goodbye）。

总统殿堂

特别感谢我的孩子亨利和爱丽丝，从他们的迪士尼假期中抽出半小时时间，让我能够参观总统大厅进行这次评论。当我事后问我儿子是否喜欢这个演讲时，他停顿了一会儿，然后说："虽然我想说我喜欢，但我不喜欢。"

空调系统

这篇文章的想法来自我的朋友瑞安·桑达尔（Ryan Sandahl），他给我讲了一个关于威利斯·开利（Willis Carrier）的故事。我还参考了玛格丽特·英格尔（Margaret Ingels）的书《威利斯·哈维兰·开利：空调之父》（Willis Haviland Carrier: Father of Air Conditioning）。有关空调和冷却风扇在气候变化中所起的作用的信息来自国际能源署2018年的报告《冷却的未来》。关于2003年热浪灾难的数据来自2008年在法国《生物学报告》（Comptes Rendus Biologies）上首次发表的一份报告。约翰·赫克萨姆（John Huxham）对1757年欧洲热浪的描述首次发表在《（英国）皇家学会哲学学报》（Philosophical Transactions of the Royal Society）上，我是通过维基百科知道的。我很感激播客《99%不可见》中的一集提供的关于空调改变建筑方式的信息。

金黄色葡萄球菌

自从我的医生告诉我关于那极具攻击性的葡萄球菌的情况后，我就想写关于葡萄球菌的文章。为了控制感染，我服用了许多不同的抗生素。有一次，医生需要确认我以前没有服用过他想给我开的药物。"这个药片是黄色的，"医生说，"你以前吃过黄色药片吗？""也许吧。"我告诉他。"这个药片是圆形的，你以前吃过圆形药片吗？"我还是回答："也许吧。""这种药每片要700美元，"他接着说，"你吃过……""没有。"我回答道。尽管我们有医疗保险，这种药也需要花费2000美元，但我们不是来评论美国这只值一颗半星的医疗系统的。

本文中关于亚历山大·奥格斯顿（Alexander Ogston）的引文来自《亚历山大·奥格斯顿，皇室维多利亚勋章高级爵士：亲属、同事和学生的回忆和悼念》（*Alexander Ogston, K.C.V.O.: Memories and Tributes of Relatives, Colleagues and Students, with Some Autobiographical Writings*），以及一些自传性文章，这本书由奥格斯顿的儿子沃尔特编撰。我最感兴趣的是奥格斯顿的女儿海伦和康斯坦斯、他的同事写的回忆。关于波士顿1941年波士顿市立医院的统计数字来自2010年《基础医学科学协会杂志》（*Journal of the Association of Basic Medical Sciences*）的一篇文章《耐甲氧西林金黄色葡萄球菌（MRSA）是造成非细菌性伤口感染的原因》，作者是迈达·什伊拉克（Maida Šiširak）、阿姆拉·兹维兹迪奇（Amra Zvizdić）和米尔萨达·胡基奇（Mirsada Hukić），这也帮助我了解了当代被葡萄球菌感染所产生的疾病负担。我是从2012年彭妮·施瓦茨（Penny Schwartz）在《企业新闻报》（*Press-Enterprise*）上发表的文章《当地艺术家分享童年的纽带》中了解到阿尔伯特·亚历山大（Albert Alexander）和他的女儿希拉（现在的希拉·勒布朗）的故事，也是在这里我看到了勒布朗的画作。大部分关于青霉素合成的信息来自罗伯特·盖恩斯（Robert Gaynes）2012年发表在《新兴传染病》（*Emerging Infectious Diseases*）上的文章《青霉素的发现——临床使用超过75年后的新见解》（*The Discovery of Penicillin—New Insights After More Than 75 Years of Clinical Use*）。我还从S.W.B. 纽森（S.W.B.Newsom）在《医院感染杂志》（*The Journal of*

Hospital Infection)上发表的文章《奥格斯顿球菌》(Ogston's Coccus)中了解到很多关于葡萄球菌和奥格斯顿在发现葡萄球菌方面的作用信息。

互联网

我投身于 CompuServe 青少年论坛的那个夏天,因为在论坛上结识的网友而变得不可思议,尤其是迪恩、玛丽和凯文。

美国学术十项全能

特丽·坦佩斯特·威廉斯(Terry Tempest Williams)的这句话出自她的书《红色:沙漠中的激情与忍耐》(Red: Passion and Patience in the Desert)。马娅·亚桑诺夫(Maya Jasanoff)关于河流的引文来自她关于约瑟夫·康拉德(Joseph Conrad)的传记《守候黎明》(The Dawn Watch)。美国学术十项全能仍然存在,更多信息请访问 usad.org. 托德,我爱你,谢谢你。

日落

我从莎拉那里了解到克劳德玻璃,她还向我介绍了托马斯·格雷(Thomas Gray)的话,这句话出自他 1769 年游览英格兰湖区时撰写的日记。波拉尼奥(Bolaño)的这句话出自娜塔莎·维默(Natasha Wimmer)翻译的《2666》;安娜·阿赫玛托娃(Anna Akhmatova)这句话出自简·肯庸(Jane Kenyon)翻译的《仍然不是我的土地》(A land not mine, still);艾略特关于不可见光的台词来自《"岩石"中的合唱》(Choruses from "The Rock");塔西塔·迪恩(Tacita Dean)的这句话出自《魔幻时刻》(The Magic Hour)。

自从罗亚尔·罗兹(Royal Rhodes)教授第一次向我介绍以来,我一直在思考这个"儿子／太阳"(Son/Sun)的问题。我写过的唯一一篇关于我当牧师的短篇小说是在我 23 岁的时候完成的,故事以一个极其贴切的场景结束,牧师在医院度过漫长的 48 小时后开车回家,"升起的太阳在他迷茫的眼睛里显得太耀眼了"。我想说我已经学会了更好地抑制住自己想表达的形象化观点的冲动，《无比美妙的痛苦》也因此以一场婚礼结束。

再回到这篇评论！詹妮·劳顿（Jenny Lawton）向我介绍了e.e.卡明斯（e.e.cummings）的那首诗，她是一位杰出的制作人，负责检查WNYC的播客版《人类世》的评论。莫里森关于世界之美的那句话出自她1981年的小说《柏油娃娃》（Tar Baby）。我第一次读到这本书是因为埃伦·曼考夫（Ellen Mankoff）教授在凯尼恩学院（Kenyon College）的文学入门课。亚历克·索思（Alec Soth）的这句话出自迈克尔·布朗（Michael Brown）2015年在《电讯报》上对索斯作的简介。

耶日·杜德克2005年5月25日的足球大秀

这篇评论中的绝大部分信息——杜德克（Dudek）和米拉贝拉（Mirabella）的引文、杜德克职业生涯的概要、对教皇约翰·保罗二世（Pope John Paul II）之死的描述——都来自耶日·杜德克（Jerzy Dudek）的《我们目标中的一个大极点》（*A Big Pole in Our Goal*）一书。作为利物浦球迷，我承认我有偏见，但这本书对一个非常不可思议的人的职业生涯进行了精彩的解读（杜德克现在正处于第二个职业生涯中，他已经开始从事赛车驾驶工作）。杰米·卡拉格（Jamie Carragher）关于他的梦想化为乌有的引文，以及他对杜德克施压让他尝试摇摆腿的说法，出自《卡拉：我的自传》（*Carra: My Autobiography*），这也是一本好书。杜德克的母亲参观煤矿的故事是在2009年7月28日《442》的一篇文章《耶日·杜德克：我的秘密罪行》中讲述的，这篇文章是写给尼克·摩尔（Nick Moore）的。还有一个问题是，教皇约翰·保罗二世是否真的说过"在所有不重要的事情中，足球是最重要的"。约翰·保罗二世确实热爱足球（十几岁的时候还当过守门员！），但我找不到这句话的可靠来源。

《马达加斯加的企鹅》

我第一次看《马达加斯加的企鹅》是为了帮我的孩子；从那以后，他们看了很多遍，作为对我的帮助。我是维纳·赫尔佐格的电影不可动摇的真诚的粉丝，同时我也很欣赏他具有自我意识的能力，能够在《马达加斯加的企鹅》中客串搞笑的角色。正如评论中提到的，我是先从我父亲那里了解到了《白色荒野》，然后是通过观看电影本身知道这部电影已经广泛流传。我从《大英百科全书》（*Encyclopedia Britannica*）在线文章《旅鼠真的会集体自杀吗？》中了解到了更多关于旅鼠的知识，包括我们过去认为它们会从天而降的观点。（只想再说一次：不，它们不会）

小猪扭扭超市

我从莎拉那里第一次听到克拉伦斯·桑德斯和小猪扭扭超市的惊人故事，她在威廉·西特威尔的《百种食谱中的食品历史》（*A History of Food in 100 Recipes*）中与我分享了一段关于连锁杂货店的文章。这篇文章中的大部分关于桑德斯的话，以及厄尼·派尔（Ernie Pyle）的那句话，都来自迈克·弗里曼（Mike Freeman）于2011年出版的书《克拉伦斯·桑德斯和小猪扭扭超市的创立：孟菲斯特立独行者的兴衰》（*Clarence Saunders and the Founding of Piggly Wiggly: The Rise & Fall of a Memphis Maverick*）。关于我曾祖父的信息，我要感谢我的母亲西德妮·格林（Sydney Green）和我已故的祖母比莉·格雷斯·古德里奇（Billie Grace Goodrich），顺便说一句，她也是小猪扭扭超市的忠实购物者。

国际吃热狗大赛

这里引用的乔治·谢伊的语录都出自每年国际吃热狗大赛的电视介绍。莫蒂默·马茨的这段话摘自2010年《纽约时报》对山姆·罗伯茨（Sam Roberts）的采访。所提到的纪录片是由妮可·卢卡斯·海姆斯（Nicole Lucas Haimes）执导的《好的、坏的、饿的》（*The Good, the Bad, the Hungry*）。关于内森的两部历史著作也为本文提供了有用的背景信息，它们是由劳埃德·汉德威克（Lloyd Handwerker）和吉尔·里维尔（Gil Reavill）撰写的《著名的内森》（*Famous Nathan*），以及由威廉·汉德威克（William Handwerker）和杰恩·珀尔（Jayne Pearl）撰写的《内森成名记：

前100年》(*Nathan's Famous: The First 100 Years*)。我没想到我这一生中会读完两本关于热狗摊的书，但是2020年充满了惊喜，而且这两本书都相当有趣。

美国有线电视新闻网

美国有线电视新闻网的第一次广播不是在CNN.com播出的，而是在YouTube上。要了解更多关于儿童死亡率的趋势，我强烈推荐阅读《数据中的世界》(*Our World in Data*)(ourworldindata.org)。它将各种主题的数据联系在一起——从新冠肺炎到贫困再到碳排放——以一种清晰和全面的形式，甚至可以帮助你记住每个人的生日。据统计，约74%的美国人认为儿童死亡率正在恶化，这一数据来自2017年益普索发布的一份名为《认知的风险》(Perils of Perception)的报告。我是从《我们的世界》(*Our World*)的数据中了解到的。香农、凯蒂、哈桑，我爱你们所有人！谢谢你们。克莱蒙特"邪教"万岁。

《我的朋友叫哈维》

桑塔格关于抑郁症的引文来自《疾病的隐喻》(*Illness as Metaphor*)。威廉·史泰隆的这句话出自《看得见的黑暗》。这两本书对我来说都非常重要，因为我患有精神疾病。艾米莉·迪金森的完整诗作，有时被称为第314号诗，在狄金森的大部分作品集中都有提及。在过去的二十年里，比尔·奥特和伊琳·库珀(Ilene Cooper)引导我认识哈维和其他很多人，这篇文章是我为感谢比尔而撰写的。

易普症

瑞克·安奇与蒂姆·布朗(Tim Brown)共同撰写的关于他在棒球界的回忆录名为《现象：压力、易普症和改变我生活的投球》(*The Phenomenon: Pressure, the Yips, and the Pitch that Changed My Life*)。我第一次了解到安娜·伊万诺维奇的易普症是在路易莎·托马斯(Louisa Thomas) 2011年在《格兰特兰》(*Grantland*)发表的文章《可爱的头壳》(*Lovable Headcases*)中，这篇文章中包含了伊万诺维奇关于过度分析的一句话。凯蒂·贝克（Katie Baker）在《格兰特兰》发表的文章《易普症瘟疫和心智与物质之战》（The Yips Plague and the Battle of Mind Over Matter）也对我很有帮助，还有汤姆·佩罗塔（Tom Perrotta）在2010年9月的《大西洋》杂志上的文章《紧张：一个网球明星的莫名其妙的崩溃》（High Strung: The Inexplicable Collapse of a Tennis Phenom）。关于易普症的学术研究很多；我提到最多的是题为《高尔夫中的"易普症"：局部性肌张力障碍和窒息之间的延续性》（The 'Yips' in Golf: A Continuum Between a Focal Dystonia and Choking）的研究，第一作者是艾恩斯利·史密斯（Aynsley M. Smith）。"连续性胜过二分法"所指的高尔夫教练是汉克·哈尼（Hank Haney），他的故事在大卫·欧文（David Owen）2014年发表在《纽约客》的文章《易普症》中有讲述。

《友谊地久天长》

罗伯特·伯恩斯在线百科全书（robertburns.org），对于那些想了解伯恩斯、《友谊地久天长》或伯恩斯与弗朗西斯·邓洛普的美好友谊的人来说是一个很好的资源。伯恩斯信件中的大部分引文都来自百科全书。摩根图书馆和博物馆（themorgan.org）有大量关于这首歌的档案，包括伯恩斯写的信，信中称原曲很"平庸"。亨利·威廉姆森写给他母亲的关于1914年圣诞休战的信的扫描件也可在亨利·威廉姆森档案馆在线查阅；我第一次了解到关于圣诞休战的其他引文（以及文章中的其他几个细节）是在2013年BBC的一篇文章《友谊地久天长如何主宰世界》（How Auld Lang Syne Takes the World）中，作者是史蒂文·布罗克赫斯特（Steven Brocklehurst）。罗伯特·休斯（Robert Hughes）的这句话出自他的《新艺术的震撼》（The Shock of the New）一书。艾米去世后，麦克斯威尼（McSweeney）重印了她在《Might》杂志上的专栏，所以现在这些专栏都在网上存档了。这里引用的艾米的书是《平凡生活的百科全书和教科书：艾米·克鲁斯·罗森塔尔》（Encyclopedia of an Ordinary Life and Textbook Amy Krouse Rosenthal）。艾米·克鲁斯·罗森塔尔基金会资助卵巢癌研究和儿童扫盲活动。你可以通过网址

amykrouserosenthalfoundation.org 了解更多信息。

搜索陌生人

在写完这篇评论多年后,我有机会和这个孩子交谈。他现在是个年轻人——事实上比我当牧师时还大。那次谈话由播客《重量级》(Heavyweight)促成,并给了我带来了安慰和希望,这是无法用语言表达的。感谢《重量级》的每个人,特别是乔纳森·戈尔茨坦(Jonathan Goldstein)、卡丽拉·霍尔特(Kalila Holt)、莫娜·马加夫卡(Mona Madgavkar)和史蒂维·莱恩(Stevie Lane)。最要感谢的是尼克,他表现出了照亮道路的爱和善意。

印第安纳波利斯

印第安纳波利斯的面积和人口数据取自 2017 年美国人口普查的估计数。《印第安纳波利斯星报》(Indianapolis Star's) 2019 年关于怀特河及其水质的系列报道对我撰写文章帮助很大(这也是像印第安纳波利斯这样的城市迫切需要的新闻报道)。我所依赖的系列报道的部分内容是由萨拉·鲍曼(Sarah Bowman)和艾米莉·霍普金斯(Emily Hopkins)撰写的。2016 年,WalletHub 将印第安纳波利斯列为美国第一微型城市。冯内古特关于人性的这句话来自他的《咒语》(Hocus Pocus)一书;关于不能再回家的这句话来自西蒙·霍夫(Simon Hough) 2005 年在《环球时报》上对冯内古特的介绍《库尔特的世界》(The World According to Kurt)。这句关于孤独的可怕疾病的台词被转载到《圣枝主日》(Palm Sunday)一书中,是关于冯内古特的回忆、散文和演讲的精彩拼贴。

肯塔基蓝草

我第一次了解到美国的草坪问题是在戴安娜·巴尔莫里(Diana Balmori)和弗里茨·哈格(Fritz Haeg)的书《食用遗产:攻击前院的草坪》(Edible Estates: Attack on the Front Lawn)中。这本书是哈格正在进行的艺术项目的配套读物,该项目涉及用菜园取代前院的草坪，改变我们的草坪和生活。我还推荐阅读弗吉尼亚·斯科特·詹金斯（Virginia Scott Jenkins）的《美国对草坪的痴迷史》（*The Lawn: A History of an American Obsession*）和泰德·斯坦伯格（Ted Steinberg）的《美国的绿色：对完美草坪的执着追求》（*American Green: The Obsessive Quest for the Perfect Lawn*）。俄勒冈州立大学的"BeaverTurf"门户网站帮助我了解哪种草是肯塔基蓝草，以及它在哪里被广泛种植。对美国肯塔基蓝草生长所占土地比例的估算来自《环境管理》上发表的一项名为"美国肯塔基蓝草生物地球化学循环的绘图和建模"的研究，主要作者是克里斯蒂娜·米莱西（Cristina Milesi）。关于美国有近三分之一居民用水用于浇灌草坪，这一统计数字来自 EPA（美国环保局）的《美国户外用水》。

印第安纳波利斯 500 赛车赛

我最喜欢的一本关于印第安纳波利斯 500 赛车赛的书，探讨了它的形成和在高速路上的第一场比赛，它是查尔斯·勒森（Charles Leerhsen）的《血与烟：一个关于神秘、混乱和印第安纳波利斯 500 赛车赛诞生的真实故事》（*Blood and Smoke: A True Tale of Mystery, Mayhem, and the Birth of the Indy 500*）。我对印第安纳波利斯赛车的兴趣要归功于我最好的朋友克里斯 – 沃特斯，以及我们赛车队的其他成员，特别是玛丽娜 – 沃特斯、肖恩·苏尔斯（Shaun Souers）、凯文·肖维尔（Kevin Schoville）、内特·米勒（Nate Miller）和汤姆·爱德华兹（Tom Edwards）。我们一年一度的自行车赛是由凯文·戴利（Kevin Daly）创立的。还要感谢印第安纳波利斯赛车手詹姆斯·辛奇克利夫和亚历山大·罗西（Alexander Rossi），他们让我了解到赛车对车手的意义，以及他们如何面对这项运动固有的风险。

《大富翁》

玛丽·皮隆的《垄断者》（*The Monopolists*）一书全面介绍了大富翁的早期历史，特别是对伊丽莎白·麦琪的刻画。伊莱丝·马歇尔和她的丈夫约瑟夫·菲弗（Josef

Pfeiffer）向我介绍了电子游戏《通用回形针》。我从安东尼娅·努里·法赞 2019 年在《华盛顿邮报》文章《新大富翁"庆祝女性开拓者"，但该游戏的女发明家却仍没有得到认可》中得知了孩之宝对伊丽莎白·麦琪的回应。那篇文章还包含了我所见过的对乔治主义最简明易懂的总结。

《超级马里奥卡丁车》

《超级马里奥》维基百科（mariowiki.com）的内容之详尽和来源之仔细令人吃惊，它可能是我所遇到的写得最好的维基百科。它的一篇关于超级马里奥卡丁车的文章给了我这篇评论所需的大部分背景。我引用的对宫本茂的采访来自任天堂圆桌会议，这个会议可以在网上找到，标题是《从一个穿工作服的人开始》（It Started with a Guy in Overalls）。

博纳维尔盐滩

唐纳德·霍尔的文章《第三件事》（The Third Thing）首次发表在 2005 年的《诗歌》杂志上。这是凯夫·阿克巴尔和艾伦·格拉夫顿（Ellen Grafton）介绍给我的。有关博纳维尔盐滩的大部分信息来自犹他州地质调查局。我特别感谢克里斯蒂娜·威尔克森（Christine Wilkerson）的文章《地球之眼：犹他州博纳维尔盐滩》。我从艺术家威廉·拉姆森和文多弗的土地使用解释中心了解到艾诺拉·盖号轰炸机和文多弗的历史。梅尔维尔（Melville）的这句话出自《白鲸》（Moby-Dick），我是在佩里·伦茨（Perry Lentz）教授的不懈努力下才读到的。马克·奥尔森和斯图尔特·凯悦也参加了那次文多弗之行，他们都帮助我深化了对盐滩的理解。

土井博之的"圆圈画"

我第一次看到土井博之的艺术作品是在 2006 年美国民间艺术博物馆的"强迫性绘画"（Obsessive Drawing）展览上。我所指的无题画可以在 folkartmuseum.org. 的数字化收藏中看到。土井博之的引文和他的传记背景来自爱德华·戈麦斯

(Edward Gómez)在2013年《日本时报》(Japan Times)上发表的文章《被生活圈吸引的局外人》(Outsider Drawn to the Circle of Life),在2017年《华尔街国际》(Wall Street International)对里科/马雷斯卡画廊(Ricco/Maresca Gallery)举办的土井展览的评论,以及卡莉·麦加思(Carrie McGath)在2016年发表在《暴力》(Brut Force)的评论《逃亡之路上的内景:土井博之的五件作品》(The Inscape in Escape Routes: Five Works by Hiroyuki Doi)。2009年,杰基·安德拉德(Jackie Andrade)在《应用认知心理学》(Applied Cognitive Psychology)上发表了研究报告《涂鸦有什么作用?》(What Does Doodling Do?)。

耳语

这篇评论的想法来自我的朋友恩里科·洛·加托(Enrico Lo Gatto)、克雷格·李(Craig Lee)和亚历克斯·希门尼斯(Alex Jimenez)的对话。我不记得我是如何得知绒顶柽柳猴会耳语的,但雷切尔·莫里森(Rachel Morrison)和戴安娜·赖斯(Diana Reiss)2013年在《动物园生物学》(Zoo Biology)上发表的一篇论文详细描述了"非人灵长类动物的耳语式行为"。作者指出,一群绒顶柽柳猴在遇到它们不喜欢的人类时就会耳语(或者,严格来说,进行类似耳语的发声),这类细节提醒我,人类只是灵长类动物,试图在一个非常奇怪的情况下做到最好。

病毒性脑膜炎

没有一本书能像伊莱恩·斯凯瑞的《疼痛中的身体》那样帮助我理解自己的疼痛,这本书是迈克·鲁格内塔(Mike Rugnetta)推荐给我的。苏珊·桑塔格关于赋予疾病以意义的那句话出自《疾病的隐喻》。多亏了神经科医生杰·巴特(Jay Bhatt)的精心护理,我不仅了解了脑膜炎,还恢复了健康。我知道灾难化思考,因为我一生都在这样做。我从菲利普·德特梅尔的精彩著作《免疫》中了解了病毒的范围。如果你对微生物和它们的宿主(特别是它们的人类宿主)之间的关系感兴趣,我推荐《免疫》和埃德·杨(Ed Yong)的书《我包罗万象》(I Contain Multitudes)。尼古拉·特维尔利的这句话出自她 2020 年在《纽约客》发表的文章《当病毒是治疗方法》(*When a Virus Is the Cure*)。

瘟疫

在这篇评论中,来自黑死病目击者的大部分描述是引用自罗斯玛丽·霍罗克斯写的《黑死病》一书。这本书是斯坦·穆勒向我推荐的,她既是我的朋友,也是我的同事。在过去的几年里,我多次重温了这本书。这本书和我读过的任何一本书都不一样,它非常感人。我还感谢芭芭拉·塔奇曼的《远东之镜:动荡不安的 14 世纪》(*A Distant Mirror: The Calamitous 14th Century*)。我从约瑟夫·伯恩的《黑死病百科全书》(*Encyclopedia of the Black Death*)中第一次了解到马克里兹和伊本·哈尔德·恩对黑死病的描述。有关霍乱历史的信息来自查尔斯·罗森博格的《霍乱年代》(*The Cholera Years*)、阿曼达·托马斯的《霍乱:维多利亚瘟疫》(*Cholera: The Victorian Plague*)、史蒂文·约翰逊的《幽灵地图》(*The Ghost Map*)和克里斯托弗·哈姆林的《霍乱:传记》(*Cholera: The Biography*)。有关霍乱和肺结核的最新信息,包括每年的死亡人数,来自世卫组织。我要感谢塞拉利昂健康伙伴基金会的约翰·拉舍尔和蔡凯旋博士,他们帮助我去理解霍乱在当今时代暴发的原因。在乔亚·穆克吉博士写的《全球卫生服务简介》中,详细探讨了有关贫困是人类最大健康问题的方方面面。蒂娜·罗森伯格对疟疾的引述出自她 2004 年发表在《纽约时报》的文章《当今世界需要的是 DDT》(*What the World Needs Now Is DDT*),我是通过尤拉·比斯的《免疫》一书了解到的。玛格丽特·阿特伍德的名言来自其书《遗嘱》。伊本·白图泰的关于大马士革的故事出自《伊本·白图泰游记》(*The Travels of Ibn Battuta*),是由 H.A.R. 吉布(H.A.R. Gibb)翻译而成的。

雨雪交加

我第一次读凯夫·阿克巴尔的诗《野梨树》(*Wild Pear Tree*)是在他的书《把狼叫做狼》(*Calling a Wolf a Wolf*)里面。山羊乐队的歌曲《内心的混乱》(*The Mess

Inside）收录在《西部得克萨斯州万岁》这张专辑中。我第一次从我的朋友香农·詹姆斯那里学到了"雨雪交加"这个短语。威尔逊·本特利的一些雪花照片存档在史密森学会；我之所以了解它们，是因为莎拉·卡普兰在 2017 年《华盛顿邮报》上发表了一篇题目为《发现雪花秘密生命的人》的文章；罗斯金的话引自《当代画家》（Modern Painters）第三期；沃尔特·斯科特的话引自《苏格兰外岛勋爵》（Lord of the Isles）。卡明斯的"该死的雪花"引用了一首诗，开头是"我将在内心修炼"。在这篇评论中，我对这首诗有点苛刻，尽管这是我较为喜欢的诗之一。说到我最喜欢的诗，佩吉·刘易斯的话语出自他的《太空撞击》（Space Struck）一书。安妮·卡森的词来自诗篇小说《绝望的牢笼》（Autobiography of Red）。

阿列克谢·列昂诺夫不仅仅是第一个在太空行走的人，还可能是第一个在太空进行艺术创作的人。他带了彩色铅笔和纸进入太空轨道。他在 2005 年发表的一篇文章《沃斯霍德 2 号的噩梦》中，讲述了他首次在太空行走的经历，以及他们的宇宙飞船是如何偏离轨道数百英里着陆的悲惨真实故事。我之所以能听到列昂诺夫的故事，还要归功于莎拉制作的一段名为"我们发射到太空的艺术"的视频。

雷克雅未克的热狗

劳拉、瑞安和莎拉一致认为，我在这篇文章中描述的一些事件不是发生在奥运会奖牌日那一天，但我仍然相信他们错了，我一定没记错。不过，我们都同意雷克雅未克的热狗是真的很棒。

备忘录应用程序

我从与安·玛丽和斯图亚特·凯悦的对话中了解到了拟物化设计。2012 年发表的名为《克莱夫·汤普森论数字时代的模拟设计》（Clive Thompson on Analog Designs in the Digital Age）的文章为我提供了更多的例子。山羊乐队的歌曲《珍妮》出自专辑《西部得克萨斯州万岁》。莎拉·曼格索的《两种衰败》（The Two Kinds of Decay）于 2008 年首次出版，这本书令人感到震惊和痛苦。（我也非常喜欢曼格索的书，其实我可以做个笔记告诉莎拉也读一读。）

山羊乐队

感谢约翰·达尼尔、彼得·休斯、乔恩·伍斯特、马特·道格拉斯和这些年来山羊乐队的所有成员。我还要感谢山羊乐队超级棒的乐迷们，他们以各种各样的壮举来回应歌曲——从粉丝艺术到流程图。瓦莱丽·巴尔和阿尔卡·佩恩是加深我对山羊乐队热爱的人。我还要感谢康纳，他让我懂得了《珍妮》这首歌的含义。

QWERTY 键盘

在看到吉米·斯泰普发表在史密森尼杂志上的一篇名为《QWERTY 键盘传奇的真真假假》的文章后，我开始写这篇评论。1990 年 4 月，斯坦·J. 利博维茨和斯蒂芬·E. 马戈利斯在《法律与经济学杂志》（The Journal of Law and Economics）上发表了《钥匙的寓言》一文，有力地说明了 QWERTY 键盘布局可圈可点，而且那些声称德沃夏克更胜一筹的研究实则漏洞百出。斯林·克拉索威斯基（Thrin Klosowsk）在 2013 年的一期《生活黑客》中讨论了"应该使用德沃夏克键盘布局吗？"他对为数不多的相关研究进行了很好的总结，并证明 QWERTY 的键盘布局只是稍稍逊色。我从威斯康星州历史学会获悉肖尔斯反对死刑的斗争。另外，布鲁斯·布利文的《奇妙的书写机器》（The Wonderful Writing Machine）以及格雷厄姆·劳顿的《新科学家：万物之源》（New Scientist: The Origin of (almost) Everything）让我受益匪浅。

世界上最大的油漆球

迈克·卡迈克尔仍在印第安纳州亚历山大市守护着世界上最大的颜料球。这趟旅程真的是不虚此行，与迈克相谈甚欢，涂抹油漆球的体验也算是妙趣横生。你可以发电子邮件给他，地址是 worldslargestbop@yahoo.com。我很庆幸和艾米丽一起去了很多路边景点，同勒索·里格斯及凯西·希克纳享受越野旅行，途中我们收获颇丰。说起来《路边美国》（Roadside America）一直是世界上大大小小城市的绝佳出游指南。我们从大学用到现在，我的孩子们总是不能理解为什么周边游要选择形状像野餐篮的办公楼。最近，阿特拉斯·奥布斯丘拉（atlasobscura.com 和《探索世界隐藏奇迹指南》一书）已成为不可或缺的资源。埃里克格伦德霍瑟写的关于颜料球的文章对我很有帮助。最后，我要特别感谢艾拉·阿克塞尔罗德发表在"ArcGIS[1] 故事地图"上的文章《巨球》（Big Balls），这篇文章里有很多精彩纷呈的图片和引人注目的副标题，如《巨球的一生》和《球体构造大赏》。

美国梧桐

我在这篇评论中引用了最喜欢的两本书：杰奎琳·伍德森的《如果你轻轻地来》（If You Come Softly）和安妮·迪拉德[2] 的《汀克溪的朝圣者》（Pilgrim at Tinker Creek）[3]。《汀克溪的朝圣者》有很多精彩之处，比如，它介绍了希罗多·图斯所作的关于薛西斯和美国梧桐树的故事。我是在参观西弗吉尼亚州巴克汉南的普林格尔树公园时了解到这种树的。在埃德娜·圣文森特·米莱发表于1939年的著作《所猎为何》（Huntsman, What Quarry?）中，我第一次读到他的诗《离森林不远》（Pilgrim at Tinker Creek）。

《新伴侣》

《新伴侣》收录在歌手 Palace Music 的专辑《蓝调万岁》中。我第一次听这首歌是因为兰塞姆·里格斯和凯西·希克纳，而他们是因为雅各布和纳撒尼尔·奥汀才听到的。卡维·阿克巴的《宫殿》于 2019 年 4 月首次在《纽约客》上得到报道。

---

1 ArcGIS 产品线为用户提供一个可伸缩的、全面的 GIS 平台。——译者注
2 安妮·迪拉德，当代美国自然文学（nature writing）的主要代表。——译者注
3《汀克溪的朝圣者》，安妮·迪拉德的代表作，美国当代生态散文的典范。——译者注

《三个农民去舞会》

没有网络社区 Tuataria 的帮助，就没有这篇评论。尤其是凯缇·萨纳，他为我翻译了很多德语，也溯源了各种线索。如果没有《法兰克福汇报》(*Frankfurter Allgemeine*) 对莱因哈德·帕布斯特的报道，我永远不会了解这些年轻农民的故事。在 2014 年的一篇文章中，帕布斯特收集了关于这些年轻农民的其他研究，以及他们幸存的后代对他们的描述。我也非常感谢理查德·鲍尔斯的小说《三个农民去舞会》。鲍尔斯的书陪伴了我二十年，无论何时何地，它们总能在我需要的时候帮助我。2014 年克里斯塔·米兰达（Christa Miranda）和桑德研究者加布里埃尔·康拉特－肖尔（Gabriele Conrath-Scholl）之间的对话（在线存档于 sfr.ch）也对我了解这张照片很有帮助。引用约翰·伯格（John Berger）的那句话出自他的书《关于寻找》(*About Looking*)。我还要感谢收录在《照片档案》(*Photofile*) 系列中苏珊娜·兰格（Susanne Lange）的《奥古斯特·桑德》(*August Sander*) 一书、桑德的作品集《奥古斯特·桑德：我们时代的面孔》(*August Sander: Face of Our Time*)，以及 2013 年由苏珊娜·兰格和加布里埃尔·康拉特－肖尔编辑的作品集《奥古斯特·桑德：20 世纪人物》(*August Sander: People of the 20th Century*)。

后记

自 2005 年我的第一本书出版以来，我一直与同一位德国编辑（汉瑟的萨斯基亚·海因茨）和翻译（索菲·泽茨）合作。我的书被翻译的乐趣之一就是看到书名的变化。在德语中，《无比美妙的痛苦》(*The Fault in Our Stars*) 变成了 *Das Schicksal ist ein mieser Verräter*，翻译过来就是《命运是个糟糕的叛徒》。命运真的是一个糟糕的叛徒，我喜欢这个书名，就像我喜欢这本书的德语书名一样。但是，在我所有语言的书中，最好的书名是《无比美妙的痛苦》的挪威语译本，译作：*Faen ta skjebnen*——《该死的命运》。

致谢

感谢汉克·格林(Hank Green)、莎拉·尤里斯特·格林(Sarah Urist Green)、罗莎娜·霍尔斯·罗哈斯(Rosianna Halse Rojas)、伊莱丝·马歇尔(Elyse Marshall)和斯坦·穆勒(Stan Muller)当初对我的想法的鼓励,感谢马克·奥尔森(Mark Olsen)和梅雷迪思·丹科(Meredith Danko)给出关键的早期反馈。与纽约公共广播电台一起制作《人类世评论》(The Anthropocene Reviewed)博客的过程非常愉快,这要感谢制作人珍妮·劳顿(Jenny Lawton)、作曲家汉尼斯·布朗(Hannis Brown)、技术总监乔·普洛德(Joe Plourde)以及纳迪姆·西尔弗曼(Nadim Silverman),同时也要感谢托尼·菲利普斯(Tony Philips)、阿什利·卢斯克(Ashley Lusk)以及其他许多人。尼基·华(Niki Hua)对其中许多文章提供了批注,并教我《你永远不会独行》的节奏。朱莉·斯特劳斯·加贝尔(Julie Strauss-Gabel)担任我的编辑将近20年了,我非常感谢她对这本书的指导,感谢她总是在我没灵感的时候找到故事。感谢达顿和企鹅出版社的每一个人,包括安娜·布斯(Anna Booth)、梅丽莎·福尔纳(Melissa Faulner)、罗伯·法伦(Rob Farren)、娜塔莉·维尔金德(Natalie Vielkind)、詹·洛亚(Jen Loja)、克里斯蒂娜·鲍尔(Christine Ball)、艾米莉·坎德斯(Emily Canders)、斯蒂芬妮·库珀(Stephanie Cooper)、多拉·麦(Dora Mak)、约翰·帕斯利(John Parsley)、琳达·罗森伯格(Linda Rosenberg)、阿曼达·沃克(Amanda Walker)、海伦·布默(Helen Boomer)、利·巴特勒(Leigh Butler)、金·瑞恩(Kim Ryan)和格雷斯·韩(Grace Han)。同时也要感谢乔迪·雷默(Jodi Reamer)和卡西·埃瓦谢夫斯基(Kassie Evashevski)的睿智忠告。

我的父母迈克(Mike)和西德妮·格林(Sydney Green)在很多方面丰富了这

本书的内容，我的岳父岳母康妮（Connie）和马歇尔·尤里斯特（Marshall Urist）亦是如此。我也非常感谢克里斯（Chris）和玛丽娜·沃特斯（Marina Waters）。不管是工作还是生活，莎拉·尤里斯特·格林是我能想象到的最好的合作者。

本书的大部分内容都是由收听《人类世评论》播客的人促成的，感谢你们提出的话题和通过电子邮件发送的诗歌，特别感谢在线社区Tuataria，他们研究了本书结尾处年轻农民的故事，同时也感谢生命图书馆图书俱乐部，以及所有为此书付出的人。

最后，致亨利和爱丽丝：谢谢你们，你们俩让我惊喜万分，谢谢你们帮我完成这本书，并教会我从迅猛龙到耳语的一切。

图书在版编目（CIP）数据

人类世：无比矛盾和谐的生命笔记 /（美）约翰·格林（John Green）著；王凌译 . — 北京：中译出版社，2022.3
书名原文：THE ANTHROPOCENE REVIEWED：Essays on a Human-Centered Planet
ISBN 978-7-5001-7002-0

Ⅰ. ①人… Ⅱ. ①约… ②王… Ⅲ. ①随笔—作品集—美国—现代 Ⅳ. ① I712.65

中国版本图书馆 CIP 数据核字 (2022) 第 052126 号

THE ANTHROPOCENE REVIEWED：Essays on a Human-Centered Planet by John Green
Copyright © John Green
All rights reserved including the right of reproduction in whole or in part in any form.
This edition published by arrangement with the Dutton, an imprint of Penguin Publishing Group, a division of Penguin Random House LLC.
The simplified Chinese translation copyrights 2022 by China Translation and Publish House
All rights reserved

版权登记号：01-2022-0139

人类世：无比矛盾和谐的生命笔记
THE ANTHROPOCENE REVIEWED
Essays on a Human-Centered Planet

作者：[美] 约翰·格林
译者：王凌
责任编辑：温晓芳 / 助理编辑：荀丹
装帧设计：周伟伟 / 内文排版：北京杰瑞腾达科技发展有限公司

出版发行：中译出版社
地　　址：北京市西城区新街口外大街 28 号普天德胜大厦主楼 4 层
电　　话：(010) 68002926 / 邮编：100044
电子邮箱：book@ctph.com.cn / 网址：http://www.ctph.com.cn
印　　刷：北京中科印刷有限公司 / 经销：新华书店

规　　格：710mm×1000mm　1/16
印　　张：20 / 字数：171 千字
版　　次：2022 年 4 月第 1 版 / 印次：2022 年 4 月第 1 次
ISBN：978-7-5001-7002-0
定　　价：88.00 元

版权所有　侵权必究
中　译　出　版　社